3일간의 행복
미아키 스가루

1. 10년 뒤의 약속

수명을 매입한다는 이야기를 들었을 때, 나는 곧바로 초등학교 시절의 어느 도덕 수업 시간을 떠올렸다. 아직 스스로 생각하는 법을 모르는 열 살의 우리들을 향해, 학급 담임인 20대 후반의 여교사는 이런 물음을 던졌다.

"여러분은 이렇게 무엇과도 바꿀 수 없는 가장 가치 있는 것이란 말을 듣곤 하는 '인간의 생명'이, 실제 돈으로 따지면 얼마나 될 거라고 생각하나요?"

그런 뒤에 그녀는 잠시 생각에 잠기는 몸짓을 보였다. 그런 질문으로는 부족하다고 생각했기 때문일 것이다. 분필을 들고서 칠판과 마주 보는 채로, 학생들에게 등을 보이며 20초 정도 입을 다물고 있었다.

그동안에도 학생들은 진지하게 답을 생각하고 있었다. 대부분의 학생들은 그 젊고 아름다운 담임선생님을 좋아했기 때문에 어떻게든 그녀의 마음에 들 만한 대답을 해서 칭찬받고 싶었던 것이다.

어느 똑똑한 아이 하나가 손을 들고 말했다.

"샐러리맨의 평균적인 평생 소득은 2억 엔에서 3억 엔 정도라고 전에 읽은 책에 적혀 있었습니다. 그러니까 보통 사람은 대충 그 정도일 거라고 생각합니다."

교실에 있던 학생들의 절반은 감탄한 얼굴을 했다. 나머지 절반은 재미없다는 듯한 얼굴을 했다.

대부분의 학생은 그 똑똑한 아이를 싫어하고 있었다.

담임선생님은 씁쓸한 미소를 지으며 "확실히 그건 그렇습니다."라고 말하며 끄덕였다.

"어른에게 물어봐도 아마 같은 대답이 나오겠지요. 평생 동안 벌어들인 돈, 그것이 그 사람의 가치와 동등하다는 생각도 한 가지 답이라고 말할 수 있겠지요. 다만 이 자리에서는 일단 그런 사고방식을 버렸으면 합니다. 그렇죠, 예를 들어볼까요? 늘 하던, 알기 힘든 예를."

교사가 파란색 분필로 칠판에 그린 것이 무엇인지, 아무도 알 수 없었다. 인간으로도 보였고 길바닥에 달라붙은 껌으로도 보였다.

하지만 그것이 그녀의 노림수였다.

"이 '정체를 알 수 없는 어떤 것'은 다른 것은 몰라도 돈만큼은 얼마든지 가지고 있습니다. 이 '어떤 것'은 '인간다운 생활'을 동경합니다. 그래서 누군가의 인생을 매입하려 하고 있습니다. 어느 날 당신은 우연히 '어떤 것' 앞을 지나가게 됩니다. 그러자 '어떤 것'은 당신에게 이렇게 묻습니다. '이봐, 네가 이제부터 보낼 인생을 그대로 나에게 팔지 않겠어?' 라고요."

그녀는 일단 거기서 말을 멈췄다.

"그걸 팔아버리면 어떻게 되나요?" 아주 성실해 보이는 남자아이가 손을 들고 물었다.

"죽어버리겠지요." 교사는 태연히 대답했다. "그러니까 당신은 '어떤 것'의 유혹을 일단 거절하겠지요. 그렇지만 '어떤 것'은 끈질기게 물고 늘어집니다. '그렇다면 절반이라도 좋아. 너의 남은 목숨 60년 중에서 30년 분량만 나에게 팔아 줘. 그것이 꼭 필요해.' 라고."

턱을 괴고 이야기를 듣고 있던 당시의 나는 "그거 괜찮네."라고 생각했다. 확실히 그 정도라면 팔아도 괜찮겠다는 기분이 든다. 한도는 있다고 해도, 가늘고 길게 사는 것보다 굵고 짧게 사는 인생이 당연히 좋을 것이다.

"그러면 여기부터가 문제입니다. 이 인간다운 생활을 동경하는 '어떤 것'은 당신의 남은 목숨에 대해, 1년 당 얼마 정도의 가치를 매겨줄까요? ……미리 말해두겠는데, 정답은 없습니다. 여러분들이 어떤 식으로 생각하고 어떤 답을 찾아내는지를 알고 싶습니다. 자아, 잠시 옆 사람과 이야기를 나눠보세요."

교실이 술렁이기 시작한다.

그러나 나는 대화에 끼지 않았다. 정확히 말하면 낄 수 없었다.

왜냐하면 나도 조금 전에 평생 임금에 대한 말을 꺼낸 똑똑한 아이와 마찬가지로, 반에서 따돌림당하는 아이였기 때문이다.

대화에 흥미가 없는 척하면서 시간이 지나가기를 기다렸다.

앞자리에 앉은 녀석들이 "평생이 3억 엔 정도라고 한다면……."이라고 말하는 소리가 들렸다.

저 녀석들이 3억 엔이라면……. 나는 생각에 잠겼다.

나는 30억 엔 정도여도 이상할 것 없겠지.

이야기의 결과가 어떠했는지, 나는 기억하지 못한다. 시종 아무런 소득 없는 의논이 계속된 것은 확실하다. 원래부터 초등학생이 제대로 다룰 수 있을 만한 주제가 아니었다. 고등학생을 모아놓았더라도 그것을 생산적인 의논으로 이어나갈 수 있었을지 의심스럽다.

장래가 아주 어두워 보이는 여자아이가 "사람의 목숨에 가격 따윈 매길 수 없다."라며 불 같이 주장했던 것은 잘 기억하고 있다. 확실히, 그녀와 같은 인생을 보낼 권리가 있다면 그것에는 가격을 매길 수 없을 것이라는 생각이 들었다.

오히려 처리 요금이 청구되지 않을까.

어느 반에나 한 명은 있기 마련인 머리 좋은 광대는 나와 비슷한 생각을 하고 있었는지, "하지만 나하고 똑같은 인생을 보낼 수 있는 권리를 살 수 있더라도, 너희들은 300엔도 안 낼 거잖아?"라고 말하며 주위를 웃음바다로 만들었다. 그 사고방식에는 찬성할 수 있었지만, 그 녀석이 주변의 성실한 녀석들보다 자신의 가치가 훨씬 높다는 것을 자각하면서도 능청스럽게 자학적인 미소를 짓고 있던 것은 재수 없게 느껴졌다.

그건 그렇고, 학급 담임선생은 이때 "정답은 없다."라고 말했다. 그러나 정답 비슷한 것은 존재했다. 10년 뒤, 스무 살이 된 나는 실제로 수명을 팔아서 그 대가를 얻게 된다.

어릴 적에 나는 훌륭한 사람이 될 거라고 생각하고 있었다. 또래들과 비교할 때, 나 자신은 격이 다를 정도로 우수한 인간이라고 생각하고 있었다. 성가시게도 내가 살던 지역에는 어쩔 도리가 없을 정도로 시원찮은 부모가 낳은 어쩔 도리가 없을 정도로 시원찮은 아이가 많았기 때문에 그 착각에 박차를 가하게 되었다.

나는 주위 아이들을 깔보고 있었다. 교만함을 완벽하게 숨길 정도로 철저하지도 겸허하지도 않았던 나는, 당연히 반의 다른 아이들에게 미움받았다. 나를 따돌리거나 내 소지품을 몰래 숨기는 일도 드물지 않았다.

시험은 늘 만점을 받았지만 그럴 수 있었던 것은 나 한 사람만은 아니었다.

그렇다. 조금 전에 말했던 '똑똑한 아이', 히메노다.

그녀 때문에 나는 진정한 의미에서 최고가 될 수 없었고, 나 때문에 히메노도 진정한 의미에서 최고가 될 수 없었다. 그래서 우리는, 적어도 표면적으로는 서로 으르렁거리고 있었다고 생각한다. 항상 상대의 위에 올라설 생각밖에 하지 않았다.

그렇지만 그런 한편으로 서로가 말이 통하는 유일한 상대라는 것도 확실했다. 내가 하는 말을 오해하지 않고 알아듣는 사람은 그녀뿐이었고, 아마 그 애도 마찬가지였을 것이다.

그런 이유로 최종적으로 우리는 늘 같이 있게 되었다.

원래부터 서로의 집이 거의 마주 보고 있었기 때문에 어릴 적부터 우리는 상당한 시간을 같이 보내왔다. 흔히들 말하는 '소꿉친구'에 해당될 것이다. 부모 간에 사이가 좋아서 초등학교에 들어갈 때까지는 우리 부모님이 바쁠 때에는 내가 저쪽 집에 맡겨져 있었고, 저쪽 부모님이 바쁠 때에는 히메노가 우리 집에 맡겨졌다.

서로를 경쟁 상대로밖에 보지 않는 우리들이었지만, 부모님 앞에서는 사이좋게 지내는 것이 암묵적인 규칙이었다. 특별한 이유가 있었던 것은 아니다. 그냥 왠지 모르게, 그러는 편이 좋아 보인다고 생각했던 것뿐이다. 테이블 아래에서는 서로 정강이를 걷어차거나 넓적다리를 꼬집어대는 관계였지만, 부모의 눈이 있을 때에 한해서 우리는 허물없는 소꿉친구처럼 지내고 있었다.

하지만 어쩌면 정말로 그랬는지도 모른다.

히메노 역시 나와 같은 이유로 같은 반 녀석들에게 미움받고 있었다. 자기 머리가 좋다고 굳게 믿으며 주위 사람들을 깔보고, 그 태도가 너무나도 노골적이었기 때문에 교실에서는 따돌림당하고 있었다.

나와 히메노의 집은 언덕의 정상 부근에 세워져 있어서, 반의 다른 아이들의 집으로부터 상당히 떨어져 있었다. 그것은 우리에게 다행스러운 일이었다. 우리는 집에서 멀다는 핑계로 반 아이들의 집에 놀러가지 않고 집에 틀어박히는 것을 정당화했다. 너무너무 지루해서 견딜 수 없을 때만 서로의 집에 찾아가서는, "오고 싶어서 여기 와있는 건 아니다."라는 얼굴을 하고 본의가 아니라는 듯이 놀았다.

여름 축제날이나 크리스마스에는 부모님에게 괜한 걱정을 끼치지 않도록 둘이 같이 외출해서 빈둥빈둥하며 시간을 때웠고, 부모와 함께 레크리에이션을 하는 날이나 수업 참관일에는 사이좋은 척을 해서 마치 '둘만 있는 것이 제일 편하니까 자발적으로 이러고 있는 것이다.' 라고 말하듯 행동했다. 저능한 같은 반 아이들 틈에 억지로 끼는 것보다 밉살스러운 소꿉친구와 있는 편이 훨씬 낫다고 생각했던 것이다.

초등학교는 우리들에게 우울한 장소였다. 가끔씩 나나 히메노에 대한 아이들의 괴롭힘이 문제가 되어 학급회의가 열리곤 했다.

4학년부터 6학년까지 담임이었던 여교사는 이런 문제에 대해 이해하는 바가 있는지, 어지간히 심한 일이 아닌 한 그런 일을 우리들의 부모님에게 전하지 않는다는 배려를 해주었다. 우리가 괴롭힘당하는 아이임이 부모님에게까지 그대로 알려지면 우리들의 입장은 완전히 결정되고 만다. 단 한 곳만이라도 자신들이 괴롭힘당하는 아이임을 잊게 해줄 장소가 필요하다는 것을, 그 여교사는 잘 알고 있었다.

그러나 어쨌든, 나와 히메노는 늘 진저리를 내고 있었다. 주위에 있는 녀석들에 대해서도 그랬고, 주위와 그런 관계밖에 쌓을 수 없는 자신에 대해서도 마음 한구석에서 어렴풋이 진저리를 내고 있었다.

우리들에게 가장 큰 문제는, 자연스럽게 웃을 수 없었다는 점이다. 모두 일제히 웃음을 터뜨릴 타이밍에 같이 웃을 수 없었다. 억지로 얼굴 근육을 움직이려고 하면, 자신의 안에 있는 중요한 부분이 드득드득 하고 깎여나가는 소리가 났다. 히메노도 비슷한 것을 느끼고 있었을 것이다. 동조하는 웃음을 강요하는 듯한 분위기 속에서도, 우리는 눈썹 하나 까딱하지 않았다. 까딱할 수 없었다고 할 수도 있을 것이다.

그런 우리들을, 같은 반 녀석들은 고자세라든가 거드름만 피운다며 경멸하고 있었다. 확실히 우리는 고자세이고 거드름만 피우고 있었을 것이다. 그렇지만 주위에 맞춰서 자연스럽게 웃을 수 없었던 것은 그것만이 원인은 아니었다. 더욱 근본적인 부분에서 나와 히메노는 결정적으로 어긋나 있었다. 피어날 계절을 착각한 꽃처럼.

열 살이 되던 해의 어느 여름날이었다. 몇십 번이나 쓰레기통에 버려졌던 가방을 멘 히메노와 가위에 여기저기 찢긴 신발을 신은 나는, 저녁 햇살이 내리쬐는 신사의 돌계단에 앉아 뭔가를 기다리고 있었다.

우리들이 앉아 있는 곳에서는 여름축제 현장이 내려다보였다. 좁은 참배길 옆으로 노점들이 빽빽이 늘어서고, 두 줄의 제등이 활주로의 등처럼 똑바로 이어지며 어두컴컴한 경내를 밝게 비추고 있다. 오가는 사람들은 모두 기분이 좋아 보였고, 그렇기에 우리는 그곳에 내려갈 수 없었다.

서로 입을 다물고 있었던 것은, 입을 열면 목소리에 울적함이 배어나올 것을 알고 있었기 때문이다. 우리는 입을 꼭 다물고 참을성 있게 그곳에 앉아 있었다.

나와 히메노가 기다리고 있던 것은 자신들의 존재를 긍정해줄, 모든 것을 납득시켜줄 '어떤 것'이었다.

쓰르라미 울음소리가 쏟아지는 신사에서, 두 사람은 간절히 신에게 기도하고 있었는지도 모른다.

해가 가라앉을 무렵, 히메노는 문득 일어서더니 스커트에 묻은 먼지를 손으로 털고 똑바로 정면을 응시한 채로 말했다.

"우리는 장래에 아주 훌륭한 사람이 될 거야."

그녀만이 지닌 그 맑은 목소리로.

마치, 이제 막 확정된 사실을 말하는 것처럼.

"……장래라니, 어느 정도 나중인데?"

나는 그렇게 물었다.

"그렇게 가까운 시일은 아닐 거야. 하지만 그렇게 멀지도 않아. 아마도 10년 뒤쯤."

"10년 뒤라." 나는 그렇게 되뇌었다. "그 무렵에 우리는 스무 살이야."

열 살의 우리들에게 스무 살이라는 나이는 다 큰 어른을 의미하고 있었다. 그래서 히메노의 그 말은 나에게는 그럭 저럭 현실적인 말처럼 들렸다.

히메노는 말을 이었다.

"그래, 그 '어떤 일'은 분명히 여름에 일어나. 10년 뒤의 여름에 우리들에게 아주 좋은 일이 일어나고, 그때 우리는 간신히 '살아 있기를 잘했다.'라고 진심으로 생각하는 거야. 훌륭해지고 부자가 된 우리는, 초등학생 시절을 돌아보며 이렇게 말하는 거지. '그 초등학교는 우리들에게 아무것도 주지 않았어. 이놈이고 저놈이고 멍청이들뿐이라 타산지석조차 되지 않았어. 정말 끔찍한 초등학교였어.'라고 말이야."

"그러네. 정말로 멍청이들뿐이었어. 정말로 끔찍한 학교 였어."

나는 그렇게 말을 받았다. 그런 시각은 당시의 내가 보기에 상당히 참신했다. 초등학생에게 초등학교라는 것은 세상의 전부이므로, 그곳에 좋고 나쁨이 있다고 생각하기는 좀처럼 쉽지 않은 법이다.

"그러니까 10년 뒤에 우리는 아주 훌륭해지고, 부자가 되어 있을 필요가 있어. 지금의 반 아이들이 모두 질투로 심장 발작을 일으킬 정도로."

"질투에 입술을 깨물다가 피가 나버릴 정도로 말이야."

그렇게 나는 동의했다.

"그 정도가 아니면 수지가 안 맞으니까."

그녀는 그렇게 말하며 미소 지었다.

나는 그것을 정신적인 위안이라고는 생각하지 않았다. 히메노의 입으로 듣는 순간, 나는 그것이 진짜로 확정된 미래인 것처럼 느껴졌다. 그 말은 예언처럼 울렸다.

역시 그렇지, 우리들이 훌륭한 사람이 되지 못할 리가 없잖아. 10년 후에 우리는 저 녀석들에게 한방 먹여주는 거야. 이런 식으로 함부로 취급하던 것을 죽고 싶을 정도로 후회하게 만들어주겠다.

"……그렇다고 해도, 스무 살이라니, 굉장하다."

히메노는 그렇게 말하더니 두 손을 뒤로 돌리고는 저녁놀을 올려다보았다.

"10년 뒤에는 스무 살인가."

"술을 마실 수 있다. 담배를 필 수 있다. 결혼도 할 수 있……는 것은 그것보다 전이던가?" 나는 그렇게 말했다.

"그래. 여자는 열여섯 살부터 결혼할 수 있어."

"남자는 열여덟 살부터인가. 하지만 나는 아무리 시간이 지나도 결혼 못 할 거란 기분이 드네."

"어째서?"

"싫어하는 것이 너무 많아. 세상에서 일어나는 일들이 이 거고 저거고 전부 싫어. 그러니까 제대로 헤쳐 나갈 수 있을 리 없어."

"그렇구나. 그러면 나도 그럴지도 모르겠네."

그렇게 말하며 히메노는 고개를 숙였다.

저녁놀에 물든 그녀의 옆얼굴은 평소와는 다른 사람처럼 보였다.

보다 어른스럽게 보였고 보다 상처입기 쉬워 보이기도 했 다.

"……저기, 그러면 말이야."

히메노는 그렇게 운을 떼며 나와 잠깐 눈을 마주쳤다가 곧 바로 눈을 돌렸다.

"스무 살이 되고, 우리들이 훌륭한 사람이 되고 나서……. 혹시 그때, 둘 다 한심하게도 결혼할 만한 상대를 찾지 못했다고 한다면."

그리고 살짝 헛기침을 한 뒤, 그녀는 말했다.

"그때는 선택받지 못한 사람끼리, 함께하지 않겠습니까?"

갑자기 말투가 바뀐 것이 부끄러워한다는 증거임은 당시의 나로서도 알 수 있었다.

"무슨 말씀인가요, 그건?" 나도 그렇게 정중하게 되물었다.

"……농담이야. 잊어줘."

그렇게 말하며 히메노는 얼버무리듯이 웃었다.

"말해보고 싶었을 뿐이야. 내가 결혼할 사람을 못 찾고 남겨질 리가 없으니까."

그것 참 다행이네, 라며 나도 웃었다.

그러나——아주 바보 같은 이야기지만——히메노와 떨어지게 된 뒤에도 나는 그 약속을 계속 기억하고 있었다. 그래서 꽤 매력적인 여자아이가 호의를 표해도 딱 잘라 거절했다. 중학생이 되어도. 고등학생이 되어도. 대학생이 되어도.

언젠가 그녀와 다시 만났을 때, 제대로 '선택받지 못하고 남아있는' 모습을 보일 수 있도록.

정말이지 바보 같은 이야기라고 생각한다.

그 시절로부터 10년이 지났다.

예전을 돌아보고, 나는 생각한다. 그것은 그것대로 눈부신 시절이었는지도 모른다고.

2. 끝의 시작

　그날 열아홉 번째로 "죄송합니다."를 말하고 깊이 고개를 숙인 나는, 그대로 현기증을 일으켜 바닥에 쓰러지며 머리를 부딪쳐서 그대로 의식을 잃은 모양이었다.

　맥주집에서 아르바이트를 하던 중에 벌어진 일이었다. 원인은 자명했다. 식사도 제대로 하지 않고 푹푹 찌는 무더위 속에서 쉴 새 없이 일하면 누구라도 그렇게 될 것이다. 혼자 무리해서 자취방이 있는 연립 주택으로 돌아온 뒤, 눈 속이 도려내지는 듯한 아픔에 결국 참지 못하고 병원에 가기로 했다.

　택시를 타고 응급실에 간 것으로 인해, 안 그래도 위태로웠던 내 지갑 사정은 더욱 악화되었다. 거기에 더해서 가게 점장에게 잠시 일을 쉬라는 말을 들었다. 또다시 허리띠를 졸라매야 하게 되었는데, 그러나 여기서 더 어떻게 졸라매야 할지 알 수 없었다. 마지막으로 고기를 먹었던 것이 언제였는지 기억도 나지 않는다. 넉 달이나 이발을 하지 않았고, 재작년 겨울에 코트 한 벌을 산 이후로 옷 한 벌도 사지 않았다. 대학에 들어간 뒤로 누군가와 놀러간 적은 한 번도 없다.

부모님에게는 부탁할 수 없는 사정이 있어서 어떻게든 직접 돈을 마련할 수밖에 없다.

CD와 책을 처분하려니 가슴이 아팠다. 전부 중고로, 엄정한 감정 끝에 구입한 물건들이었지만, 컴퓨터도 텔레비전도 없는 내 방에서 당장 돈이 될 만한 물건은 이것들뿐이었다.

이것들과 작별하기 전에, 하다못해 CD만은 전부 한 번씩 들어두기로 했다. 헤드폰을 쓰고 방바닥에 드러누운 뒤에 CD플레이어의 재생 버튼을 누른다. 재활용품점에서 산 파란 날개의 선풍기를 켜고, 정기적으로 부엌에 가서 컵에 냉수를 담아 마셨다.

휴학하는 것은 처음이었다. 그렇지만 내가 모습을 보이지 않더라도 아무도 신경 쓰지 않을 것이다. 휴학한 것조차 깨닫지 못할지도 모른다.

한 장, 또 한 장 쌓여가는 CD가 오른쪽 탑에서 왼쪽 탑으로 옮겨갔다.

계절은 여름이고 나는 스무 살이었지만, 예전에 폴 니장이 말한 대로 스무 살이라는 나이는 반드시 인생에서 가장 아름다운 나이라고만은 할 수 없다.

"10년 뒤의 여름에 우리들에게 아주 좋은 일이 일어나고, 그때 우리는 간신히 '살아 있기를 잘했다.'라고 진심으로 생각하는 거야."라고 말한 히메노의 예언은 빗나갔다. 적어도 현재로서는 내 쪽에 '좋은 일'은 일어나지 않았고, 이후에 일어날 기미도 없다.

히메노 쪽은 지금 어떻게 지내고 있을까, 하고 나는 생각한다. 초등학교 4학년 여름에 그녀가 전학을 가면서 헤어진 뒤로는 한 번도 만나지 않았다.

이렇게 될 리가 없었는데.

하지만 그것은 그것대로 잘된 일인지도 모른다. 중학교와 고등학교를 거쳐 대학교로 진학함에 따라 착실하게 평범하면서도 재미없는 인간이 되어가는 모습을 그녀에게 보이지 않을 수 있었으니까.

그러나 한편으로 이렇게 생각할 수도 있다. 그 소꿉친구가 나와 같은 중학교에 와줬더라면 나는 이렇게 되지 않았을지도 모른다. 그녀가 곁에 있었을 무렵의 나는, 항상 좋은 의미에서 팽팽히 긴장되어 있었다. 내가 뭔가 한심한 짓을 하면 그녀가 비웃고 내가 뭔가 빼어난 일을 하면 그녀가 분해한다는, 그런 긴장감이 있었기에 당시의 나는 자신을 최고의 상태로 유지해나갈 수 있었는지도 모른다.

이 수년간 나는 그런 식으로 후회만 하고 있었다.

그 시절의 내가 지금의 나를 보면 대체 무슨 생각을 할까?

사흘에 걸쳐 대부분의 CD를 다 들은 나는, 정말로 소중한 몇 장만을 남기고 전부 종이백에 담았다. 또 다른 종이백에는 이미 책이 가득 차 있었다. 그것들을 두 손에 들고, 나는 거리로 나갔다. 햇살 아래를 걸어가는 동안 귓속이 울리기 시작했다. 매미의 불규칙한 울음소리에서 오는 착각인지도 모른다. 마치 귓가에서 울고 있는 것 같았다.

그 고서점을 처음 방문한 것은 작년 여름, 내가 대학에 입학하고 몇 달 정도 되었을 무렵이었다. 아직 동네 지리를 완전히 익히지 못했던 나는, 그날도 길을 잃어 자신이 어디를 걷고 있는지 파악하지 못하는 채로 한 시간 가까이 헤매고 있었다.

골목길을 빠져나와 계단을 올라간 곳에서 나는 그 고서점을 발견했다. 이후에 몇 번이나 그 고서점에 가려고 했지만 도무지 어디인지 알 수 없었다. 어딘지 알아보려고 해도 늘 서점 이름을 잊어버려서 실패했다. 어쩌다 길을 잃었을 때에 우연히 그곳에 도달하곤 했다. 마치 그 고서점으로 통하는 길이 그때그때의 기분에 따라 모습을 드러냈다가 사라졌다가 하는 것처럼. 길을 잃지 않고 갈 수 있게 된 것은 올해 들어서부터다.

가게 앞에는 어느덧 나팔꽃이 피어 있었다. 늘 하던 대로 가게 앞에 나와 있는 떨이 판매용 책장의 책들에 변화가 없음을 체크한 뒤, 나는 가게 안으로 들어갔다. 낡은 종이 냄새에 가득 찬 건물 안은 어두컴컴했고, 안쪽에서 라디오 소리가 들려왔다.

나는 몸을 옆으로 돌려야 간신히 지나갈 수 있을 정도의 좁은 통로를 지나서 가게 주인에게 말을 걸었다. 잔뜩 쌓여 있는 책의 틈새로 주름투성이 노인이 귀찮다는 듯이 얼굴을 보인다. 고서점의 주인인 이 노인은 상대가 누구든 웃는 얼굴을 전혀 보이지 않는다. 계산할 때에는 언제나 아래를 내려다보는 채로 소곤소곤 속삭이듯 가격을 읊을 뿐이다.

그러나 이 날은 달랐다. 내가 책을 팔러왔다고 말하자, 웬일로 고개를 들더니 내 눈을 보았던 것이다.

노인의 눈에서 확실히 놀라움 같은 것이 느껴졌다. 뭐, 그의 마음을 이해 못할 것도 없다. 내가 팔려고 하는 책은 어느 것을 놓고 봐도, 설령 몇 번을 완독하더라도 소장할 만한 가치가 있는 책들이었다. 그것을 처분한다는 행위는 어느 정도 책을 읽은 인간으로서는 좀처럼 이해하기 힘든 행동일 것이다.

"이사라도 가는 겐가?"

그는 그렇게 나에게 물었다. 의외로 또렷하게 잘 들리는 목소리였다.

"아뇨, 그런 건 아니에요."

"그러면 왜?"

그는 자기 앞에 쌓여 있는 책을 내려다본다.

"어째서 이렇게 아까운 짓을 하지?"

"종이는 식감도 안 좋고 영양가도 없으니까요."

노인은 내 농담을 이해한 모양이었다.

"금전 문제로구먼."

그는 입가를 구부리며 말했다.

내가 수긍하자 그는 뭔가 생각에 잠기 듯 팔짱을 끼고 잠시 입을 다물었다. 하지만 이내 생각을 고친 듯 후우 하고 숨을 내쉬고는 "가격을 매기는 데는 30분 정도 걸릴 거야." 라고 말하더니 책을 안고 가게 안쪽으로 들어갔다.

밖으로 나온 나는, 길가의 낡은 게시판을 바라보고 있었다. 여름 축제, 반딧불이 감상모임, 천체 관측, 독서 모임에 관한 포스터가 붙어 있었다. 담벼락 너머에서는 선향과 다다미 냄새, 그리고 생활감이 느껴지는 냄새나 나무 향기가 섞여 있는 그리운 냄새가 났다.

어딘가 멀리 떨어진 집에서 풍령 소리가 나고 있었다.

가격 감정을 마치고 이쪽이 예상하던 액수의 3분의 2 정도를 나에게 건넨 노인은, "저기 말이야."라며 입을 열었다.

"할 얘기가 하나 있는데."

"뭔가요?"

"자네, 돈에 쪼들리고 있지?"

"어제오늘 일도 아니에요."

내가 어정쩡하게 대답하자, 노인은 혼자 납득한 듯이 고개를 주억거렸다.

"뭐, 나는 자네가 얼마나 가난하다든가 어째서 돈에 쪼들리는가 하는 점에는 흥미 없어. 내가 너에게 묻고 싶은 건 하나뿐이야."

노인은 한 박자 쉬고서 말했다.

"수명을 팔 생각은 없나?"

부자연스러운 단어 조합에 내 반응은 한 박자 늦어졌다.

"수명?"

나는 확인하는 의미를 담아 되물었다.

"그래, 수명이다. 이렇게 말해도 내가 매입하는 건 아니지만 말이야. 하지만 비싸게 팔 수 있는 건 확실해."

무더위로 내 귀가 어떻게 되어버린 것은 아닌 모양이다.

나는 잠시 생각에 잠겼다.

이 노인은 늙어가는 것에 대한 공포로 머리가 완전히 돌아버린 것이다, 라는 것이 우선 내려진 결론이었다.

그런 나의 표정을 보더니 노인이 말했다.

"거짓말이라고 생각하는 것도 무리는 아니겠지. 노망났다고 생각해도 어쩔 수 없고. 하지만 그 노망난 늙은이의 헛소리에 장단을 맞춰 준다고 생각하고, 지금부터 알려주는

장소에 한번 가보라고. 내가 한 말이 진짜라는 걸 알게 될
게야."

나는 건성으로 설명을 들었다.

요컨대 이런 이야기인 듯했다. 이 서점에서 그리 멀지 않
은 곳에 있는 어느 빌딩 4층에 수명을 매입하는 가게가 입
주해 있다. 사람에 따라서 수명이 얼마에 팔리는가가 달라
지는데, 이후로 얼마나 충실한 인생을 보내게 되는가에 따
라서 그 가치는 크게 변동된다.

"나는 자네에 대해서 아는 게 거의 없지만, 겉으로 봐서
는 나쁜 녀석 같지는 않고 책에 관한 취향도 썩 나쁘지 않
아. 그럭저럭 괜찮은 가격이 매겨지지 않을까?"

마치 초등학교 시절 도덕 수업에서 들었던 이야기 같네,
라며 나는 그리운 기분이 들었다.

그의 말에 따르면 수명 외에도 시간이나 건강도 매입해준
다고 한다.

"수명과 시간의 차이는 뭔가요?" 나는 물었다. "수명과
건강의 차이도 잘 모르겠네요."

"나도 자세한 것은 몰라. 판 적이 없으니까 말이야. 다만
어쩌지 못할 정도로 건강이 안 좋은 녀석이 몇십 년씩 장수
하기도 하고, 반대로 건강한 녀석이 갑작스레 죽는 일도 있
지. 그것이 수명과 건강의 차이가 아닐까? 시간에 대해서는
상상도 안 가는구먼."

노인은 메모지에 약도와 전화번호까지 적어 주었다.

나는 인사를 하고 고서점을 뒤로했다.

그러나 나뿐만 아니라 누구나 '수명을 매입해주는 가게'라는 말은 노인의 소망이 만들어낸 공상에 지나지 않는다고 생각할 것이다. 그는 분명 자신의 죽을 날이 하루하루 다가오는 것에 겁을 먹고 '수명은 사고 팔 수 있다.' 라는 공상에 잠김으로써 어떻게든 제정신을 유지하려 하고 있는 것이다.

그렇지 않은가? 세상일이 그렇게 입맛에 맞게 돌아갈 리 없지 않은가.

내 예상의 절반은 맞았다.

확실히, 세상일은 입맛에 맞게 돌아가지 않았다.

그러나 내 예상의 절반은 빗나갔다.

확실히, 수명을 매입하는 가게는 있었다.

책을 팔아버린 나는, 서점에서 나와 그 길로 시내의 CD숍으로 향했다. 아스팔트에서 피어오르는 뜨거운 열기에 쉴 새 없이 땀이 흘렀다. 목이 말랐지만 자판기에서 주스를 뽑아 마실 정도의 여유도 없었다. 자취방이 있는 연립 주택에 돌아갈 때까지 참아야 한다.

조금 전의 고서점과 달리, 이번에 들르는 CD숍은 냉방이 잘 되어 있었다. 자동문이 열리고 시원한 공기를 온몸에 뒤집어쓰자, 저도 모르게 기지개를 켜고 싶어졌다. 심호흡을 해서 냉기를 몸속 깊이 집어넣는다. 가게 안에 흐르는 곡은 내가 중학생이 될락 말락 하던 무렵에 유행했던 여름 노래였다.

카운터로 걸어가서 늘 그곳에 있는 금발 점원에게 말을 걸며 오른손에 들고 있던 종이백을 왼손으로 가리키자, 그는 조금 미심쩍은 얼굴을 했다. 그리고 서서히 그 얼굴은 마치 나에게 심한 배신이라도 당했다는 듯한 표정으로 변해갔다. "당신 정도 되는 사람이 이렇게나 많은 CD를 팔아 치우다니."라고 말하고 싶은 듯한 얼굴. 요컨대 고서점의 노인과 거의 동일한 반응이다.

"갑자기 무슨 바람이 들었나요?" 금발 점원은 그렇게 나에게 물었다. 처진 눈을 한 20대 후반의 야윈 남자. 록밴드의 티셔츠와 빛바랜 데님 바지라는 차림새에, 늘 손가락을 신경질적으로 움직이고 있다.

고서점 때와 같은 형태로 CD를 팔 수밖에 없는 이유를 설명하자, "그렇다면."이라며 금발머리는 손뼉을 쳤다.

"마침 괜찮은 얘기가 있어요. 사실은 알려줘서는 안 되게 되어 있지만, 난 개인적으로 당신의 음악 취향이 굉장히 마음에 들었거든요. 그러니까 당신에게만 몰래 알려줄게요."

한 글자 한 구절이 사기의 교과서에 실려 있어도 이상하지 않은 대사구나, 하고 나는 생각했다.

금발 점원은 말했다.

"이 동네에, 수명을 매입해주는 가게가 있어요."

"수명?" 그렇게 나는 되물었다. 물론 이 대화가 조금 전에 나누었던 대화를 그대로 반복하고 있다는 것도 깨닫고 있다. 그러나 되묻지 않을 수 없다.

"네, 수명이요." 그는 아주 진지한 얼굴로 대답했다.

요즘에는 가난한 사람을 놀리는 것이 유행인가?

내가 뭐라 대답해야 할지 망설이는 동안에도 그는 빠른 말투로 설명하기 시작했다.

이야기의 큰 줄기는 고서점의 노인이 했던 이야기와 같았지만, 이 남자는 실제로 수명을 판 적이 있는 듯했다. 어느 정도의 가격이 매겨졌느냐고 물어보니, "그건 얘기하기 좀 그러네요."라고 얼버무렸다.

금발 점원은 지도와 전화번호를 적어서 건네주었다. 말할 것도 없이 그것은 고서점 노인이 써준 것과 일치했다.

형식적인 감사 인사를 하고 가게를 나선다. 태양 아래로 나오자마자, 무겁고 숨 막히는 공기가 온몸에 끈적끈적하게 달라붙어 온다. 오늘 정도는 괜찮을 거라며 나는 자신에게 허락한다. 바로 옆에 있던 자동판매기에 동전을 넣고, 고민을 거듭한 끝에 사이다를 골랐다.

캔을 두 손으로 쥐고 그 차가움을 잠시 즐긴 뒤, 뚜껑을 따고 시간을 들여가며 천천히 마셨다. 입속에 청량음료 특유의 달콤함이 퍼져간다. 탄산음료를 마시는 것이 오랜만이라, 한 모금 삼킬 때마다 목구멍이 따끔따끔했다. 마지막 한 방울까지 비우고 나서 빈 깡통을 쓰레기통에 던져 넣었다.

주머니에서 두 사람이 그려준 약도를 꺼내서 바라본다. 걸어갈 수 없는 정도의 거리는 아니다.

그 빌딩에 가면 수명이나 시간, 건강을 매입해주는 모양이었다.

너무나도 바보 같은 얘기다.

나는 혀를 차고, 약도를 그대로 구겨서 그 자리에 버렸다.

그러나 결국 나는 그 빌딩 앞에 서 있었다.

오래된 빌딩이었다. 원래의 색을 짐작할 수 없을 정도로 외벽이 거무칙칙하게 변해 있었다. 아마도 빌딩 자신도 이미 본래의 색을 떠올릴 수 없을 것이다. 가로 폭이 좁은 것이, 마치 양 옆의 건물에 짓눌려서 그렇게 된 듯한 모습이었다.

엘리베이터가 고장 나 있어서 목적하던 4층까지는 계단으로 올라갈 수밖에 없었다. 누런 형광등과 퀴퀴한 냄새가 나는 공기 속을 땀으로 범벅이 되어 한 계단 한 계단 올라갔다.

수명을 매입해준다는 말을 믿은 것은 아니다. 다만 나는 이렇게 생각했던 것이다. 그 두 사람은 어떠한 사정에서인지 그것을 직접적으로는 말하지 않았지만, 실은 수명이 줄어들 만한 리스크를 부담하는 대신에 엄청나게 비싼 급료를 받는 아르바이트가 있다, 라는 이야기를 나에게 소개하고 싶었던 것은 아닐까, 하고.

4층에 도착해서 처음 눈에 들어온 문에는 아무것도 적혀 있지 않았다.

그러나 어째서인지 나는 그곳이 두 사람이 이야기했던 곳임을 확신할 수 있었다.

숨을 멈추고 5초 정도 문손잡이를 바라보다가, 마음을 정하고 그것을 쥐었다.

문 너머에는 건물의 외관으로는 생각할 수 없을 정도로 청결한 공간이 펼쳐져 있었다. 나는 그 사실에 놀라지는 않았다. 방의 중심에 텅 빈 쇼케이스가 늘어서 있고 벽 쪽에는 텅 빈 책장이 빼곡히 들어차 있었지만, 그것조차도 자연스러운 모습으로 느껴졌다.

그러나 일반적인 관점으로 말하자면 그곳은 몹시 기묘한 방이었다. 보석이 없는 금은방. 안경이 없는 안경점. 책이 없는 서점. 예를 들자면 그런 장소다.

말을 걸어올 때까지 바로 옆에 사람이 있다는 것을 깨닫지 못했다.

"어서 오십시오."

목소리가 난 쪽을 돌아보자, 정장 차림의 여자가 그곳에 앉아 있었다. 가느다란 테의 안경 아래에서 나를 가격 감정하듯이 바라보고 있었다.

"이곳은 대체 무슨 가게죠?"라고 물어보는 수고를 덜었던 것은, 내가 묻기 전에 그녀가 이렇게 물었기 때문이었다.

"시간인가요? 건강인가요? 수명인가요?"

이제는 생각하는 것이 귀찮아졌다.

그래, 놀리고 싶다면 마음껏 놀리라지.

"수명입니다."

나는 곧바로 대답했다.

우선 흐름에 몸을 맡겨보자고 생각했다. 나는 이제 와서 잃을 것도 없다.

막연하기는 하지만, 나는 자신의 남은 수명이 60년 정도라고 가정할 경우에 그 가격을 6억 엔 전후라고 추측하고 있었다. 초등학교 시절 정도의 자신은 없지만, 나에게는 남들 이상의 가치가 있을 거라고 짐작하고 있었다. 요컨대 1년에 1천만 엔 정도로 팔 수 있을 거라고 생각했다는 이야기다.

이 나이가 되어서도 나는 아직 "나만은 특별하다."라는 의식에서 벗어나지 못하고 있었다. 그런 자신감은 무언가에 의해 지탱되고 있던 것은 아니다. 그저 과거의 영광에 아직까지 취해 있던 것뿐이다. 무엇 하나 호전될 기미가 없는 현실에서 눈을 돌리고, "나는 언젠가 분명히 이제까지의 무의미한 인생을 전부 상쇄시킬 만한 대성공을 거둘 거다."라고 늘 스스로에게 말하고 있었다.

나이를 먹어감에 따라 꿈꾸는 성공의 스케일은 커져갔다. 궁지에 몰린 인간일수록 일발역전을 추구하게 되기 마련이다. 그렇지만 그것도 어쩔 수 없는 이야기다. 9회 말 10점 차 상태에서 착실히 보내기 번트를 해봤자 아무 소용없다. 헛스윙 할 가능성이 커지는 것을 알면서도 풀 스윙으로 장타를 노리는 것 말고는 방법이 남아 있지 않은 것이다.

어느샌가 나는 영원을 꿈꾸게 되었다. 모든 사람이 그 이름을 아는 인물이 되는 것, 언제까지나 빛바래지 않을 전설적인 성공을 얻는 것 외에는 나를 구제할 수 없다고 생각했다.

나라는 인간이 제대로 된 방향으로 궤도를 수정하려면, 한 번 누군가에게 완전한 형태로 부정당할 필요가 있었는지도 모른다. 도망칠 장소도 몸을 지킬 수단도 없는 상태에서, 더 이상 완벽할 수 없을 정도로 박살날 필요가 있었던 것이다.

그렇게 생각하면, 수명을 팔러 간 것은 잘한 일이었을 것이다.

나는 그곳에서, 이제까지의 인생은 고사하고, 앞으로의 인생조차 완전히 부정당하게 되었으니까.

가만히 보니 정장 차림의 여성은 상당히 젊었다. 겉모습으로 보면 열여덟에서 스물넷 정도의 나이여도 이상하지 않다.

가격 감정에는 세 시간 정도 시간이 걸립니다, 하고 그녀는 말했다. 그 손은 이미 앞에 놓인 컴퓨터의 자판을 두드리기 시작하고 있었다. 뭔가 성가신 수속이 있을 것이라고 생각하고 있었는데, 내 이름을 알려줄 필요조차도 없는 듯했다. 그리고 무엇과도 바꿀 수 없는 것이라고 불리는 인생의 가치는, 단 세 시간 만에 파악할 수 있는 것인 듯했다. 물론 그 가치는 어디까지나 저쪽이 결정하는 것이며, 보편적인 것은 아닐 것이다. 그러나 하나의 기준이기는 하다.

건물을 나와서 정처 없이 주위를 어슬렁거렸다. 하늘은 어두워지기 시작하고 있었다. 다리가 몹시 무거웠다. 배도 고팠다. 어딘가 음식점에라도 들어가서 쉬고 싶었지만 그럴 만한 금전적 여유는 없었다.

상점가에서 발견한 벤치 위에, 운 좋게도 세븐스타 담배 한 갑과 일회용 라이터가 놓여 있었다. 나는 주위를 두리번거렸지만 주인인 듯한 사람은 보이지 않았다. 벤치에 앉아서 그것들을 슬그머니 주머니에 집어넣고, 골목으로 들어가서 폐자재 더미 옆에 서서 담배에 불을 붙이고 연기를 깊이 들이마신다. 너무 오래간만에 피우는 담배라 첫 모금부터 목이 얼얼했다.

담배를 밟아 끄고서 나는 역으로 향했다. 다시 갈증이 느껴지기 시작했다.

역 앞의 광장 벤치에 앉아서 비둘기를 바라본다. 내 맞은

편 벤치에 앉아 있는 중년 여자가 비둘기에게 모이를 주고 있었다. 복장은 그녀 나이치고는 너무 젊었고, 모이를 던지는 손짓도 너무 호들갑스러워서 보고 있자니 뭐라 말할 수 없는 기분이 들었다. 그리고 비둘기가 쪼아 먹고 있는 식빵을 보고 강렬한 식욕을 느끼는 나 자신이 싫어졌다. 조금 더 공복이 심했더라면 비둘기와 함께 빵을 쪼아 먹고 있었을지도 모를 일이다.

――비싸게 팔리면 좋을 텐데. 나는 생각했다.

물건을 팔 때에 대부분의 사람이 그러하듯, 가격 감정이 끝날 때까지 나는 자신의 목숨의 가격을 되도록 낮게 잡아두기로 하고 있었다. 원래는 6억 정도로 생각하고 있었지만, 얼마를 부르더라도 낙담하지 않도록 최악의 사태를 가정해두려고 마음먹고 있었다.

그런 상황에서의 예상이, 대강 3억이었다.

어릴 적에 나는 자신의 가치를 30억 정도로 추측하고 있었다. 그것에 비하면 극히 소극적인 추측이라고 할 수 있을 것이다.

그러나 나는 아직도 자신의 가치를 너무나 높게 보고 있었다. 평균적인 샐러리맨의 평생 소득은 2억 엔에서 3억 엔 정도라는 히메노의 발언을 나는 기억하고 있었다. 그러나 초등학교 시절에 처음으로 목숨의 가격에 대해 생각한 내가, 너무나 장래가 어두워 보이는 반 친구의 발언을 듣고서 "그녀와 같은 인생을 보낼 권리가 있다면 그것에는 가격을 매길 수 없을 것이다. 오히려 처리 요금이 청구되지 않을까."라고 생각했던 일을 잊고 있었던 것이다.

조금 일찍 가게로 돌아와서 소파에서 꾸벅꾸벅 졸고 있던 나는, 여자 점원이 이름을 부르는 소리에 깨어났다.

가격 감정이 끝난 듯했다.

"쿠스노키 씨." 그녀는 또렷하게 말했다. 이곳에 온 뒤로 이름을 말한 기억은 없었고, 신분증 같은 것을 보여준 기억도 전혀 없었다. 그러나 저쪽은 어떠한 수단으로써 그것을 안 것이다.

역시 이곳에서는 상식을 넘은 뭔가가 이루어지고 있는 것이다.

신기하게도 나는 다시 이 빌딩에 돌아왔을 무렵에는 이 수상쩍은 이야기, 수명을 매입해준다는 이야기를 믿어도 괜찮겠다는 기분이 되어 있었다. 여러 가지 이유가 복잡하게 얽혀서 그런 결론이 내려진 것인데, 굳이 가장 강한 이유 한 가지를 들자면 바로 저 여점원이었다.

처음 만난 사람에 대해 이런 인상을 받는 것은 이상할지도 모른다. 그렇지만…… 저 여자가 관여하고 있는 부분에 거짓은 없다. 그런 기분이 들었다. 정의감이나 윤리관 같은 것과는 상관없이, 또한 이해득실조차 상관없이 부정함을 싫어하는 인간이 있는 법이다. 그녀에게서는 그런 냄새가 났다.

그러나 나중이 되어 돌아보니, 내 감이라는 것이 얼마나 잘 빗나가는지 잘 알 수 있었다.

……이야기를 가격 감정 쪽으로 돌리자.

여점원의 입에서 '30'이라는 숫자를 들었을 때, 마음속 어딘가에서 아직 자신에 대한 기대를 버리지 못하고 있던 나는 한순간 얼굴에 기대의 빛을 드러낸 모양이었다. 어릴 적에 내가 예상한 '30억'이라는 수치는 타당한 것이었다고 반사적으로 생각해버렸던 것이다.

그런 내 표정을 본 여점원은, 겸연쩍은 듯한 얼굴을 하며 검지로 뺨을 긁었다. 그 결과를 차마 자기 입으로는 전할 수 없다고 생각한 것인지, 그녀는 컴퓨터 화면에 눈길을 주더니 키보드를 빠른 속도로 두드린 뒤에 프린트 된 한 장의 용지를 카운터에 놓았다.

"이러한 감정결과가 나왔습니다만, 어떠십니까?"

처음에 나는 가격감정표에 적혀 있는 '30만'이라는 숫자를, 1년 당 금액이라고 생각했다.

평생을 80년이라고 가정하면 전부 다 해서 2,400만 엔.

2,400만, 이라고 나는 머릿속에서 되뇌었다.

온몸에서 힘이 빠져나가는 기분이 들었다.

아무리 그래도 이것은 너무 싸지 않나?

나는 이 상황에 이르러 다시 한 번, 이 가게를 의심해보기로 했다. 이건 텔레비전 방송 기획일지도 모르고, 심리학 실험일지도 모른다. 아니, 그냥 단순히 악질적인 장난일지도 모른다……

하지만 아무리 자신에게 핑계를 대도 소용없었다. 이미 상식만이 나를 간신히 멈춰세우고 있었다. 그 이외의 감각은 전부 "이 여자가 하는 말은 옳다."라고 나에게 고하고 있었다. 그리고 이러한 불합리한 상황을 앞에 두었을 때에 믿어야 할 것은 상식이 아니라 피부로 느끼는 감각이라는 것이 나의 신조 중 하나였다.

아무래도 나는 2,400만이라는 숫자를 받아들여야만 하는 듯했다.

그것만으로도 상당한 용기가 필요했다.

그러나 여점원은 나를 향해서 더욱 무정한 사실을 고했다.

"1년 당 가격에 대해서입니다만, 최저 매수가격인 1만 엔이라는 결과가 나왔습니다. 여명(餘命)은 30년하고 3개월이었으므로, 당신은 약 30만 엔을 가지고 이곳을 나가실 수 있습니다."

내가 그때 웃음을 터뜨린 것은, 그녀의 말을 농담으로 받아들였기 때문이 아니라 너무 잔혹한 사실이 눈앞에 들이밀어진 자신의 모습이 객관적으로 보아 우스꽝스러웠기 때문일 것이다.

말 그대로, 예상과 차릿수가 다른 결과가 가격 감정표에 적혀 있었다.

"물론 이것은 보편적인 가치를 나타내는 것은 아닙니다. 어디까지나 저희들의 기준에 비춰본 결과, 이러한 액수가 된 것뿐입니다."

여점원은 변호하듯이 말했다.

"그 기준에 대해 자세히 알고 싶습니다." 그렇게 내가 말하자, 그녀는 귀찮다는 듯이 한숨을 쉬었다. 같은 질문을 이제까지 몇백 번 몇천 번 씩 들어왔는지도 모른다.

"자세한 가격 감정은 다른 자문기관에 의해 이루어지므로 저도 자세히는 모릅니다만, 행복도, 실현도, 공헌도라고 하는 요소를 얼마나 충족하고 있는가에 따라 가격이 크게 변동한다고 들었습니다. ……즉 남은 인생에서 얼마나 행복해지거나, 남을 행복하게 하거나, 꿈을 이루거나, 사회에 공헌하게 되었는가, 라는 기준을 바탕으로 감정액이 정해지는 것입니다."

그 공정함이, 다시 한 번 나를 산산조각 냈다.

그저 행복해질 수 없었다거나, 그저 남을 행복하게 할 수 없었거나, 그저 꿈을 이루지 못했다거나, 그저 사회 공헌을 하지 못했다거나……. 단순히 그 기준 중 어느 하나에서 무

가치한 것뿐이라면 그나마 낫다. 그러나 행복해지지 못하고 누구도 행복하게 하지 못했으며, 그런데디 꿈도 이루지 못하고 사회에 공헌도 하지 못했다고 한다면…… 나는 어디에서 구원을 찾아야 할지 알 수 없게 된다.

거기에 더해서 30년이라고 하는, 스무 살로서는 너무 짧다싶은 여명. 큰 병이라도 앓는 것일까? 사고라도 당하는 것일까?

"왜 나는 이렇게 남은 목숨이 짧은 거죠?" 나는 밑져야 본전이라 생각하고 물어본다.

"죄송합니다만." 여점원은 살짝 고개를 숙였다. "이 이상의 정보는 시간, 건강, 수명 어느 것인가를 판매하신 손님께만 공개할 수 있도록 되어 있습니다."

미간을 누른 채로 나는 생각에 잠겼다.

"잠깐 생각 좀 할게요."

"천천히 생각하셔도 괜찮습니다." 그녀는 그렇게 말했지만, 말투로 봐서는 얼른 결정하기를 바라는 듯했다.

결국 나는 3개월만 남기고 나머지 30년 전부를 팔아치웠다. 아르바이트로 점철된 생활과 고서점, CD숍에서 겪은 일로 인해, 나는 자신의 물건이나 시간을 값싸게 팔아치우는 것에 거부감이 사라져 있었다.

여점원에게 계약서의 내용을 하나하나 확인받는 동안, 나는 거의 아무런 생각 없이 맞장구를 반복할 뿐이었다. 뭔가 질문은 없느냐는 질문에도 특별히 없다고 대답했다.

얼른 끝내고 나가고 싶었던 것이다.

이 가게에서도. 이 인생에서도.

"매매는 합계 세 번까지 할 수 있습니다." 여점원은 말했다. "당신은 앞으로 두 번 더 수명, 건강, 시간을 매매할 수 있다는 뜻입니다."

30만 엔이 든 봉투를 받아들고 나는 가게를 나왔다.

그것이 어떻게 이루어졌는지는 짐작도 가지 않았지만, 수명을 잃은 감각은 확실히 있었다. 그때까지 몸의 중심에 채워져 있던 뭔가가, 9할 정도 빠져나간 듯한 느낌이었다. 머리를 잘린 닭의 몸통이 한동안은 팔팔하게 뛰어다니는 경우가 있다고 하는데, 감각으로서는 그것에 가깝다. 이미 시체라고 불러도 될 만한 상태인 것이다.

스물한 살이 되지 못하고 죽는 것이 거의 확정된 나의 몸은, 80년을 살 생각이던 몸과는 달리 성급한 듯했다. 은근슬쩍 1초 1초의 무게가 늘어나 있었다. 80년을 살 생각이었을 때의 나에게는 무의식 속에 "앞으로 60년이나 있다."라는 느슨한 생각이 자리 잡고 있었던 모양이지만, 앞으로 석 달밖에 남지 않게 되니 "뭔가 해야만 한다."라는 초조감에 휩싸였다.

그렇다고 해도 오늘은 일단 집에 가서 자고 싶었다. 이리저리 걸어 다니느라 지칠 대로 지쳐 있었다. 이후에 대해 생각하는 것은 마음껏 자고 개운하게 일어난 뒤에 하고 싶었다.

귀갓길에 나는 기묘한 남자와 지나쳤다. 20대 초반으로 보이는 그 남자는 얼굴 가득 미소를 짓고서 즐거워 견딜 수 없다는 듯한 눈치로 혼자 걷고 있었다.

괜히 화가 났다.

상점가의 술집에 들러서 캔 맥주를 네 개 사고, 때마침 눈에 들어온 노점상에서 닭꼬치를 다섯 개 사서 그것들을 먹고 마시며 집에 돌아왔다.

남은 수명은 석 달. 이제 한두 푼 쓰는 데 벌벌 떨 필요는 없다.

알코올을 섭취하는 것은 오래간만이었다. 기분이 착 가라앉아 있던 것도 안 좋게 작용했는지 모른다. 덕분에 눈 깜짝할 사이에 취기가 돌고 눈앞이 어지러워서, 집에 돌아온 지 30분도 채 되지 않아서 먹은 것을 게워내게 되었다.

이리하여 나의 마지막 석 달이 시작되었다.

그 스타트를 끊는 방법으로서는 최악에 가까웠다.

3. 쪼그려 앉은 감시원

안 그래도 속이 안 좋은데, 푹푹 찌는 더위로 잠을 이룰 수 없는 밤이었다. 덕분에 세세한 부분까지 또렷하게 기억나는 꿈을 꾸었다.

깨어난 뒤에도 나는 그 꿈을 이불 속에서 반추한다. 기분 나쁜 꿈은 아니다. 그러기는커녕 행복한 꿈이었다. 그러나 행복한 꿈만큼이나 잔혹한 것도 없다.

꿈속의 나는 고등학생이고, 무대는 공원이었다. 내가 아는 공원은 아니었지만, 그곳에 있던 것은 초등학교 시절의 동창생이었다. 아무래도 동창회가 열리고 있다는 설정의 꿈인 듯했다.

모두 손에 작은 꽃불을 들고 즐거워하고 있었다. 불꽃의 빛을 받아 연기가 붉게 물든다. 나는 공원 바깥에 서서 그들을 바라보고 있었다.

고등학교 생활은 좀 어때? 어느샌가 옆에 있던 히메노가 그렇게 나에게 물었다.

그녀를 곁눈으로 보려고 했지만 그 얼굴은 부옇게 흐려져 있었다. 나는 열 살 이후의 그녀를 알지 못했기에 제대로 상상이 되지 않았던 것이리라.

그러나 꿈속의 나는 히메노의 얼굴을 진심으로 아름답다고 생각했다. 그녀와 옛날부터 아는 사이였음을 자랑스럽게 생각했다.

재미있게 지내고 있다고는 말할 수 없겠는걸, 이라고 나는 솔직하게 대답했다. 하지만 최악이라고 할 정도도 아니다.

나도 그런 정도일까, 라며 히메노는 고개를 끄덕였다.

그녀가 나와 마찬가지로 비참한 청춘을 보내고 있는 것을, 나는 남몰래 기쁘게 생각한다.

지금 와서 생각한 건데 말이야, 라고 그녀는 말했다.

그 시절은, 분명 즐거웠던 거야.

어느 시절을 말하는 거야? 나는 그렇게 되물었다.

물음에는 대답하지 않고, 히메노는 쪼그리고 앉아서 나를 올려다보며 말한다. 쿠스노키는 아직 찾지 못하고 있어?

뭐, 그렇지. 나는 그렇게 대답하면서 그녀의 표정을 응시하며 반응을 확인한다.

그렇구나, 라며 히메노는 어이없다는 듯 미소를 짓는다.

뭐, 나도 그렇지만.

그러고 난 뒤, 수줍은 듯한 표정으로 이렇게 덧붙였다.

다행이네. 순조롭구나.

그래, 순조로워. 나도 그렇게 동의했다.

그런 꿈이다.

스무 살이 되어서 꿀 만한 꿈은 아니었다. 정말로 어린애 같은 꿈이라며 나는 자기혐오에 빠졌다. 그러나 동시에 그 꿈을 열심히 기억해두려고 하는 내가 있었다. 잊어버리기에는 아까우니까.

열 살 무렵에 내가 히메노를 그다지 좋아하지 않았던 것은 확실하다. 그녀에 대해 품고 있던 호의는 아주 약간이었다.

문제는 그런 '아주 약간의 호의' 조차, 그 뒤에 만난 어떤 사람에게도 품을 수 없었다는 점이다.

어쩌면 언뜻 보기에는 보잘 것 없던 그 호의는, 내 인생에서 최대의 호의가 아니었을까. 그 사실을 깨달은 것은 그녀가 없어지고 한참 뒤의 일이었다.

히메노의 꿈을 정성 들여 세세한 부분까지 기억한 나는, 그대로 이불 속에서 어제의 일에 대해서 생각하고 있었다. 그 허름한 빌딩에서 나는 수명을 석 달만 남기고 팔아치웠다.

다시 생각해보니 백일몽 같다……라고는 생각되지 않았

다. 그 사건은 내 안에서 확고한 현실감을 유지하고 있었다.

분위기에 휩쓸려 수명의 대부분을 팔아버린 것을 후회하는 일도 없었다. 잃고 나서야 비로소 그 소중함을 깨달았다는 것도 아니다. 오히려 어깨의 짐을 내려놓을 수 있어서 후련해진 느낌이 강했다.

이제까지 나를 삶에 붙들어 두고 있던 것은 "어쩌면 언젠가 좋은 일이 있을지도 모른다."라는 얄팍한 기대였다. 아무리 근거 없는 기대라고 해도, 그것을 완전히 버리는 것은 너무나도 어려운 일이었다. 아무리 무가치한 인간이라 할지라도, 이제까지의 모든 불운을 상쇄할 정도의 행운이 찾아오지 않을 것이란 보증은 어디에도 없는 것이다.

그것은 구원인 동시에 덫이기도 했다. 그렇기에 이번에 "이후로 당신의 인생에 좋은 일은 일어나지 않는다."라고 확언을 들은 것은, 관점에 따라서는 참 고마운 일이었다.

이것으로, 안심하고 죽을 수 있다.

이렇게 되어버렸다면, 하다못해 남겨진 석 달은 즐겁게 보내고 싶기 마련이다. 별 볼일 없는 인생이었지만, 죽음을 각오한 뒤의 석 달만은 나름대로 행복했다. 마지막에 그렇게 생각할 수 있는 여생을 보내고 싶다.

우선은 서점에 가서 잡지라도 읽으며 앞으로 해야 할 일에 대해 생각하기로 마음먹었던 그때, 초인종이 울렸다.

누군가가 찾아올 예정은 없었다. 그런 일은 최근 수년간

한 번도 없었고 이후 석 달도 그럴 것이다. 집을 잘못 찾아온 것일까, 수금일까, 종교 권유일까. 어느 것이라도 좋은 예감은 들지 않았다.

초인종이 다시 울렸다. 이부자리에서 나와서 일어선 나는, 곧바로 어젯밤 같은 강한 구역질을 느꼈다. 숙취다. 그래도 어떻게든 참으며 현관에 가서 문을 열자, 그곳에 서 있던 것은 낯선 젊은 여자였다. 옆에는 그녀의 물건으로 보이는 여행용 캐리어가 있었다.

"……누구시죠?" 내가 물었다.

그녀는 기가 차다는 얼굴을 한 뒤, 귀찮다는 듯 가방에서 안경을 꺼내서 끼고는 이러면 누구인지 알았겠지? 라고 말하고 싶은 듯이 이쪽을 보았다.

거기서 나는 간신히 깨달았다.

"어저께 내 수명을 감정했던……."

"그렇습니다." 젊은 여자가 말했다.

정장 차림의 인상이 강했던 탓에 사복 차림의 그녀는 전혀 딴 사람처럼 보였다. 면으로 된 블라우스에 회청색 데님 스커트. 어제는 뒤로 묶고 있어서 몰랐지만, 어깨죽지까지 내려오는 검은 머리카락은 완만하게 안쪽으로 말리는 곱슬머리였다. 조금 전에 쓴 안경 너머로 보이는 눈동자는, 어쩐지 우울함을 띠고 있는 듯 보이기도 했다. 스커트에서 뻗어나온 가느다란 다리에 눈길을 주니, 오른쪽 무릎에 큼직한 반창고가 붙어 있었다. 상당히 깊은 상처인지 반창고 위에서도 상처의 상태를 알 수 있었다.

첫 만남에서는 열여덟에서 스물네 살까지 좀처럼 나이대를 좁힐 수 없었지만, 오늘의 그녀를 보고 짐작이 갔다. 아마도 나와 같은 나이대일 것이다. 열아홉이나 스무 살쯤이다.

그건 그렇고, 왜 이 여자가 여기에 있는 거지?

가장 먼저 떠오른 이유는 "감정 결과에 착오가 있었던 것을 전하러 왔다."라는 것이었다. 사실은 자릿수에 오류가 있었다. 혹은 다른 사람의 결과와 바뀌었다. 그녀는 그것을 사죄하러 온 것인지도 모른다고 나는 기대하지 않을 수 없었다.

그 여자는 안경을 벗어서 꼼꼼하게 안경 케이스에 집어넣고, 다시 나를 감정 없는 눈으로 바라보았다.

"오늘부터 감시원을 맡게 된 미야기입니다."

그렇게 말하고는, 미야기라고 자신을 소개한 여자는 나에게 가볍게 인사했다.

감시원. 까맣게 잊고 있었다. 그런 이야기도 있었지, 하고 나는 어제 미야기와 나눴던 대화를 떠올리다가 구역질을 참을 수 없게 되어 화장실로 뛰어 들어가서 토했다.

위장 속에 든 것을 한바탕 싹 쏟아낸 뒤에 화장실을 나오자, 문 바로 앞에 미야기가 버티고 서 있었다. 업무라고는 해도, 참 거리낌 없는 여자다. 나는 그녀를 밀쳐내듯이 지나쳐서 세면실에 들어가 세수와 양치질을 하고, 컵으로 물을 벌컥벌컥 마신 뒤에 다시 이부자리에 드러누웠다. 두통이 심했다. 푹푹 찌는 더위가 그것을 조장하고 있었다.

"어제도 설명을 드렸습니다만."

어느샌가 내 머리맡에 서 있던 미야기가 말했다.

"당신의 여명은 1년 이하이므로 오늘부터는 상시, 감시가 붙게 됩니다. 그래서……."

"그 얘기, 조금 나중에 해주면 안 돼?"

나는 그렇게 노골적으로 짜증을 담아 말했다.

"보다시피 몸 상태가 안 좋다고."

"알겠습니다. 그러면 나중에 하지요."

미야기는 그렇게 대답하더니 여행용 캐리어를 들고 방의 한쪽 구석으로 가서는, 벽에 등을 붙이고 쪼그려 앉았다.

그 뒤로는 그저 나를 바라보고 있었다.

아무래도 내가 방에 있는 동안에는 그곳에서 감시를 할 생각인 듯하다.

"저는 없다고 생각하셔도 됩니다."

미야기는 방구석에서 말했다.

"부디 신경 쓰지 마시고, 평소처럼 편하게 지내도록 하세요."

그러나 그렇게 말한다고 해서 나이가 두 살도 차이나지 않는 여자에게 감시당하고 있다는 사실은 변하지 않는다.

나는 너무나 신경 쓰여서 미야기가 있는 쪽을 흘끗 훔쳐보았다. 노트에 뭔가를 적고 있는 듯했다. 감시 기록 같은 것을 쓰고 있는지도 모른다.

일방적으로 관찰당하는 것은 불쾌한 일이었다. 그녀에게 보이고 있는 몸의 절반이 지글지글하며 시선에 타들어가는 것 같았다.

감시원에 대해서는 확실히 어제 시점에서 자세한 설명을 들었다. 미야기의 말에 의하면, 그 가게에서 수명을 판 사람의 다수는 그냥 내버려두면 남은 수명이 1년 이하가 되었을 무렵부터 자포자기해서 문제행동을 일으키게 된다고 한다. '문제행동'의 구체적인 내용에 대해서 자세히 듣지는 못했지만, 대충 예상이 간다.

사람이 규칙을 지키는 것은, 살아가는 데 신용이라는 것이 커다란 열쇠를 쥐고 있기 때문이다. 그러나 인생이 이제 곧 끝날 것이 확정되어 있다면 이야기는 달라진다. 신용은 저 세상까지 가지고 갈 수 있는 것이 아니다.

수명을 팔아버린 인간이 자포자기해서 타인에게 위해를 가하는 사태를 막기 위하여 만들어진 시스템이, 바로 이 감시원 제도라고 한다. 여명이 1년 이하가 된 자에게는 감시가 붙으며, 부적절한 행동이 보였을 경우에는 감시원이 즉시 본부에 연락을 해서 본래의 수명과는 상관없이 그 자리에서 수명이 다하게 만든다고 한다. 방구석에 무릎을 안고 쪼그려 앉아 있는 저 여자는 전화 한 통으로 내 수명을 빼앗을 수 있다는 뜻이다.

다만——이것은 통계적으로 유의미한 결과가 나왔기 때문에 실시하고 있는 듯하지만——죽을 때까지 수 일이 남은 상태에 이르면 사람은 타인에게 폐를 끼치려는 마음이 없어진다고 한다. 그렇기에 여명이 사흘 남았을 때, 감시원이 떨어지게 되는 듯하다.

마지막 사흘간은 혼자가 될 수 있는 것이다.

어느샌가 잠들어 버린 모양이었다. 눈을 떠보니 두통과 구역질은 사라져 있었다. 시계는 오후 7시 정도를 가리키고 있었다. 귀중한 석 달의 첫날을 보내는 방법으로서는 거의 최악이라고 해도 좋다.

미야기는 여전히 방구석에 가만히 있었다.

되도록 그녀를 의식하지 않으며 평소대로 행동하려고 마음먹는다. 차가운 물로 세수를 하고 실내복을 벗고 완전히 빛바랜 청바지와 소매가 헤진 티셔츠로 갈아입고, 저녁거리를 사러 밖으로 나갔다. 감시원 미야기는 내 다섯 걸음 정도 뒤를 따라왔다.

걷고 있으려니 강한 저녁 햇살에 눈이 부셨다. 이 날의 저녁놀은 노란 기운이 감돌았다. 멀리 떨어진 숲에서 쓰르라미의 울음소리가 들린다. 보도 옆에 있는 철로를, 단행 차량

이 나른하게 지나갔다.

옛 국도변의 오토 레스토랑에 도착했다. 옆으로 길쭉한 건물로, 가게 뒤편에서 나무가 지붕을 뒤덮을 듯이 자라 있었다. 간판, 지붕, 외벽, 어디를 봐도 빛바래지 않은 곳을 찾기 힘들 정도다. 가게 안에는 열 대 정도의 자동판매기가 한 줄로 죽 늘어서 있고, 그 정면에 양념통이나 재떨이가 놓인 길쭉한 테이블 두 개가 설치되어 있었다. 한구석에 늘어서 있는 10년도 더 된 아케이드 게임기의 BGM은 적적한 가게 안의 분위기를 아주 조금이나마 밝게 해주고 있었다.

면류 자판기에 300엔을 투입하고, 조리가 완료될 때까지 담배를 피우며 기다렸다. 미야기는 둥근 의자에 앉아서는 깜빡깜빡하는 형광등 하나를 올려다보고 있었다. 이 여자는 나를 감시하는 동안에 어떻게 식사를 할 생각일까? 먹지도 마시지도 않는 것은 아닐 테지만, 그렇다는 얘기를 들어도 납득할 수 있을 만한 음침함이 그녀에게는 있었다. 너무나 기계 같다고 할까, 인간미가 없는 것이다.

뜨겁고 싸구려 조미료 맛만 나는 튀김국수를 먹어치운 뒤에는 음료수 자판기에서 커피를 뽑아 마셨다. 달착지근한 아이스커피는 메마른 몸속에 스며들듯 퍼져나갔다.

여명이 3개월도 남지 않았으면서도 일부러 자판기에서 맛없는 식사를 뽑아 먹으러 온 것은, 내가 그것밖에 몰랐기 때문이다. 조금 전까지의 나에게는, 애초부터 '멀리 비싼 가게에 가서 식사를 한다.' 라는 선택지가 존재하지 않았다. 최근 몇 년간의 가난한 생활로, 나는 상상력이라는 것을 대부분 잃어버린 것 같았다.

식사를 마치고 자취방으로 돌아온 나는, 볼펜을 꺼내든 뒤에 수첩을 펼쳐놓고 그곳에 이후의 방침에 대한 개요를 작성하기로 했다. 처음에는 하고 싶은 것을 생각하기보다 하고 싶지 않은 것을 생각하는 편이 쉬웠지만, 손을 움직이고 있는 동안에 점차 죽기 전에 하고 싶은 일도 머릿속에 떠오르게 되었다.

죽기 전에 하고 싶은 일.

、 학교에 가지 않는다.
、 일하지 않는다.
、 욕망을 거스르지 않는다.
、 맛있는 것을 먹는다.
、 아름다운 것을 본다.
、 유서를 쓴다.
、 나루세와 만나서 이야기를 한다.
、 히메노와 만나서 마음을 밝힌다.

"그거, 안 하는 편이 좋을 거예요."

돌아보니, 방구석에 앉아 있었을 미야기가 어느새 등 뒤에 서서 내 손가를 들여다보고 있었다.

그녀가 가리킨 것은, 하필이면 '히메노와 만나서 마음을 밝힌다.'라고 적힌 줄이었다.

"감시원에겐 이런 부분까지 엿보고 참견할 의무가 있는 거야?" 나는 그렇게 물었다.

미야기는 그 질문에는 대답하지 않았다.

대신에 나에게 이렇게 고했다.

"그 히메노 씨 이야기입니다만, 여러 가지 사정으로 열일곱 살에 출산했습니다. 그대로 고등학교를 퇴학하고 열여덟 살에 결혼하지만 1년 뒤에 이혼하고, 스무 살인 현재는 본가에서 아이를 키우고 있습니다. 2년 뒤에 그 여자는 투신자살을 하게 되어 있습니다. 음침하고 참혹한 유서를 남기고. ……지금 만나러 가봤자 변변한 일은 없을 겁니다. 게다가 히메노 씨는, 당신에 대해서 거의 기억하지 못하고 있으니까요. 물론 열 살 때에 나눴던 그 약속에 대해서도."

목구멍에서 소리가 제대로 나오지 않았다.

폐 속의 공기가 한순간에 희박해진 기분이 들었다.

"……내 속사정에 대해서, 거기까지 파악하고 있는 거야?"

간신히 숨을 토해내고 동요를 필사적으로 감추면서 나는

물었다.

"그 말투라면, 당신은 앞으로 일어날 일 전부를 알고 있는 건가?"

미야기는 두세 번 눈을 깜빡인 뒤에 고개를 가로저었다.

"제가 알고 있는 것은 쿠스노키 씨의 앞으로의 인생과 그 주변에서 '일어날지도 몰랐던 일'입니다. 다만 지금 와서는 의미가 없는 정보지만요. 수명을 판매한 것으로 인해, 당신의 미래는 크게 바뀌어 버렸으니까요. 게다가 제가 알고 있는 것은 그 '일어날지도 몰랐던 일' 중에서도 특히 중요한 일들뿐입니다."

미야기는 수첩을 들여다보는 채로, 오른손을 천천히 들어서 머리카락을 귀 뒤쪽으로 쓸어넘겼다.

"당신에게 히메노 씨는 아주 중요한 존재였던 것 같더군요. 쿠스노키 씨의 인생의 '줄거리'에는 히메노 씨에 대한 것만 적혀 있었습니다."

"그건 어디까지나 상대적인 이야기야." 나는 그렇게 부정했다. "나에게 있어서 다른 것들의 중요도가 너무 떨어졌던 것뿐이잖아."

"그럴지도 모르겠군요." 미야기는 말했다. "어쨌든 제가 말할 수 있는 것은, 지금부터 히메노 씨를 만나러 가는 행동은 시간 낭비라는 이야기입니다. 추억을 망치게 될 뿐입니다."

"배려해줘서 고마워. 하지만 이미 망쳤어."

"하지만 시간 절약은 되었지요?"

"그럴지도 모르겠네. 하지만 당신 말이야, 그렇게 쉽게 미래에 대한 일을 본인에게 말해도 괜찮은 거야?"

미야기는 고개를 갸웃거렸다. "반대로 질문 드리겠습니다만, 왜 이야기해서는 안 된다고 생각하시죠?"

그런 말을 듣고 보니 아무것도 떠오르지 않았다. 가령 내가 미래의 정보를 이용해서 뭔가 나쁜 짓을 하려고 해도, 그때는 미야기가 본부에 연락해서 내 수명이 끊어질 뿐이다.

"저희들은 기본적으로는 당신이 평온한 여생을 보내기를 희망하고 있습니다." 미야기는 그렇게 말했다. "그것을 위해서 이렇게, 당신의 미래에 근거한 조언이나 경고를 하거나 하는 것입니다."

나는 머리를 긁었다. 이 여자에게 뭔가 보기 좋게 받아쳐주고 싶어졌다.

"저기 말이야, 당신은 지금 내가 상처 입거나 실망하는 것을 미연에 방지했다고 생각하고 있는지도 몰라. 하지만 그 행위는 '상처 입거나 실망할 자유'를 나에게서 빼앗아 갔다고 할 수도 있는 거 아니야? 그래, 맞아. ……예를 들면 내가 가령 당신의 입으로 간접적으로가 아니라 히메노의 입으로 직접 그 사실을 듣고 상처 입고 싶다고 생각하고 있었다면, 당신이 한 짓은 쓸데없는 참견이 된다고."

미야기는 귀찮다는 듯이 한숨을 쉬었다.

"그렇습니까. 저로서는 선의로 한 말이었습니다만. 가령 그랬다고 한다면, 조금 경솔한 발언이었는지도 모르겠군요. 죄송합니다."

그렇게 말하더니 가볍게 고개를 숙였다.

"······다만 한 가지만 말해두겠습니다. 앞으로 일어날 사건에 대해서는 공정함이나 정합성 같은 것을 너무 기대하지 않는 편이 좋을 겁니다. 당신은 수명을 팔아버렸습니다. 그것은 전혀 이론이 통하지 않는 부조리한 구조의 세계에 스스로 뛰어들었다는 것을 의미합니다. 거기서 자유나 권리 같은 것에 대해 주장해봤자 거의 소용이 없습니다. 당신은 자발적으로 뛰어들었으니까요."

그렇게 말하더니 미야기는 방구석으로 돌아가서 다시 쪼그려 앉았다.

"그렇다고 해도, 적어도 이번에는 당신의 '상처받거나 실망하거나 할 자유'라는 것을 존중해서 당신이 그 리스트에 적은 다른 항목에 대해서는 참견하지 않으려고 합니다. 마음 내키시는 대로, 타인에게 폐를 끼치지 않는 범위 내에서 하고 싶은 일을 하도록 하세요. 저는 말리지 않을 테니까요."

그런 소리 안 해도 그렇게 할 거야, 라고 나는 생각했다.

이때 미야기가 어쩐지 슬퍼 보이는 얼굴을 했던 것을 나는 놓치지 않았다. 그러나 그 표정이 의미하는 바까지 깊이 생각해 보려고 하지는 않았다.

4. 답 맞추기에 들어가죠

여기서부터 나의 멍청함은 속도를 내기 시작했다.

나는 미야기에게 "전화를 거는 것뿐이야, 금방 돌아올 거야."라고 말하고 일부러 자취방 밖으로 나갔다. 그녀에게 통화 내용을 들려주고 싶지 않아서 그렇게 했을 뿐이지만, 아니나 다를까 미야기는 내 뒤를 졸졸 따라왔다.

직접 누군가에게 전화를 거는 것은 오래간만이었다. 나는 휴대전화 화면에 표시되어 있는 '와카나'라는 글자를 오랫동안 바라보고 있었다.

자취방이 있는 연립 주택 뒤편 숲에는 여름의 벌레들이 찌륵찌륵 울고 있었다.

아무래도 나는 고작 전화 한 통에 긴장하고 있는 듯했다. 생각해보면 나는 줄곧 어린 시절부터 내 쪽에서 누군가에게 놀러오라고 하거나 대화를 청하지 않고 살아왔다. 그것에 따라 많은 가능성을 잃었던 것도 사실이지만, 같은 수준의 성가심에서 벗어날 수 있었던 것도 사실이다. 특별한 후회도 만족도 없다.

일단 사고를 멈춘다. 직후에 찾아오는 수 초간의 사고 정지를 이용해서 휴대전화의 통화 버튼을 누른다. 전화만 걸어버리면 그다음에는 저절로 알아서 된다. 이야깃거리는 어떻게든 될 것이다.

신호음이 긴장을 높인다. 한 번, 두 번, 세 번. 나는 이때가 되어서야 간신히 '상대편이 전화를 받지 않을 가능성'이 있다는 것을 떠올렸다. 오랫동안 이런 일을 해오지 않았기 때문에, 머릿속 어딘가에서 전화를 걸면 상대는 언제라도 받을 것이라고 굳게 믿고 있었던 모양이다. 네 번, 다섯 번, 여섯 번. 아무래도 지금 당장 전화를 받을 상황은 아닌 듯하다. 마음속 어딘가에서 안도하는 나 자신이 있었다.

신호음이 여덟 번째에 이르자, 포기하고 통화 종료 버튼을 눌렀다.

전화를 건 상대인 와카나는 대학의 여자 후배다. 식사라도 같이 하자고 할 생각이었다. 그리고 만약 일이 잘 진행되면 내가 수명이 다 할 때까지 계속 곁에 있어달라고 하고 싶었다.

이제 와서 갑자기 쓸쓸함이 밀려왔던 것이다. 인생의 끝이 명확해지고서 가장 먼저 느낀 변화는 사람이 그리워진 것이었다. 이제까지의 나에게서는 생각할 수 없는 일이었다. 어쨌든 누군가와 이야기를 하고 싶다는 욕구가 맹렬하게 느껴졌다.

와카나는 대학에서 유일하게 나에게 호의를 보여준 사람이었다. 올봄, 입학한 지 얼마 안 되었던 와카나는 그 고서점에서 나와 만났다. 너덜너덜하고 곰팡내 나는 책을 잡아먹을 듯이 바라보는 와카나에게, 나는 "귀찮아, 얼른 거기서 비켜"라고 말하는 시선을 보내고 있었다. 그런데 그녀는 그 시선을 곡해해서 "혹시 나에게 노골적인 시선을 보내는 저 사람은, 내가 기억 못 할 뿐이지 언젠가 어디에서 알고 지냈던 사이가 아닐까?"라는 신입생에게 흔히 있을 법한 착각을 했다.

"저기, 혹시 어딘가에서 만났던 분인가요?" 와카나는 그렇게 나에게 조심조심 말을 걸었다.

"아니." 나는 부정했다. "여기서 처음 만났어."

"어라, 그런가요? 실례했습니다."

와카나는 자신의 착각을 깨달은 듯, 겸연쩍어하는 얼굴로 눈을 돌렸다. 그러나 곧 마음을 추스른 듯이 미소를 지으며 이렇게 말했다.

"그러면 요컨대 우리는 이 고서점에서 만난 거네요?"

이번에는 내가 난처해 할 차례였다. "그런 얘기가 되겠지."

"그렇게 되는 거예요. 멋지네요." 와카나는 그렇게 말하더니 고서를 책장에 도로 꽂았다.

며칠 뒤, 우리는 대학에서 다시 만나게 되었다. 그 이래로 몇 번인가 점심 식사를 함께하고, 그때마다 강의는 제쳐두고 책이나 음악에 대해 오랫동안 이야기를 나누었다.

"저보다 책을 많이 읽는 같은 세대 사람하고 만난 것은 처음이에요." 와카나는 눈을 반짝이며 말했다.

"그냥 읽고 있는 것뿐이야. 나는 그 독서에서 아무것도 얻고 있지 않아." 나는 그렇게 대답했다. "그 책 본래의 가치를 끌어내기 위한 접시가, 나에게는 없어. 내가 하는 독서는 냄비에서 작은 접시로 스프를 콸콸 쏟아붓는 것하고 똑같아. 들어가자마자 흘러넘쳐서 전혀 도움이 안 되지."

"그런 걸까요?" 와카나는 고개를 갸웃거렸다. "설령 도움이 되지 않는 것처럼 보여도, 금방 잊어버린 듯 보여도 한 번 읽은 것은 반드시 뇌의 어딘가에 남아 있어서 본인도 깨닫지 못하는 동안에 도움이 되는 법이라고 저는 생각하는데요."

"그럴지도 모르지. 다만 적어도 나는――나 자신이 그렇기 때문에 하는 말이지만――젊을 때에 책에 파묻히는 것은 건전하지 못한 일이라고 생각해. 독서 따윈, 그 밖에 할 일이 없는 사람이 하는 짓이야."

"쿠스노키 씨, 하는 일이 없나요?"

"아르바이트 외에는 딱히 없네."

내가 대답하자 와카나는 꾸밈없는 미소를 짓더니, "나중에 늘려드릴게요."라고 말하며 내 어깨를 쿡 찔렀다. 그러고는 내 휴대전화를 멋대로 집어 들더니 자신의 메일 주소와 번호를 등록했다.

그때, 히메노가 이미 임신과 결혼, 출산과 이혼을 끝마치고 나 같은 녀석은 잊어버렸다는 걸 알았더라면 나는 와카나에 대해 좀 더 호의를 표했을 것이다. 그러나 올해 봄의 나는 여전히 히메노와의 약속을 소중히 간직하고 있으면서 스무 살까지 누구와도 맺어지지 않고 남아 있겠다고 굳게 마음먹고 있었다. 그래서 내 쪽에서 와카나에게 연락하는 일은 없었고, 저쪽에서 메일이나 전화가 와도 두세 번의 메시지나 몇 분의 통화로 끝내고 있었다. 너무 기대하게 만들어서는 안 된다고 생각하고 있었다.

언제나 나는 구제하기 힘들 정도로 운 나쁜 인간이었다는 이야기다.

부재중 전화 메시지를 남길 생각은 들지 않았다. 전화를 건 취지를 전하려고 나는 와카나의 메일 주소로 메일을 보냈다. "갑자기 미안한데, 내일 어딘가에 같이 가지 않을래?" 너무 딱딱한 투가 되지 않도록, 그러면서도 와카나 안에 있는 나라는 인간의 인상을 극단적으로 부수지는 않도록 신중하게 문장을 짜서 송신했다.

답신은 금방 왔다. 그것에 위로받았음은 부정할 수 없다. 나를 신경 써주는 사람이 아직 있는 것이다.

나답지 않게 곧바로 답장을 보내주려고 생각하자마자, 나는 자신의 착각을 깨달았다.

도착한 메일은 와카나가 보낸 것이 아니었다. 그것뿐이라면 그나마 나았다. 그러나 손에 든 휴대전화 화면에 표시되어 있는 영문자의 나열이 의미하는 것은 '수신자 부재'였다.

즉, 이런 것이다. 와카나는 메일 주소를 변경했고, 그것을 나에게 알리지 않았다. 나와 연락 가능한 상태를 유지할 필요는 없다고 판단했다는 뜻이다.

물론 그것은 그녀의 실수일 가능성도 있었다. 지금부터 금방이라도 그녀에게 주소 변경 통지가 올 가능성도 있었다.

그러나 왠지 모르게 확신이 들었다.

기한은 이미 지나 있었던 것이다.

미야기는 공허한 눈으로 휴대전화 화면을 바라보는 내 눈치로 사정을 파악한 듯했다. 척척 걸어와서는 내 손에 든 전화를 들여다보았다.

"그러면, 답 맞추기에 들어가죠." 미야기는 가만히 입을 열었다.

"당신이 지금 전화를 건 여자는 당신에게 마지막 희망이었습니다. 와카나 씨는 당신을 사랑해주었을 수도 있는 마지막 사람입니다. 그녀가 당신에게 접근해왔던 봄에 당신

쪽에서 그녀에게 반응을 했더라면 지금쯤 당신들은 마음 맞는 연인이 되어 사이좋게 지내고 있었을 거라 생각합니다. 그렇게 되었더라면 수명의 가치가 이렇게 떨어지는 일도 없었겠지요. ……하지만 조금 늦은 것 같네요. 와카나 씨는 이미 당신에 대한 관심이 완전히 사라졌습니다. 아니, 그러기는커녕 자신의 호의에 응해주지 않았던 쿠스노키 씨를 적지 않게 원망하고 있고, 최근에 생긴 연인을 당신에게 보여주고 싶다고 생각할 정도입니다."

눈앞에 있는 사람에 대해 이야기하고 있다고는 생각되지 않을 정도로 가차 없는 말투로, 미야기는 말했다.

"이후로 당신을 좋아해줄 사람은 두 번 다시 나타나지 않습니다. 타인을 자신의 쓸쓸함을 메우는 도구 정도로밖에 보지 않는 것은 의외로 간단히 간파되기 마련입니다."

옆집 창문에서는 즐거운 듯한 이야기 소리가 들려왔다. 대학생 남녀 몇 사람이 떠들고 있는 듯했다. 창문에서 흘러나오는 빛은 내 방에서 흘러나오는 빛과는 비교가 되지 않을 정도로 밝게 보였다. 이전의 나라면 별로 신경 쓰지 않았을 광경이었지만, 지금의 나에게는 가슴에 꽂히는 광경이었다.

최악의 타이밍에 휴대전화가 울렸다. 와카나에게서 걸려온 전화였다. 무시해 버릴까도 생각했지만, 나중에 다시 걸어오면 귀찮으므로 나는 전화를 받았다.

"쿠스노키 씨, 조금 전에 전화 거셨죠? 무슨 일인가요?"

아마도 평소와 다르지 않은 어조로 그렇게 말했겠지만, 조금 전의 대화 탓인지 와카나의 목소리가 나를 나무라는 듯이 들렸다. "이제 와서 전화 같은 것을 걸어서 어쩔 셈인가요?"라고 말하는 것처럼.

"미안해, 잘못 걸어버렸어."

나는 최대한 밝은 목소리를 내려고 노력했다.

"그런가요? 하긴 그렇겠죠. 쿠스노키 씨는 일부러 다른 사람에게 전화를 걸 만한 사람이 아니니까요." 와카나는 그렇게 말하며 웃었다. 그 말과 웃음소리에 비웃음이 담긴 듯이 느껴졌다. "그래서 저는 당신을 포기한 거예요."라고 말하는 듯한 느낌이 들었다.

"응, 그러네."

신경 써서 다시 걸어줘서 고마워, 라고 말하고 나는 통화를 마쳤다.

옆집은 한층 더 시끌벅적해져 있었다.

집안으로 돌아갈 생각이 들지 않아서, 나는 그 자리에서 담배에 불을 붙였다. 두 대를 연거푸 피우고 난 뒤, 근처 슈퍼마켓에 가서 천천히 가게 안을 돌면서 맥주 6개 들이 팩과 튀김, 컵라면을 쇼핑 카트에 넣었다. 거기서 나는 비로소 수명을 팔아서 얻은 30만 엔에 손을 대게 되었다. 모처럼의 쇼핑이니 사치를 부려보자고 생각하고 있었지만, 뭘 사는 것이 사치에 해당하는지 나는 도통 알 수가 없었다.

미야기는 손에 든 카트에 칼로리 메이트나 생수 같은 맛 없는 음식들을 잔뜩 집어넣고 있었다. 그녀가 그런 것들을 구입하는 것 자체는 전혀 신기하지 않았지만, 구입한 그것들을 그녀가 실제로 입에 넣는 장면이 좀처럼 쉽게 상상 되지 않았다. 어딘가 인간미가 느껴지지 않는 사람이라, 식사라고 하는 가장 원시적이며 인간적인 행위가 어울리지 않는 것이다.

그건 그렇고……. 이래서는 마치 동거중인 연인이 함께 쇼핑을 하고 있는 것 같네, 라고 나는 마음속으로 가만히 중얼거렸다. 그것은 실로 바보 같은──그렇지만 행복한── 착각이었다. 지나쳐가는 사람들이 나와 같은 착각을 해주면 좋을 텐데, 하는 생각까지 했다.

혹시 몰라 이야기해두는데, 나는 이 미야기라는 여자의 존재 자체는 줄곧 성가시게 느끼고 있다. 다만 나는 옛날부터 동거하는 여자와 평상복을 입은 채로 외출해서 식료품이나 술을 사서 귀가한다는 행위에 남몰래 동경을 품고 있었다. 그런 행동을 하고 있는 녀석들을 볼 때마다 얕은 한숨이 흘러나오곤 했다. 그런 이유로, 설령 감시가 목적이라고 해도 밤중에 젊은 여자와 슈퍼마켓에서 함께 쇼핑을 하는 것은 즐거웠다.

덧없는 행복. 하지만 정말로 그렇게 느꼈으니 어쩔 수 없다.

미야기는 한발 먼저 셀프 카운터에서 재빨리 계산을 끝내 놓고 있었다. 비닐봉투를 손에 들고 둘이서 자취방으로 돌아왔다. 옆집의 떠들썩함은 여전히 이어지고 있었고, 벽 너머에서 빈번하게 발소리가 들렸다.

솔직히 말해서 나는 그들이 부러웠다. 이제까지 이런 기분이 든 적은 없었다. 즐겁게 떠들고 있는 녀석들을 봐도, "대체 뭐가 저렇게 즐거운 걸까?"라는 감상 정도밖에 품지 않았다.

그렇지만 죽음을 의식하게 됨에 따라, 이제까지 내가 필사적으로 일그러뜨리고 살아왔던 가치관은 멋지게 정상으로 돌아와버린 듯했다.

남들처럼, 사람이 그리웠다.

이럴 때, 대부분의 인간은 가족이라는 존재에서 구원을 찾아내려고 할지도 모르겠네, 라고 나는 생각했다. 어떤 상황이라도 가족만은 자기편이 되어줄 것이므로, 최종적으로는 그곳으로 돌아가야 한다……. 그런 사고방식이 있는 것은 알고 있다.

그러나 가족이 누구에게나 따스한 존재인 것만은 아니다. 적어도 나는, 남은 석 달 동안 무슨 일이 있어도 가족하고만은 연락을 취하지 않을 생각이었다. 여명이 얼마 남지 않았기에, 자발적으로 불쾌한 기분을 맛보는 짓만큼은 절대 피해야만 했다.

나는 어릴 적부터 남동생에게 부모의 애정을 빼앗기며 살아왔다. 원래부터 남동생 쪽이 모든 능력 면에서 나보다 뛰어났다. 올바른 성격에 키도 컸고 얼굴도 잘 생겼다. 열두 살 무렵부터 열아홉 살인 지금까지 여자 친구가 없던 적이 없었고, 다니는 대학도 나보다 좋았다. 운동신경도 좋아서 고교 시절에는 고시엔의 마운드에 올랐다. 형인 내가 나은 요소는 무엇 하나도 없었다. 성장이 제자리걸음이기는 커녕 오히려 능력을 잃어가는 나와, 점점 더 성장해 가는 남동생과의 차이는 해가 갈수록 커져만 갔다.

남동생에게 애정이 편중되어간 것은 당연한 일이었고, 형인 내가 부모에게 실패작처럼 취급받아도 그것이 불공평하다고는 생각하지 않았다. 실제로 남동생에 비하면 나는 실패작이었다. 만일 나와 남동생이 평등하게 애정을 받았다면, 그것야말로 불공평한 일이다. 내가 부모였어도 같았을 것이다. 보다 사랑하는 보람이 있는 쪽을 사랑하고, 보다 투자하는 보람이 있는 쪽에 투자하는 것이 뭐가 나쁘단 말인가?

지금부터 본가에 돌아가서 가족이 주는 대가 없는 애정이란 것에 감싸여 평온히 지낼 수 있는 가능성은 거의 제로였다. 차라리 지금부터 옆집의 시끌벅적함 속에 끼어들어서 거기서 받아들여질 가능성 쪽이 그나마 높다.

물을 끓이는 동안에도 튀김을 안주 삼아 맥주를 마셨다.

컵라면이 완성될 무렵에는 이미 나는 딱 좋게 취해 있었다. 역시 이럴 때에 알코올은 참 든든하다. 양만 잘 맞춘다면.

나는 방구석에서 노트에 열심히 뭔가를 쓰고 있는 미야기에게 다가가서 "같이 한잔하지?"라고 청했다. 상대는 누구라도 상관없었다. 그저 같이 술을 마셔주기만 하면 그것으로 족했다.

"됐습니다. 일하는 중이니까요." 미야기는 노트에서 고개도 들지 않고 거절했다.

"조금 전부터 신경 쓰였는데, 뭘 그렇게 적고 있어?"

"행동관찰 기록입니다, 당신의."

"그런가. 그렇다면 알려줄게. 난 지금 몹시 취해 있어."

"그렇겠지요. 그렇게 보입니다." 미야기는 고개를 끄덕였다.

"그것뿐만이 아니라, 지금 나는 당신과 술을 마시고 싶어하고 있다고."

"압니다. 조금 전에 들었습니다."

미야기는 귀찮다는 듯이 그렇게 말했다.

5. 이제부터 일어나는 일 전부

　불을 끄고 술을 계속 마셨다. 다행히 이날의 나는 편안하게 취하는 데 성공하고 있었다. 이럴 때는 기분의 흐름에 거스르지 말고, 오히려 자발적으로 절망의 심연으로 뛰어들어 미지근한 자기연민에 젖는 것이야말로 손쉽게 마음을 추스르고 일어서는 요령이다.

　낯익은 방이, 조금씩 다른 의미를 띠기 시작하고 있었다. 창문으로 비쳐드는 달빛에 감색으로 물들고, 여름 밤바람이 불어드는 방은 한구석에 *자시키와라시처럼 가만히 앉아 있는 미야기의 존재도 한몫해서 마치 지금까지와는 이질적인 공간으로 느껴졌다. 나는 이 방에 그런 모습이 있는 것을 몰

---

*자시키와라시 : 座敷童子. 일본 토호쿠 지방에 전해지는 정령의 일종. 어린아이의 모습을 하고 있으며 다다미방이
　나 툇마루에 나타난다고 한다.

랐다.

자신이 무대의 가장자리에 서 있는 듯한 감각이었다. 그곳에서 발을 한 걸음 내디뎠을 때, 간신히 자신의 연기가 시작되는 듯한 기분이 들었다.

갑자기 지금의 나라면 뭐든지 할 수 있다는 기분이 들기 시작했다. 그것은 취기 덕에 일시적으로 자신의 무능함을 잊고서 느끼는 오만에 지나지 않지만, 나는 자신 안에서 뭔가 변해가고 있다고 착각했던 것이다.

미야기를 향해서 큰 소리로 선언했다.

"나는 남은 석 달 동안, 수명을 팔아서 얻은 이 30만 엔으로 뭔가를 바꿔 보일 거야."

그렇게 말하고 캔에 남아 있던 맥주를 비우고, 테이블 위에 힘차게 내려놓았다.

그러나 미야기의 반응은 참으로 싸늘한 것이었다.

몇 센티 정도 시선을 들더니, "그러십니까."라고만 말하고서 다시 노트에 시선을 떨어뜨렸다.

나는 상관하지 않고 계속했다.

"고작 30만 엔이라지만 이건 내 목숨이야. 3천만 엔이나 30억 엔보다도 가치가 있는 30만 엔으로 만들 거라고. 죽을 각오로 노력해서, 이 세상에 한방 먹여주겠어."

술에 취한 내 머리에는 그것은 아주 멋진 대사로 들렸다.

그래도 미야기는 흥을 깨는 반응을 했다.

"모두 같은 말을 하지요."

펜을 옆에 내려놓고서 미야기는 무릎을 끌어안고 그 사이에 턱을 묻고서 말했다.

"비슷한 대사를 이제까지 다섯 번 정도 들었습니다. 모두 죽을 때가 다가옴에 따라서 발상이 점점 극단적이 되어갑니다. 특히 그리 만족스럽지 못한 인생을 살아온 사람은 그런 경향이 심하죠. 도박에서 계속 패배해 온 사람이 비현실적인 일발역전만을 노리게 되는 것과 같은 원리로, 인생에 계속 패배해온 사람은 비현실적인 행복을 바라게 되는 거겠죠. 많은 사람이 죽음을 앞두고 상대화된 삶의 광채를 목도하고서 간신히 활력 같은 것을 되찾고 '이제까지의 나는 구제불능이었지만, 과오를 깨달은 지금의 나라면 뭐든지 할 수 있어'라는 사고에 빠집니다. 하지만 생각건대, 그런 사람들은 치명적인 착각을 범하고 있습니다. 그 사람들은 간신히 시작지점에 섰다는 것뿐입니다. 계속 패배해온 도박에서 간신히 냉정함을 되찾은 것뿐입니다. 그것을 일발역전의 찬스라고 착각했다간 변변한 일이 없습니다. ……쿠스노키 씨, 잘 생각해보세요. 당신의 수명의 가치가 그렇게까지 낮았던 것은, 당신이 남은 30년 동안 무엇 하나 성취할 수 없었기 때문입니다. 그것은 알고 계시겠죠?"

미야기는 매섭게 뿌리치는 듯한 투로 말했다.

"30년 동안 무엇 하나 성취하지 못한 사람이, 고작 석 달만으로 뭘 바꿀 수 있다는 거죠?"

"······해보지 않으면 모른다구."

나는 임기응변적으로 반론했지만, 그 말에서 느껴지는 공허함에 스스로도 진저리가 났다.

하기 전부터 빤히 알고 있는 일이었다. 그녀가 한 말은 구구절절이 옳다.

"차라리 좀 더 흔해 빠지고 평범한 만족을 구하는 편이 현명한 행동이라고 생각합니다." 미야기는 그렇게 말했다.

"어차피 이제는 돌이킬 수 없습니다. 석 달이라는 기간은 뭔가를 바꾸기에는 너무 짧습니다. 그렇다고 해서 아무것도 하지 않고 지내기에는 조금 길지요. 그렇다면 작더라도 확실한 행복을 쌓아나가는 편이 이득이라고 생각하지 않으십니까? 이기려고 생각하니까 지는 겁니다. 패배 속에서 승리를 찾아내는 삶의 방식 쪽이 실망할 일이 적습니다."

"알았어, 알았다고. 당신 말이 맞아. 하지만 정론은 이제 지긋지긋해."

그렇게 말하며 나는 고개를 저었다. 취해 있지 않았더라면 정색을 하고 계속 반론하고 있었을지도 모르지만, 지금의 나에게는 그녀의 정론을 뒤집을 만한 기력이 남아 있지 않았다.

"분명히 나는 자신의 무능함이란 걸, 제대로 이해하지 못하고 있는 거겠지. ······저기 말이야, 알려주지 않겠어? 이제부터 일어날 일 전부. 나는 그 잃어버린 30년간을 어떻게 지내게 되어 있던 거야? 그 얘길 들으면 더 이상 나 자신에게 지나친 기대를 품지 않을 수 있게 될지도 몰라."

미야기는 잠시 동안 입을 다물고 있었지만, 문득 포기했다는 듯 말했다.

"그렇군요. 이 타이밍에 당신은 전부 알아두는 편이 좋을지도 모릅니다. ……다만, 만일을 위해서 말해두는데, 저의 이야기를 듣고 당신이 자포자기할 필요는 없습니다. 제가 알고 있는 것은 '일어날지도 몰랐던' 일이지만, 지금 와서는 이미 '절대 일어나지 않을' 일이니까요."

"알고 있어. 내가 이제부터 들을 얘기는 점괘 같은 거야. ……그리고 한마디 해두겠는데, 자포자기할 필요가 있는 때 같은 건 없어. 그냥 그렇게 될 수밖에 없으니까 그렇게 되는 것뿐이야."

"그렇게 되지 않기를 빕니다."

미야기는 그렇게 말했다.

땅울림 같은 소리가 났다. 거대한 탑이 무너지는 듯한 소리였다. 그것이 불꽃놀이를 하는 소리란 걸 깨달을 때까지 시간이 걸린 것은, 내가 최근 수년 간 불꽃놀이란 것을 제대로 본 적이 없기 때문이다.

언제나 그것은 창 너머로 보는 것이었다. 노점에서 산 오코노미야키를 먹으면서 보는 것이 아니었고, 손을 맞잡고서 연인의 얼굴과 번갈아 보는 것도 아니었다.

철이 들었을 때부터 음울한 인간이었던 나는, 사람이 많이 모이는 장소를 피하며 살아왔다. 자신이 그런 장소에 있는 것이 잘못된 일처럼 느껴졌고, 그곳에서 누군가 아는 사람과 만났을 때를 생각하면 영 꺼려졌다. 초등학교 시절에는 누군가에게 강요받는 경우가 아니면 공원에도 수영장에도, 학교 뒷산에도 상점가에도 여름 축제에도 불꽃놀이 대회에도 가지 않게 되어 있었다. 고교생이 되어도 흥겹고 떠들썩한 자리에는 가까이 가지 않았고, 길거리를 걸을 때는 되도록 큰 길을 피했다.

마지막으로 하늘에 흩어지는 꽃불을 본 것은, 정말로 어릴 적이었다.

그때도 옆에는 히메노가 있었던 것 같다.

가까이에서 보는 불꽃놀이의 꽃불이 얼마나 큰지, 나는 이미 잊어버리고 있었다. 가까이에서 듣는 그 소리가 얼마나 큰가도, 마찬가지로 기억하지 못했다. 가까이에 있으면 화약 냄새가 나는 걸까? 연기는 얼마나 오래 하늘에 남아 있을까? 그 자리에 있는 사람들은 어떤 얼굴로 하늘의 꽃불을 바라보고 있을까? 그렇게 하나하나 생각해보니, 나는 불꽃놀이에 대해서 거의 아무것도 알지 못했다.

창밖을 바라보고 싶다는 유혹이 나를 덮쳤지만, 미야기가 보고 있는 앞에서 그런 처량한 행동을 할 기분이 들지 않았다.

그런 짓을 했다간 미야기에게 이런 말을 들을지도 모른다.

"그렇게 불꽃놀이가 보고 싶으면 보러 가면 되지 않습니까?"

그러면 나는 뭐라고 대답할까? 주위의 눈이 신경 쓰여서 주눅 들게 되니까 싫어, 라고 대답할까?

어째서 나는 수명이 얼마 남지 않았는데도 아직도 타인의 눈을 신경 쓰는 것일까?

필사적으로 유혹과 싸우는 나를 비웃는 것처럼, 미야기는 내 앞을 가로질러서 창문을 열더니 몸을 창밖으로 내밀고 쏘아 올려진 불꽃놀이의 꽃불을 바라보았다. 아름다운 것을 보고 감동하고 있다기보다는 보기 드문 것을 보고 감탄하는 듯한 눈치였지만, 어쨌든 그런 것에 흥미가 없는 것은 아닌 듯하다.

"이봐, 그런 걸 보고 있어도 괜찮겠어, 감시원 양반? 내가 갑자기 달아나기라도 하면 어쩔 생각이야?"

미야기는 꽃불을 바라보는 채로, "감시해주기를 바라시나요?"라고 빈정거리듯 말했다.

"설마. 얼른 없어져 줬으면 좋겠어. 당신이 지켜보고 있으면 마음대로 행동하기가 힘들어."

"그렇습니까. 어지간히 켕기는 게 많으신가 보군요. ……참고로 당신이 도망쳐서 저와 일정거리 이상 떨어져버렸을 경우, 역시 타인에게 폐를 끼칠 의사가 있다는 것으로 간주되어 수명을 빼앗겨서 죽게 되므로 주의해주시기 바랍니다."

"일정거리라니, 어느 정도인데?"

"그렇게까지 엄밀한 것은 아니지만, 대충 100미터 정도
가 아닐까요?"

그런 것은 처음부터 말해줬으면 좋겠다.

"조심할게."라고 나는 대답했다.

계속해서 상쾌한 소리가 하늘에 울려 퍼졌다. 불꽃놀이는
마무리에 접어든 듯하다. 어느샌가 옆 방의 소란은 잠잠해
져 있었다. 그들도 불꽃놀이를 보러 갔는지도 모른다.

그리고 간신히 미야기는 이야기를 시작했다. '일어날지
도 몰랐던 일'에 대해서.

"그러면 잃어버린 30년간에 대한 이야기입니다만…….
우선 당신의 대학생활은 눈 깜짝할 사이에 끝납니다." 그렇
게 미야기는 말했다. "생활비를 벌고, 책을 읽고, 음악을 듣
고, 나머지는 그저 잠만 잘 뿐. 보람 없는 공허한 나날의 반
복으로 점차 하루하루의 구별조차 곤란해지기 시작합니다.
그렇게 되어버리면 하루하루는 날아가듯이 빠르게 지나가
는 법입니다. 무엇 하나 확실한 능력을 익히지 못한 채로 대
학을 졸업해버린 당신은, 얄궂게도 희망에 넘치던 시절의
자신이 가장 경멸했던 직업에 취직합니다. 거기서 깔끔하게
상황을 받아들였으면 좋았을 테지만, 당신은 '예전에 특별
했던 나 자신'을 도저히 잊을 수 없었고 '여기는 내가 있을

곳이 아니다'라는 의식이 방해해서 좀처럼 직장 안에 녹아 들지 못합니다. 매일매일 퀭하니 죽은 눈으로 집과 직장을 오가며 뭔가를 생각할 짬도 없이 몸이 부서져라 일하고, 점 차 술을 마시는 것만이 낙이 되어갑니다. '언젠가는 훌륭한 사람이 되겠다.'라는 야심도 사라지고, 어린 시절에 그렸던 이상과는 멀리 떨어진 인간이 되는 것입니다."

"결코 드문 이야기는 아니야." 나는 그렇게 끼어들었다.

"그렇습니다. 결코 드문 이야기는 아니죠. 그곳에 있는 것은 지극히 평범한 절망입니다. 다만 거기에서 받는 고통 은 사람마다 다릅니다. 당신에게 있어서 당신 자신은 누구 보다도 우수할 필요가 있는 인물이었습니다. 정신적으로 의 지할 수 있는 상대가 없는 당신의 세계는, 당신 혼자서 지탱 할 수밖에 없었죠. 그 외기둥이 부러졌을 때에 생겨난 고통 은, 당신을 파멸로 몰고 가기에 충분한 것이었습니다."

"파멸?" 나는 물었다.

"정신이 들고 보니 당신은 어느새 30대 후반에 접어들고 있었습니다. 고독한 당신의 취미는 오토바이를 타고 정처 없이 달리는 것이었습니다. 그러나 당신도 알다시피 그것 은 위험한 탈것이지요. 특히 거의 자기 인생을 포기해버린 인간을 태울 경우에는. ……불행 중 다행인 것은 당신이 누 군가가 운전하는 차와 충돌하거나, 보행자를 치거나 한 것 은 아니라 그냥 혼자 넘어진 것뿐이었다는 점입니다. 그러나 그 사고에 의해서 당신은 잃어버렸습니다. 얼굴의 절반과 걷는 기능, 그리고 손가락 대부분을."

얼굴의 절반을 잃었다, 라는 말의 의미를 이해하는 것은 간단했지만 상상하는 것은 어려웠다.

아마도 그것은 누가 보더라도 '얼굴이었던 장소'로밖에 인식할 수 없을 만한 끔찍한 몰골이 된다는 뜻이리라.

"자신의 용모를 마음의 안식처 중 하나로 삼고 있던 당신은, 드디어 최후의 수단을 쓸 것을 생각합니다. 그렇지만 도저히 그 한 걸음을 내디딜 수 없었습니다. 마지막에 남은 한 방울의 희망을 버릴 수 없었던 것입니다. '그래도 언젠가 좋은 일이 있을지도 몰라'라는 희망이. ……확실히 그것은 아무도 부정할 수 없는 이야기입니다만, 하지만 그것뿐입니다. 어떤 종류의 악마의 증명에 지나지 않습니다. 그런 못 미더운 희망을 가슴에 품고서 당신은 쉰 살까지 살아갑니다만……결국 무엇 하나 얻지 못한 채로 너덜너덜해져서 혼자 죽어갑니다. 누구에게도 사랑받지 못하고, 누구에게도 기억되지 못하고, 마지막까지 '이럴 리가 없었는데.'라고 한탄하면서."

기묘한 일이었다.

그 이야기를, 나는 순순히 받아들일 수 있었다.

"그건 그렇고 감상은 어떻습니까?"

"그렇지. 우선은 30년을 팔아치우길 정말로 잘했다고 생각하고 있어."

나는 그렇게 대답했다. 허세를 부리는 것이 아니다. 본인도 말했던 것처럼, 미야기가 말하는 '일어났을지도 몰랐던 일'은, 반대로 지금 와서는 '절대 일어날 수 없는 일'인 것이다.

"이왕 팔 거라면 석 달도 남기지 말고, 사흘만 남기고 팔아치울 걸 그랬지."

"지금부터라도 늦지는 않습니다만." 미야기가 말했다.

"당신은 앞으로 두 번, 수명의 매매가 허락되어 있으니까요."

"사흘만 남게 되면 당신도 내 곁에서 없어지는 거지?"

"네. 저의 존재가 너무나 마음에 들지 않는다고 한다면, 그렇게 하는 것도 선택지 중 하나입니다."

"기억해둘게."라고 나는 말했다.

사실 남은 석 달 중에도 이렇다 할 희망을 가질 수 없는 나로서는, 사흘만 남기고 수명을 팔아치우는 것이 제일 현명한 방법일 것이다. 그러나 그것을 망설이게 되는 것은, 역시 이 마당에 이르러서도 "그래도 언젠가 좋은 일이 있을지도 모른다."라는 '악마의 증명' 같은 희망 때문이었다.

이제부터 보낼 석 달은 미야기가 말한 '잃어버린 30년'과는 완전히 별개다. 미래는 확정되어 있지 않다. 어쩌면 뭔가 좋은 일이 있을지도 모른다. 참고 살아오길 잘했다고 생각할 만한 일이, 나에게 일어날지도 모른다.

가능성은 제로가 아니다.

그렇게 생각하면 아직 죽을 수는 없었다.

한밤중에 빗소리에 눈을 떴다. 부서진 빗물받이에서 흘러 떨어진 물이 땅바닥을 두드리는 소리가 끊임없이 들리고 있었다. 시계를 보니 새벽 3시를 지나고 있었다.

달콤한 향기가 방안에 떠돌고 있었다. 오랫동안 맡아보지 못했던 냄새여서 그것이 여성용 샴푸의 향기임을 좀처럼 깨닫지 못했다.

소거법적으로 말해서, 그 향기의 주인은 미야기임이 틀림없었다. 생각할 수 있는 것은 내가 잠든 사이에 미야기가 목욕을 했다는 것이다.

그러나 그 결론은 도무지 받아들이기 힘들었다. 자랑은 아니지만 내 잠은 언제나 선잠이라고 불러도 될 정도로 얕다. 신문 배달이나 위층의 발소리 같은 작은 소리에도 금방 잠을 깨곤 한다. 그런 내가, 미야기가 샤워하는 동안에 한 번도 깨지 않았다는 것은 이상한 일이다. 빗소리에 섞여서 몰랐던 것일까.

나는 그 결론을 나중으로 미루기로 했다. 갓 알게 된 여자가 내 집에서 샤워를 했다고 생각하니 묘한 기분이었지만, 그쪽에 대해서도 생각하지 않기로 했다. 그것보다도 내일에 대비해 잠을 자둘 필요가 있었다. 이렇게 비 내리는 밤에 깨어 있어 봤자 소용없다.

　그러나 간단히 잠이 올 것 같지는 않았다. 거기서 나는 평소처럼 음악의 힘을 빌리기로 했다. 팔지 않고 놔둔 CD 한 장, 'Please Mr. Postman'을 머리맡의 CD 플레이어에 집어 넣고 헤드폰을 썼다. 이것은 나만의 이론인데, 잠들지 못하는 밤에 'Please Mr. Postman'을 들을 만한 녀석은 제대로 된 인생을 보낼 수 없다. 이런 음악을 이용해서, 나는 세상에 익숙해지지 않고 또한 익숙해지려고 하지 않는 자신을 너무 많이 용서해왔다.

　그 대가를, 지금 치르고 있는 것인지도 모른다.

6. 변해버린 사람, 변할 수 없었던 사람

　비는 다음 날 아침에도 계속 내리고 있었다. 잠에서 깬 뒤에 바로 일어나지 않고 미적거리는 것의 핑계가 될 정도로 거센 비였다. 덕분에 나는 이제부터 해야 할 일에 대해서 차분히 생각할 수 있었다.

　내가 '죽기 전에 하고 싶은 일 리스트'를 바라보고 있자, 미야기가 다가와서 "오늘은 어떤 식으로 보내실 거죠?"라고 물었다. 그녀의 입에서 나쁜 뉴스를 듣게 되는 것에 익숙해진 나는, 무슨 소리를 들어도 동요하지 않을 수 있도록 각오를 하고 다음 말을 기다렸다. 하지만 미야기는 그 말만 하고는 그 뒤론 가만히 리스트를 내려다볼 뿐이었다. 특별히 깊은 의미는 없는 질문이었던 듯했다.

　나는 그런 미야기를 다시 한 번 관찰했다.

처음 만났을 때부터 계속 생각했지만, 미야기의 겉모습은 나름대로 단정하다.

아니, 확실히 말하자. 용모에 한해서 말하자면 그녀는 내 취향 그 자체다. 시원스런 눈매, 우울해 보이는 눈썹, 단호하게 다물어진 입가, 아름다운 형태의 두상, 부드러워 보이는 머리카락, 예민해 보이는 손가락, 가느다랗고 하얀 넓적다리……. 하나하나 들기 시작하면 끝이 없다.

그런 만큼, 그녀가 이 방에 나타난 그 순간부터 행동에 신경을 쓰게 되었다. 너무나도 취향에 맞는 여자 앞이라면 하품도 섣불리 할 수 없다. 자신의 흐트러진 표정이나 얼빠진 숨결을 감추고 싶어지는 것이다.

만약 감시원이 이 여자와 대조적인, 추하고 뚱뚱하고 불결한 중년이었다면 나는 긴장을 풀고 자신이 하고 싶은 것에 대해 솔직하게 생각할 수 있었을 것이다. 그러나 이렇게 미야기가 곁에 있음으로 인해, 나는 자신의 일그러진 욕망이나 한심한 바람 등을 필요 이상으로 부끄럽게 생각하게 되어 있었다.

"이것은 개인적인 의견입니다만."

그렇게 미야기가 입을 열었다.

"그 리스트에 적혀 있는 것은 정말로 당신이 진심으로 하고 싶다고 생각하는 일입니까?"

"나도 그것에 대해 생각하던 참이야."

"이렇게 말하기는 뭐합니다만……저에게는 아무래도 당신이 '내가 아닌 누군가가 죽기 전에 할 만한 일'을 리스트로 작성해놓은 것으로밖에 보이지 않아요."

"그럴지도 모르겠네." 나는 인정했다. "사실, 나는 죽기전에 하고 싶은 일 따윈 하나도 없었는지도 몰라. 하지만 그래도 아무것도 하지 않을 수는 없으니까 이렇게 누군가의 흉내를 내고 있는 거지."

"그래도 좀 더 당신에게 적합한 방식이 있다는 기분이 드는데요."

어쩐지 깊은 뜻이 있는 듯한 말을 하더니 미야기는 자신의 자리로 돌아갔다.

그날 아침에 내가 도달한 결론은 다음과 같은 것이었다.

나는 조금 더, 자신의 일그러진 욕망이나 한심한 바람에 솔직해질 필요가 있다. 좀 더 속되고 좀 더 뻔뻔스럽고 좀 더 천박하게, 본능이 가는대로 마지막 석 달을 보내야한다.

이제 와서 뭘 얼버무릴 필요가 있다는 것일까? 잃을 것이 아무것도 없다는 건 알고 있을 터인데.

나는 '죽기 전에 하고 싶은 일 리스트'를 다시 한번 바라보고, 마음을 굳히고 한 지인에게 전화를 걸었다.

이번 상대는 신호음 몇 번 만에 그것에 응해주었다.

우산을 쓰고 밖에 나온 내가 역에 도착할 무렵에 비가 그쳐 있었던 것은, 나라는 인간이 얼마나 운이 없는지를 상징하는 듯했다. 조금 전까지 내리던 비가 거짓말처럼 그친 맑은 하늘 아래에서 우산을 들고 걷고 있으려니, 내가 손에 든 이 물건이 스케이트나 다른 뭔가처럼 부적절한 물건같이 느껴졌다.

젖은 길바닥이 반짝반짝 빛나고 있었다. 더위로부터 도망치듯이 역에 들어갔지만, 그곳도 덥기는 매한가지였다.

열차를 이용하는 것은 오래간만이었다. 홈의 대합실에 들어가서 쓰레기통 옆에 설치된 자판기에서 콜라를 사고, 벤치에 앉고 나서 세 모금 만에 비워버렸다. 미야기도 생수를 사서는 눈을 감고 꿀꺽꿀꺽 마시고 있었다.

창문으로 하늘이 보였다. 그곳에는 흐릿하게 무지개가 떠 있었다.

그런 현상이 있다는 것조차 나는 까맣게 잊고 있었다. 무지개라는 현상이 어떠한 것이고 어떠한 때에 생기며 사람에게 어떠한 인상을 주는지는 알고 있었을 테지만, 가장 기초적인 지식인 '그것은 실존하는 현상이다'라는 것을 어느샌가 완전히 잊어버렸던 모양이었다.

새로운 마음으로 그것을 보고 비로소 깨달은 것이 있다. 하늘에 걸린 거대한 활은, 나에게는 전부 다 해서 다섯 가지 색으로밖에 보이지 않고, 일곱 색깔에는 두 색깔이 부족했다. 빨강, 노랑, 초록, 파랑, 보라. 자신이 건너뛴 것은 무슨 색일까 하고 각각의 색을 가공의 팔레트로 섞어보고, 그것이 주황과 남색임을 알았다.

"그렇지요, 잘 봐두는 편이 좋겠네요." 미야기가 옆에서 말했다. "이것이 마지막으로 보는 무지개가 될지도 모르니까요."

"그러네." 나는 끄덕였다. "그리고 거기에 덧붙이자면, 이 대합실을 이용하는 것도 두 번 다시 없을지도 모르고, 콜라를 마시는 것도 이번뿐일지도 모르고, 빈 깡통을 던지는 것도 마지막이 될지도 몰라."

나는 비운 콜라 캔을 하늘색 쓰레기통을 향해 던졌다. 캔끼리 부딪치는 소리가 대합실에 울려 퍼졌다.

"뭐든 마지막이 될지도 몰라. 하지만 그런 건, 수명을 팔기 전부터 계속 그랬다고."

이렇게 말하기는 했지만, 미야기의 발언을 듣고서 나는 조금 초조해지기 시작하고 있었다.

무지개나 대합실이나 콜라나 빈 깡통에 대해서는 그나마 낫다. 그러나 이제부터 죽을 때까지, 나는 대체 앞으로 몇 장의 CD를 들을 수 있을까? 몇 권의 책을 읽을 수 있을까? 몇 개비의 담배를 피울 수 있을까?

그런 생각을 하기 시작하니, 갑자기 나는 어쩐지 무서워졌다.

죽는다는 것은, 계속 죽어 있는 것 이외의 모든 것을 두 번 다시 할 수 없게 된다는 의미인 것이다.

나는 내린 역에서 버스로 15분 정도 거리에 있는 레스토랑에서, 나루세와 만나기로 약속을 잡아두었다.

나루세는 고등학교 시절 친구였다. 키는 평균에서 조금 작은 정도, 광대뼈가 조금 두드러져 보이는 얼굴의 소유자였다. 머리 회전이 빠르고 사람을 끌어들이는 언변이 있어서 주위로부터 호감을 사고 있었다. 그런 그와 음울한 내 사이가 좋았던 것은, 지금 생각하면 신기한 이야기다.

우리들에게는 한 가지 공통된 견해가 있었다. 세상에 존재하는 대부분의 일에는 웃어 날릴 만한 여지가 있다는 것이 바로 그것이었다. 고교시절에 우리는 자주 패스트푸드점에 죽치고 앉아서, 태도가 불량하다고 말할 수 있을 정도로 온갖 일상적인 일을 우스꽝스럽게 희화해서 표현하곤 했다.

또 그런 식으로 모든 것을 웃어 날리고 싶었다. 그것이 첫번째 목적이었다.

그것과 동시에, 나는 또 한 가지 다른 목적을 가지고 그를 만나러 와 있었다.

나루세의 도착을 기다리는 내 옆, 통로 쪽 자리에는 미야기가 앉아 있다. 4인석이지만 의자가 그 정도로 넓게 만들어져 있지 않아서 나와 미야기의 거리는 자연히 가까워진다. 그런 지근거리에서 미야기는 나를 빤히 감시하고 있다. 가끔씩 나와 눈이 맞을 때가 있어도, 전혀 움츠러들지 않는 눈치로 나를 계속 바라본다.

이렇게, 어디에 가도 따라와서 시선을 보내고 있는 미야기와 나의 관계를, 나루세가 나에게 좋은 방향으로 착각해 주었으면 좋겠다. 그것이 내 바람이었다.

그 바람이 너무나도 한심한 것임은 나도 인정하는 바다. 그러나 그렇게 하고 싶다면 그렇게 하는 수밖에 없을 것이다. 슬픈 일이지만, 수명을 팔아치운 이후로 처음으로 내가 또렷하게 "하고 싶다."라고 생각한 일이 그것이었으니까.

"저기, 감시원 씨." 나는 미야기에게 말을 걸었다.

"왜 그러시죠?"

나는 목 쪽을 긁으면서 말했다. "한 가지 부탁이 있는데…….."

나는 "이제부터 찾아올 남자에게 무슨 질문을 받더라도 적당히 얼버무려줘."라고 미야기에게 부탁하려고 했는데, 어느샌가 웨이트리스가 테이블 옆에 서서 함박웃음을 지으며 우리들을 보고 있었다. "실례합니다. 메뉴는 고르셨나요?"

어쩔 수 없이 나는 커피를 주문했다. 웨이트리스가 주문을 확인하자, 나는 만일을 위해 미야기에게 물었다.

"당신은 아무것도 안 시켜도 괜찮겠어?"

그러자 미야기는 묘하게 난처하다는 얼굴을 했다.

"……저기, 남들 앞에서 저에게 말을 걸지 않는 편이 좋을 거예요."

"뭐 안 좋은 일이라도 있어?"

"일단, 처음에도 설명했습니다만……. 저기 말이죠, 저희 감시원의 존재란 감시 대상인 분 이외에는 지각할 수 없습니다. 이런 식으로……."

그렇게 말하며 미야기는 웨이트리스의 소매를 쥐고 살짝 흔들었다.

미야기가 말한 대로 웨이트리스는 아무런 반응도 보이지 않았다.

"제가 다른 사람에게 주는 감각은 전부 '없었던 일'로 처리됩니다."

그렇게 말하고서 미야기는 글라스를 손에 들었다.

"그러니까 이렇게 제가 글라스를 들어 올려도 저 사람에게 글라스가 떠 있는 것으로 보이는 것은 아닙니다. 그렇다고 해서 글라스가 사라진 것으로 보이는 것도 아니고 움직이지 않은 것처럼 보이는 것도 아닌, 그저 '없었던 일'로 되는 겁니다. 저라는 존재가 '있다'고 지각되지 않기는 고사하고 '없었다'고 지각되지도 않는 것이지요. ……다만 예외가 있습니다. 그것은 유일하게 감시원을 지각할 수 있는 존재인 감시 대상자가 얽혀 있는 경우입니다. 난처하게도 '당신에게 인식되고 있는 나' 자체는 '없었던 것'으로 할 수 있어도, '나를 인식하고 있는 당신'만은 '없었던 일'로 할 수 없습니다. ……요컨대 쿠스노키 씨. 당신은 지금 아무도 없는 공간에 대고 말을 하고 있는 것으로 보이고 있습니다."

나는 웨이트리스의 표정을 살핀다.

미친 사람이라도 보는 것 같은 눈매로 그녀는 나를 보고 있었다.

몇 분 후, 나는 테이블에 나온 커피를 홀짝이면서, 이걸 다 마시고 나면 나루세와도 만나지 말고 돌아가 버릴까 하고 생각하고 있었다. 그의 도착이 앞으로 수십 초 정도 늦었더라면 나는 실제로 그렇게 했을 것이다. 하지만 결심을 굳히기 직전에 나루세가 가게에 들어오는 모습이 보였다. 어쩔 수 없이 나는 그를 향해 손짓을 했다.

자리에 앉은 그는 과장스럽게 나와의 재회를 기뻐했다. 역시 내 옆에 있는 미야기를 전혀 깨닫지 못하는 눈치였다.

"오래간만이네. 잘 있었어?" 나루세가 말했다.

"그야 물론이지."

앞으로 반년도 되지 않아 죽을 녀석이 할 소리는 아니구나, 라고 나는 생각했다.

서로의 근황을 주고받고 난 무렵에는, 우리는 고교 시절로 돌아간 듯한 느낌으로 이야기를 나눌 수 있게 되었다. 구체적으로 무슨 이야기를 했는지는 잘 기억나지 않지만, 대화의 내용이야 뭐든 상관없었다. 자신들의 문법을 통해서 어떠한 일이든 휘저어가는 것이 우리 대화의 목적이었다.

나루세와 나는 이야기하자마자 잊어버릴 만한 시시한 이야기를 줄줄 늘어놓으면서 서로 웃었다.

남은 수명을 판매한 이야기에 대해서는 일절 꺼내지 않기로 했다. 믿어줄지 어떨지도 알 수 없었고, 모처럼의 자리의 분위기를 깨고 싶지 않았다. 내가 앞으로 반년도 채 되지 않아 죽는다는 것을 알면, 나루세는 나에 대해 '실례가 되지 않도록' 행동할 것이다. 농담은 적당히 자제하게 될 것이고, 뭔가 위로가 될 만한 말을 해야만 한다는 강박관념에 휩싸일 것이다. 그런 시시한 생각은 하지 않기를 바랐다.

그 한 마디가 그의 입에서 나올 때까지는, 나는 즐겁게 지내고 있었다고 생각한다.

"그런데 말이야, 쿠스노키." 나루세는 문득 떠올랐다는 듯이 말했다. "너, 그림은 아직도 그리고 있냐?"

"아니." 나는 곧바로 대답한 뒤, 그것에 이어질 말을 신중하게 찾았다. "……대학에 들어간 뒤로부터는 전혀 안 그리게 되었지."

"역시 그런가." 나루세는 웃었다. "아직도 그리고 있다면 어떻게 해야 하나 싶었지."

그것으로, 끝이었다.

나 스스로도 이상한 이야기라고 생각하지만, 십여 초도 되지 않는 이 대화로 인해 내 안에서 3년에 걸쳐 배양되어 온 나루세에 대한 호의는, 정말 덧없이 사라져버렸다.

정말로 덧없다.

뭔가를 수습하는 것처럼 계속해서 농담을 날리는 그에게, 나는 목소리를 내지 않고 말했다.

저기 말이야, 나루세.

그것만큼은 비웃어서는 안 되었어.

확실히 나는 그것을 그만뒀지.

하지만 그게 그것을 비웃어도 되는 이유는 절대 되지 않는다고.

너라면 그걸 이해해 줄 거라고 생각했는데 말이야.

나루세를 향한 내 웃음은 점점 형식적인 것이 되어갔다. 나는 담배에 불을 붙이고, 내 쪽에서 화제를 꺼내지는 않고 나루세의 이야기에 맞장구를 치기만 하게 되었다.

옆에 앉아 있던 미야기가 말했다.

"……그러면 답 맞추기에 들어갈까요."

나는 고개를 살짝 가로저었지만 미야기는 상관없이 계속했다.

"당신은 지금 나루세 씨가 조금 싫어졌겠습니다만, 사실을 말하자면 나루세 씨도 당신의 생각만큼 당신을 좋아하지는 않습니다. 본래대로라면 당신은 2년 뒤에 오늘과 비슷한 자리에서 나루세 씨를 만나고, 사소한 일을 계기로 말다툼을 한 끝에 갈라서게 되어 있었습니다. ……그전에 일찌감치 마무리하는 편이 좋을 겁니다. 이 사람에게 기대한들, 좋은 일은 아무것도 없으니까요."

그때 내가 미야기에게 역정을 내게 된 것은, 친구를 바보 취급했기 때문이 아니다. 알고 싶지도 않았던 것을 알려주었기 때문도 아니고, 필요 이상으로 빈정거리는 표현을 쓴 것이 마음에 들지 않았기 때문도 아니다. 나의 옛 꿈을 비웃은 나루세에 대한 분노가 불합리하게 미야기를 향했던 것도 아니다.

그렇다면 대체 무엇에 화를 낸 것이냐고 묻는다면, 나는 조금 난처해지게 된다. 어쨌든, 정면에서는 나루세가 태평스레 나불나불 수다를 떨어대고, 바로 옆에서는 미야기가 중얼중얼 어두운 소리를 하고, 그 반대편에서는 젊은 여자 두 사람이 새된 목소리로 거의 감탄사만으로 이루어진 대화를 주고받고, 등 뒤에서는 극단에 속한 듯한 사람들이 자기 자신에게 취한 눈치로 열심히 지론을 이야기하고, 저쪽 구석 자리에서는 학생 집단이 손뼉을 치면서 큰 소리로 떠들고 있고……. 갑자기 그런 상황을 견딜 수 없게 된 것이었다.

시끄러워. 나는 생각했다.

왜 좀 더 조용히 못 하는 거야?

다음 순간, 나는 손에 든 글라스를 미야기가 있는 쪽 벽을 향해 내던지고 있었다.

상상 이상으로 요란한 소리가 나면서 유리가 산산조각 났다. 그래도 가게 안은 한순간만 정적이 흘렀을 뿐, 이내 다시 시끌벅적해졌다. 나루세가 눈을 휘둥그레 뜨고 나를 보고 있었다. 점원이 달려오는 모습이 보였다. 미야기가 한숨을 쉬고 있었다.

대체 나는 뭘 하고 있는 거지?

천 엔짜리 지폐 몇 장인가를 꺼내서 테이블에 놓아두고, 나는 도망치듯이 가게를 나왔다.

버스를 타고 역으로 돌아오던 중, 창밖을 바라보고 있는데 문득 낡은 배팅 센터가 눈에 들어왔다. 나는 하차 벨을 누르고 버스에서 내린 뒤, 그곳에 들어가서 300개 정도의 공을 쳤다. 배트를 내려놓을 무렵에는, 손은 저리고 피투성이에, 몸은 땀으로 범벅이 되어 있었다.

나는 자판기에서 산 포카리스웨트를 벤치에 앉아 천천히 마시면서, 퇴근 중에 배팅 센터에 들른 듯한 남자들이 배트를 휘두르는 모습을 바라보았다. 조명의 세기 탓일지도 모르지만, 다양한 것들의 색이 이상하게 푸르스름하게 보였다.

나루세와 그런 모습으로 헤어지게 된 것을 후회하지 않았다. 지금 와서 생각해 보면, 나 자신이 정말로 그에게 호의를 갖고 있었는지조차 의심스러웠다. 어쩌면 나는 나루세라는 인물이 마음에 들었던 것이 아니라, 자신의 생각을 긍정해주는 그를 통해 자기 자신을 사랑하고 있었던 것뿐인지도 모른다.

그리고 변해버린 나루세와 변할 수 없었던 나.

그중 옳은 것은 아마도 나루세 쪽일 것이다.

배팅 센터를 뒤로하고 역까지 걸었다. 홈에 나가자 곧 열차가 왔다. 차 안은 동아리 활동을 마치고 돌아가는 고교생들로 가득해서, 나는 급격하게 나이를 먹어버린 듯한 기분이 들었다. 눈을 감고 열차가 달리는 소리에 주의를 기울였다.

이미 밤이 되어 있었다. 자취방에 돌아가기 전에 편의점에 들렀다. 주차장에는 커다란 모기가 몇 마리나 있었지만 어느 것이나 활발히 움직일 기미는 없었다. 맥주와 안주를 집어 들고 계산대로 향했더니, 운동복에 샌들 차림의 대학생 남녀가 나와 같은 것을 사고 있었다.

집에 돌아온 나는 불고기 통조림에 파를 곁들여 익힌 것을 안주 삼아 맥주를 마셨다. 죽을 때까지 앞으로 몇 리터의 술을 마실 수 있을지를 생각하니, 맥주가 더욱 맛나게 느껴졌다.

"이봐, 감시원 씨." 나는 그렇게 미야기에게 말을 걸었다. "조금 전에는 그런 짓을 해서 미안해. 그땐 내가 제정신이 아니었던 것 같아. 가끔씩 울컥하면 그런 짓을 하게 되는 일이 있어."

"네. 알고 있습니다."

미야기는 말했다. 그 눈에는 어딘지 모르게 나에 대한 경계심 같은 것이 엿보였다. 무리도 아니다. 한창 이야기를 하던 중에 느닷없이 글라스를 집어던지는 남자 앞에서는 누구라도 그렇게 된다.

"다친 데는 없어?"

"없습니다. 유감스럽게도."

"저기 말이야, 진짜로 미안하다고 생각하고 있다고."

"괜찮습니다. 맞지 않았으니까요."

"그 관찰기록이라는 것을 다 쓰고 나면, 같이 한잔하지 않겠어?"

"……저와 술을 마시고 싶다는 건가요?"

예상하지 못했던 반응이었다. 이런 경우에는 솔직하게 대답하는 편이 좋을 것이라고 나는 생각했다.

"그야 물론이지. 쓸쓸하니까."

"그런가요. 하지만 죄송하게도 일하는 중이라서요."

"그러면 처음부터 그렇게 말하라고."

"죄송합니다. 다만 조금 신기하게 생각했습니다. 어째서 그런 소리를 하는 걸까 하고."

"나도 다른 사람들처럼 외로울 때도 있어. 당신이 이제까지 보아왔던 녀석들도, 분명히 죽기 전에는 사람을 그리워하고 있었을 거 아냐?"

"기억나지 않는군요." 미야기는 말했다.

캔 맥주를 전부 비운 뒤에 뜨거운 물로 샤워를 하고 양치질을 마쳤을 무렵에는, 자연스럽게 졸음이 찾아왔다. 배팅 센터에서 무리한 덕분일 것이다.

불을 끄고 이부자리 안에 들어간다.

아무래도 인식을 새롭게 할 필요가 있어 보인다고 나는 생각했다.

죽을 때가 가까이 왔다고 해서 세상이 갑자기 자상해지는 일은 없는 것이다. 세상이 자상한 것은 아마도 이미 죽어버린 사람들에 대해서 뿐이다. 그런 것은 빤히 알고 있었을 텐데, 나는 안이한 생각을 완전히 떨쳐버리지 못하고 마음속 어딘가에서 세상이 갑자기 자상해지기를 기대하고 있었던 모양이다.

7. 타임캡슐 파내기

　막상 유서를 쓰려고 하자 나는, 우선 독자를 상정하지 않으면 쓰기 시작할 수 없다는 것을 깨달았다.

　근처의 문구점에서 사온 편지지를 앞에 두고 펜을 쥔 채, 나는 그곳에 써야 할 것에 대해 오랫동안 생각하고 있다. 창밖의 전신주에 매미가 붙어 있는지, 방 안에서 울고 있는 것처럼 귀가 따가웠다. 매미가 있는 동안에는 붓이 나아가지 않는 것을 매미 소리 탓으로 돌릴 수 있었지만, 매미가 날아간 뒤에도 나는 여전히 한 글자도 쓰지 못하고 있었다.

　애초에 나는 이 유서가 누구에게 읽힐 것을 기대하고 있는 것일까? 말이라는 것은 전달 수단이다. 내가 적는 말은 내 안에 있는 보이지 않는 뭔가를 누군가에게 전하기 위해 적혀야만 한다.

나는 누구에게 무엇을 전하고 싶은 걸까. 그렇게 자문하고서 맨 먼저 떠오른 것은, 역시 소꿉친구인 히메노였다. 그렇다면 나는 이 유서에 히메노를 향한 감사의 말이나 사랑 고백을 적어야 하는 것일까.

시험 삼아서 나는 한 시간 정도를 들여서 차분히 그녀를 향한 편지를 써보았다. 완성된 그것의 내용을 요약하면 이 정도 된다.

이제 와서 네가 나를 어떻게 생각할지는 알 바 아니지만, 나는 열 살 무렵의 그 시절부터 줄곧 너를 사랑해왔어. 내가 스무 살이 될 때까지 죽지 않고 살아 있을 수 있었던 것은 네가 곁에 있었을 무렵의 추억이 있었기 때문이고, 내가 스무 살 이후를 살아가지 못하고 죽는 것은 네가 곁에 없는 세상을 견딜 수 없었기 때문이야. 그 사실을 나는 죽기 전이 되어서 간신히 깨달았어. 어떤 의미에서 나는 오래전에 이미 죽어 있었다고 생각해. 너와 헤어지게 된 그날부터. 잘 있어. 열 살의 내가, 네 안에서 조금이라도 오래 살아주기를 바라고 있어.

다시 읽어보고서 나는 이 편지가 우체통에 들어갈 일은 없겠다고 생각했다. 이 편지는 어딘가에서 치명적인 오류를 범하고 있다. 내가 하고 싶은 말은 이런 것이 아니다. 그리고 내가 하고 싶은 말을 정확하게 글로 적는 것은 불가능하다. 언어로 바꾸면, 그것은 오히려 죽어버릴 것이다.

내 바람은 조금 전에 쓴 문장의 마지막 한 문장이라고 생각한다. 열 살의 내가, 히메노의 안에서 조금이라도 오래 살아 있기를. 그리고 편지로 그 목적을 달성하고 싶다고 생각한다면, 나는 오히려 아무것도 적어서는 안 되었는지도 모른다. 형태가 있는 것이라면 뭐든 상관없었고, 그저 수신인에 히메노의 이름이 적혀 있고 발신인에 내 이름이 적혀 있으면 그것으로 충분한 것이다. 그편이 오해의 소지가 적다. 백지 편지지가 기분 나쁘다고 한다면, "편지를 보내고 싶었어."라는 한마디라도 적으면 된다. 혹은 자신의 죽음에 대해서는 일절 언급하지 않고, 어디까지나 하잘것없는 일상적인 이야기를 적는다는 방법도 있을 것이다.

펜을 테이블에 내팽개치고, 혹시라도 미야기가 읽지 않도록 편지를 접은 뒤에 벌렁 드러누워서 천장을 올려나보았다. ……그건 그렇고, 편지 같은 것을 쓴 것이 대체 얼마만일까? 기억 속을 뒤져본다. 편지를 주고받는 일은 당연히 한 적이 없고, 초등학교 시절부터 연하장이나 무더위 문안 편지 같은 것을 보낸 상대 따윈 없다. 인생을 통틀어도 단 몇 통이 아닐까.

열일곱 살 때의 그 일을 제외하면 내가 마지막으로 편지를 썼던 것은 초등학교 4학년 여름이다.

열 살이 되던 해의 여름, 체육관 뒤편에 타임캡슐을 묻었다. 그 도덕 수업을 통해서 처음으로 나에게 생명의 가치에 대해 생각할 기회를 주었던 담임 선생의 제안이었다.

공 모양의 캡슐에는 학생들이 적은 편지가 들어 있었다.

"그 편지는 10년 뒤의 자신을 향해 썼으면 합니다."

그녀는 말했다.

"갑작스럽게 이런 말을 들으면 대체 뭘 써야 좋을지 당황스러울지도 모르겠네요. 하지만…… 그렇죠. 예를 들면 '꿈은 이루어졌습니까?' 라든가 '행복합니까?' 라든가 '이 일을 기억하고 있습니까?' 라든가 '반대로, 지금의 나에게 전하고 싶은 것은 무엇입니까?' 같은 여러 가지 질문을 해보는 것도 좋겠지요. '꿈을 이뤄주세요.' 라든가 '행복해지세요.' 라든가 '이 일을 잊지 말아주세요.' 같은 바람을 전하는 것도 괜찮겠네요."

그녀가 예상하지 못했을 리는 없다. 10년 뒤에는 그곳에 있던 아이들의 절반이 꿈을 포기하고, 행복해지지 못하게 되고, 여러 가지를 잊게 되리라는 것을.

그것은 미래의 자신을 위한 편지가 아니라, 그것을 쓰고 있는 '지금'의 자신을 위한 편지였는지도 모른다.

그녀는 이런 말도 했다.

"그리고 편지의 맨 마지막에는 지금 당신이 제일 친한 친구라고 생각하는 사람의 이름을 적어주세요. ……그때, 이름이 적힌 상대가 자신을 어떻게 생각하고 있는가는 신경 쓰지 않아도 괜찮습니다. '저 애가 나를 싫어하고 있더라도 나는 저 애가 좋다!' 라고 생각하는 경우에도 그냥 쓰세요. 물론 그것은 선생님도 포함해서 누구에게도 보여주지 않도록 엄중하게 다룰 테니까 걱정하지 않아도 됩니다."

나 자신을 향해 무슨 말을 썼는가는 기억해낼 수 없었다.

누구의 이름을 썼는가는 기억해낼 것도 없었다.

타임캡슐은 10년 뒤에 파내기로 되어 있었다. 딱 올해다. 그러나 이제까지 별다른 연락은 없었다. 물론 내가 연락 받지 못했던 것뿐일 수도 있다. 그러나 그렇지 않았다고 한다면. 단순히 연락 담당이던 사람이 캡슐에 대해서 까맣게 잊고 있는 것뿐이라면. 혹은 단지 아직 연락을 하지 않고 있는 것뿐이라면.

죽기 전에 그 편지를 읽어보고 싶다고 나는 생각했다.

다만 당시의 같은 반 친구들 중 그 누구도 만나지 않고, 나 혼자서.

"오늘은 어떤 식으로 보낼 건가요?" 자리에서 일어서는 나에게 미야기가 물었다.

"타임캡슐 파내기." 나는 그렇게 대답했다.

고향으로 돌아가는 것은 근 1년 만이었다. 조립식 주택 같은 초라한 역을 나오자 낯익은 경치가 펼쳐져 있었다. 녹색 언덕의 마을. 벌레 소리나 초목의 냄새가 진한 것은 내가 지금 살고 있는 동네와는 비교가 되지 않았다. 귀를 기울여 봐도, 들려오는 것은 새와 벌레 소리뿐이다.

"설마 낮부터 초등학교에 숨어들어서 땅을 파는 건 아니 겠지요?" 뒤따라 걷는 미야기가 말했다.

"물론 밤까지 기다릴 거야."

그렇지만 분위기를 타고 여기까지 온 것은 좋았는데, 변변한 오락 시설도 음식점도 없는 마을에서 해 질 녘까지 어떻게 시간을 때울지는 생각하지 않았다. 걸어갈 수 있는 범위 안에는 편의점조차 없는 것이다. 이럴 줄 알았다면 시간이 좀 걸리더라도 오토바이를 타고 왔어야 했는지도 모른다.

아무리 시간이 남는다고 해도 본가에 돌아갈 생각은 없었다. 아는 사람과 만나는 것도 싫었다.

"남는 시간을 주체 못하겠다면 추억의 장소라도 돌아보는 것은 어떤가요?"

미야기는 이쪽의 마음속을 꿰뚫어 본 것처럼 말했다.

"어린 시절에는 자주 다녔지만 최근 몇 년간은 한 번도 찾지 않았던 장소라든가."

"추억의 장소라……. 이 마을에는 싫은 추억들뿐이야."

"히메노 씨에 관한 일을 제외하면, 이겠죠?"

"그 이름을 너무 가볍게 꺼내지 말았으면 좋겠는데. 특히 당신의 입을 통해서는 듣고 싶지 않아."

"그렇습니까. 앞으로 주의하겠습니다. ……다만 지나친

참견일지도 모릅니다만, 누군가를 만나러 가는 것은 피하는 편이 좋을 겁니다."

"그럴 생각은 없어."

"그렇다면 다행입니다만."

미야기는 차가운 얼굴로 말했다.

피부를 찌르는 듯한 햇살이었다. 오늘도 푹푹 찔 것 같다. 역 바깥의 벤치에 앉아서 이후의 방침을 전체적으로 검토하기로 했다.

문득 옆을 보니 미야기가 선크림 같은 것을 몸에 바르고 있었다. 처음 만났을 때부터 피부가 뽀얗다고 생각했는데, 그렇게 되기 위한 노력도 하고 있는 듯하다. 고지식해 보이는 인상이라 꾸미는 데는 무관심한 인간일 거라고 생각했었기에 그런 모습은 의외로 느껴졌다.

"당신, 나한테 말고는 안 보이는 거지?" 내가 물었다.

"기본적으로는 그렇지요."

"늘 그런가?"

"네, 감시 대상 외에는 저를 볼 수 없습니다. 그렇지만 당신도 아시다시피 예외도 있습니다. 예를 들어 당신이 저희 가게를 방문했을 때처럼, 제가 감시 업무에서 벗어나 있는 경우에는 수명이나 시간, 건강을 팔 의사가 있는 사람에 한해서 저의 모습을 볼 수 있습니다. ……거기에 문제라도 있나요?"

"아무 문제없어. 그냥, 누구에게도 보이지 않는데 겉모습에 신경을 쓰는 이유가 뭘까, 하고 생각했어."

의외로 이 한마디가 미야기에게 타격을 준 듯했다.

"저의 기분 문제입니다." 미야기는 기분이 상한 듯이 말했다. "당신도 누군가와 만날 예정이 없어도 목욕은 하잖아요?"

아무래도 미야기는 내 발언에 상처 입은 모양이었다. 상대가 다른 여자였다면 당황하며 사과했겠지만, 상대가 미야기이다보니 오히려 나는 한방 먹인 것 같아서 기뻤다. 부주의한 발언을 한 자신을 칭찬해주고 싶다.

천천히 걸으며 갈 곳을 생각하는 동안, 자연스럽게 내 다리는 나와 히메노의 본가 근처에 있는 숲으로 향하고 있었다. 어릴 적에 자주 둘이서 놀았던 장소다. 결국은 미야기의 제안대로 되어버린 것을 나는 분하게 생각했다. 자신의 행동이 너무나도 평범한 것임이 증명되어버린 듯하다.

되도록 본가 근처에 접근하지 않으려고 했기 때문에 상당히 멀리 돌아가게 되었다. 옛날에 거의 살다시피 했던 과자 가게에 들렀는데, 가게를 접어버렸는지 간판도 떨어져 있었다.

숲길에 접어들고, 중간에 길을 벗어나서 5분 정도 걸으니 목적지가 보이기 시작했다.

그곳에 있는 고장 난 버스는 소년 시절의 나와 히메노에게 이른바 '비밀 기지' 역할을 하고 있었다. 빨간색 칠이 미약하게 남아 있는 버스는 밖에서 보면 녹투성이였지만, 의자나 바닥에 깔려 있는 두꺼운 먼지만 눈 감는다면 안은 의외로 깨끗했다. 벌레도 많이 있을 줄 알았는데 거의 눈에 띄지 않았다.

나는 히메노와 나의 옛 흔적을 찾아서 버스 안을 이리저리 돌아다녀 보았지만 그럴싸한 것은 보이지 않았다. 포기하고 밖으로 나오려고 하다가 문득 운전석에 눈길을 주었을 때, 운 좋게 그것이 눈에 들어왔다.

의자 옆에 파란 유성펜으로 작게 뭔가 적혀 있었다. 가까이 다가가서 눈을 크게 뜨고 보니, 그것은 화살표였다. 화살표가 가리키는 방향으로 눈을 향했더니, 이번에는 다른 화살표가 나타났다.

여섯 개의 화살표를 경유해서 도달한 의자 뒤편에 그려져 있던 것은, 아무래도 우산 그림인 것 같다. 초등학생이 남몰래 우산 그림 아래에 자신과 좋아하는 사람의 이름을 나란히 적어놓거나, 장난으로 남의 이름을 써놓거나 하는 그것 말이다.

물론 그곳에 적혀 있던 것은 내 이름과 히메노의 이름이었다. 그런 일을 한 기억이 없고 이 장소를 아는 사람은 나와 히메노뿐이었던 것으로 미루어보면, 아무리 생각해도 역시 그것은 히메노가 그린 그림일 것이다.

이런 소녀 같은 짓을 할 아이로는 보이지 않았는데…….
그렇게 생각하며 슬며시 웃었다.

나는 잠시 그 그림을 바라보고 있었다. 미야기도 등 뒤에서 그것을 보고 있었지만 빈정거리려는 눈치는 없었다.

우산 그림을 눈에 새기고, 나는 버스를 나와서 어린 시절에 그렇게 했던 것처럼 쓰러진 나무를 이용해서 버스 지붕에 올라갔다. 낙엽이나 나뭇가지를 치우고서 그곳에 드러누웠다.

쓰르라미가 울기 시작하는 해 질 녘까지 그러고 있었다.

할아버지의 묘에 들러 참배하고 나서 초등학교로 향할 무렵에는 밤이 되어 있었다. 창고에서 삽을 슬쩍 빌려온 나는, 체육관 뒤편의 땅을 대강 짐작해서 파기 시작했다. 비상구의 녹색 불빛이 주변을 희미하게 비추고 있었다.

목적한 물건은 금방 찾을 수 있을 거라고 생각했다. 하지만 내 기억이 잘못된 것인지 아니면 이미 파내버렸는지, 땀으로 범벅이 되어가며 한 시간 정도 계속 파도 타임캡슐은 나오지 않았다.

목이 바짝바짝 타들어갔다. 어제 배팅 센터에서 무리했던 탓에 손은 완전히 엉망진창이었다. 미야기는 내가 땅을 파는 모습을 보면서 노트에 뭔가 적고 있었다.

휴식할 겸 담배를 피우는 동안에 간신히 기억이 돌아왔

다. 그렇다, 처음에는 체육관 뒤편의 나무 곁에 묻으려고 했는데, 곧 그곳에 새로운 나무를 심을지도 모른다는 정보가 들어와서 다른 장소에 묻었던 것이다.

교정의 백네트 뒤편을 파내려 가자, 시작한 지 10분도 되지 않아서 딱딱한 것이 삽 끝에 닿았다. 공 형태의 그것을 부수지 않도록 신중하게 파내서 불빛이 있는 곳까지 가지고 갔다. 자물쇠가 채워져 있을 거라고 생각했는데 옆으로 돌리는 것만으로도 간단히 열 수 있었다.

처음에는 내 편지만을 꺼내고 바로 원래대로 돌려놓을 예정이었다. 그러나 이만큼 고생했으니까, 이왕 보는 김에 모든 편지를 보자고 나는 생각했다. 앞으로 몇 달 뒤에 죽을 사람에게 그 정도는 허락될 것이다.

적당한 편지 한 장을 집어 들어서 펼친다. 그곳에 적혀있던 '장래의 나에게 보내는 메시지'와 '최고의 친구'를 훑어본다.

다 읽으면 편지를 원래대로 돌려놓고, 수첩을 펼쳐서 편지를 쓴 사람의 이름을 적고, 거기에서 화살표를 긋고, 그 끝에는 '최고의 친구'의 이름을 적었다. 두 장, 세 장, 순서대로 읽어 나갈 때마다 이름과 화살표가 늘어가고, 점차 관계도 같은 것이 만들어졌다. 누가 누구를 좋아하고 있고, 누가 누구의 호감을 사고 있는가. 어디가 서로 좋아하는 사이이며 어디가 짝사랑인가.

예상은 하고 있었지만, 캡슐의 편지를 전부 읽었을 때에 관계도 안에서 고립되어 있는 것은 내 이름뿐이었다. 누구 한 사람도 나를 '최고의 친구'로 고르지 않았다.

그리고 히메노의 편지만은 아무리 타임캡슐 안을 살펴봐도 찾을 수 없었다. 그것을 묻은 것이 우연히 그녀가 학교를 쉰 날이었는지도 모른다.

만약 그녀가 있었다면 내 이름을 적어주었을 텐데, 라고 나는 생각했다. 비밀 기지에 몰래 자신과 내 이름을 쓴 우산 그림을 그렸던 아이다. 반드시 내 이름을 적고, 하트 마크 한두 개 정도는 붙여주었을 것이다.

히메노의 편지가 있기만 했더라면.

조금 전에 발견한 내 편지를 청바지 주머니에 찔러 넣고 타임캡슐을 도로 묻었다. 삽을 창고에 돌려놓고, 근처에 있는 수돗가에서 손과 얼굴을 정성들여 씻고 나서 초등학교를 뒤로했다.

지칠 대로 지친 몸을 이끌고 밤길을 걷는다.

뒤에서 미야기가 말했다.

"이제는 아셨겠죠? 당신은 과거의 인간관계에 의지해서는 안 됩니다. 무엇보다 당신은 줄곧 그것들을 함부로 취급해왔습니다. 히메노 씨가 전학간 뒤에 한 번이라도 당신 쪽에서 편지를 썼습니까? 고등학교를 졸업한 뒤에 한 번이라도 나루세 씨와 연락을 취했습니까? 와카나 씨가 당신을 포기한 것은 어째서인가요? 동창회에 얼굴을 내밀었습니까?
……이렇게 말하는 건 뭣하지만, 이제 와서 과거에 의지하
다니 정말 뻔뻔스럽다고 생각하지 않으시나요?"

역시나 화가 치밀었지만 받아칠 말이 없었다.

확실히 미야기의 말이 옳을지도 모른다. 내가 지금 하고
있는 행동은, 평소에는 신 같은 건 믿지도 않으면서 곤란한
때에만 신사나 절이나 교회 같은 곳을 돌면서 닥치는 대로
신에게 기도하는 짓에 가깝다.

그러나 그렇다고 한다면, 과거도 미래도 꽉 막혀버린 나
는 대체 무엇에 의지해야 좋단 말인가?

역에 도착한 나는 시간표를 보고 눈을 의심했다. 이미 막
차 시간이 지나 있었기 때문이었다. 이 지방에 살던 무렵에
는 열차를 이용할 기회가 별로 없었지만, 아무리 시골이라
고 해도 이렇게까지 극단적으로 막차 시간이 이를 거라고는
생각하지 않았다.

택시를 부를 수도 있었고 본가에 신세를 질 수 없는 것도
아니었지만, 최종적으로 나는 그 역에서 하룻밤 지내는 것
을 선택했다. 생각하건대, 정신적 고통이 육체적 고통을 상
회하는 것보다는 그 반대인 쪽이 낫다. 나는 자신을 적당히
괴롭힘으로써 의식을 그쪽으로 향하게 만들고 싶었다.

딱딱한 벤치에 앉아 눈을 감는다. 벌레가 형광등에 부딪
치는 소리가 끊임없이 울리고 있다. 몹시 지쳐 있었기에 자

려고 마음먹으면 잘 수 있었겠지만, 역내가 몹시 밝은데다 이런저런 벌레들이 발밑을 기어 다니고 있어서 그다지 쾌적한 수면을 바랄 수는 없어 보였다.

뒤쪽 벤치에서는 미야기가 펜으로 뭔가를 쓰는 소리가 들려왔다. 정말 튼튼한 녀석이라고 나는 감탄했다. 최근 수일간의 눈치로 보면, 그녀는 제대로 된 수면이란 것을 거의 취하지 않는다. 밤중에도 1분간 자고 5분간 깨어 있는 상태를 반복하고 있는 듯했다. 감시원이란 입장에서는 그렇게 할 수밖에 없겠지만, 젊은 여자가 하는 일치고는 너무 가혹하다.

그렇다고 해서 동정하는 것은 아니다. 자신이 그 역할을 맡지 않아서 다행이라고 생각할 뿐이다.

8. 부적절한 행동

첫차가 오기 몇 시간 전에 깬 나는, 자판기에서 영양 음료를 사서 마셨다. 온몸 이곳저곳이 아팠다. 아직 주위는 어두컴컴했고, 아침의 쓰르라미와 까마귀, 산비둘기가 울고 있었다.

역내로 돌아오자, 미야기가 앉은 채로 기지개를 켜고 있었다. 그 몸짓은 이제까지 내가 봤던 그녀의 몸짓 중에서 가장 인간적인 것처럼 보였다.

병을 든 채로 나는 미야기를 바라보고 있었다. 무더운 밤이었기 때문일까, 그녀는 서머 카디건을 벗어서 무릎 위에 올려놓고, 가녀린 하얀 어깨를 드러낸 옷차림을 하고 있었다.

……아마도 나는 혼란에 빠져 있었던 거라고 생각한다. 그것은 여명이 석 달밖에 남지 않았다는 상황 때문일지도

모르고, 무거운 실망감 탓일지도 모르고, 잠이 덜 깬 머리 때문일지도 모르고, 피로와 아픔 때문일지도 모른다. 혹은 미야기라는 여자의 용모가 자신이 생각하는 것 이상으로 마음에 들었기 때문인지도 모른다.

뭐든 상관없다. 어쨌든 그때, 불현듯이 나는 미야기에게 심한 짓을 하고 싶어졌다. 조금 더 직접적으로 말하자면, 미야기를 덮치고 싶어졌다. 모든 감정의 배출구로서 미야기를 이용하고 싶어졌던 것이다.

그것은 지금의 내가 생각하는 것 중에서는 가장 부적절한 행위로, 실행하면 내 수명이 바닥나게 되리라는 것은 확실했다. 하지만 그게 어쨌다는 거지? 고작 몇 달, 죽을 날이 앞당겨지는 것뿐이다. 그렇다면 하고 싶은 일을 하고 죽는 편이 좋다. 나는 '죽기 전에 하고 싶은 일 리스트'에도 적었다. '욕망을 거스르지 않는다.'라고.

이제까지는 의식적으로 그녀를 이런 욕망의 대상 밖에 두어왔지만, 한 번 그런 눈으로 보기 시작하니 미야기만큼이나 그 자포자기 행위의 피해자로 적절한 상대는 없는 것처럼 여겨졌다. 어째서인지는 모르지만, 미야기라는 여자는 내 가학성을 강하게 자극한다. 항상 긴장하고 있는 듯 보이기 때문에, 이따금씩 보이는 본래의 약함을 폭로해주고 싶어지는지도 모른다. "당신은 자신을 강하게 보이고 싶어 하는 것 같은데, 사실은 이렇게나 약하다고."라고 뼈저리게 느끼게 해주고 싶어지는 것이다.

미야기는 정면에 선 나를 보고 불온한 공기를 느꼈는지, 뭔가에 대비하듯이 자세를 바르게 고쳤다.

"당신에게 한 가지 질문할 게 있는데."

"……네."

"감시원이 감시 대상의 '부적절한 행동'이란 것을 확인하고 나서, 그 수명을 바닥나게 할 때까지 어느 정도의 시간차가 있지?"

미야기의 눈에 경계의 빛이 떠올랐다.

"어째서 그런 것을 묻는 건가요?"

"즉, 내가 지금 여기에서 당신에게 난폭한 짓을 한다면 내가 죽게 될 때까지 어느 정도 걸릴지 알고 싶어."

그렇지만 그녀가 놀라는 기색은 없었다.

이제까지 이상으로 싸늘한 눈으로 나를 경멸하듯 바라보았다.

"연락은 한순간에 끝납니다. 그 뒤로 20분도 걸리지 않습니다. 그리고 도망치는 것은 절대 불가능합니다."

"그러면 10분 이상은 자유롭게 행동할 수 있는 거지?"

내가 곧바로 다시 묻자, 미야기는 나에게서 눈을 돌리고는 "아무도 그런 말은 하지 않았어요."라고 약한 목소리로 말했다.

침묵이 이어졌다.

이상하게도 미야기는 달아나려고 하지 않았다. 다만 자신의 무릎을 가만히 바라보고 있었다.

나는 그녀에게 손을 뻗었다.

매도의 말을 퍼붓거나 거칠게 날뛸 거라고 생각하고 있었지만, 내 손이 미야기의 드러난 어깨에 닿아도 그녀는 슬픈 듯한 얼굴로 몸을 긴장시킬 뿐이었다.

이제부터 나는, 미야기를 난폭하게 넘어뜨리고 바닥에 깔아 누르고서 욕망을 행사하겠지. 그때 그녀는 어딘가를 다치게 될지도 모른다. 저 아름다운 무릎에 나 있는 커다란 상처를, 또 하나 늘리게 될지도 모른다. 이미 어둡다 못해 시커먼 그녀의 눈에서 다시 한번 빛을 빼앗게 될지도 모른다. 모든 것이 끝난 뒤에, 그녀는 다시 그 차가운 눈으로 빈정거리는 말을 내뱉을지도 모른다. "……만족하셨습니까?"

그런 방식으로, 나는 만족하는 걸까?

나는 무엇을 하려고 하고 있는 걸까?

신경의 고양은 눈 깜짝할 사이에 수그러들었다.

그 대신 흘러넘치기 시작한 것은 강렬한 허무감이었다.

미야기의 체념한 듯한 눈을 보고 있으려니, 슬픔이 전염되기 시작했던 것이다.

나는 미야기에게서 손을 떼고, 그녀로부터 두 사람이 앉을 거리 정도 떨어져서 앉았다.

자신의 생각 없음을 부끄러워했다.

"정말 고생스러운 직업이구나." 나는 입을 열었다. "이런 쓰레기를 상대해야만 하다니 말이야."

미야기는 나에게서 눈을 돌린 채로, "이해해주신 것 같으니 정말 다행입니다."라고 말했다.

그렇군, 30만 엔이란 가치도 납득이 간다. 나는 돌이킬 수 없는 짓을 저지르기 직전이었다.

"정말 위험한 직업이네. 나 같은 녀석도 적지는 않았겠지? 죽음을 앞두고 머리가 이상해져서 감시원을 향해 분노의 창끝을 돌리는 녀석이 말이야."

미야기는 천천히 고개를 저었다.

"당신은 굳이 말하자면 편한 케이스입니다. 훨씬 극단적인 행동을 하는 사람도 많이 있었으니까요."

낙담하는 나를 위로하듯이 그렇게 말했다.

만났을 때부터 신경 쓰였던 그녀의 무릎에 난 커다란 상처에 대해 물어보고 싶었지만 가만히 있기로 했다. 나 같은 놈이 지금 와서 손바닥을 뒤집듯이 걱정해준들, 성가시게 느껴질 뿐일 것이다.

대신에 나는 "어째서 이런 일을 하고 있는 거야?"라고 물었다.

"간단히 표현하자면 '그렇게 할 수밖에 없으니까' 겠네요."

"간단하지 않은 표현으로 듣고 싶어."

미야기는 의외라는 얼굴을 했다. "히메노 씨 이외의 존재에는 흥미가 없을 거라고 생각하고 있었습니다만."

"그렇지는 않아. 애초에 내가 당신에게 매력을 느끼지 않았더라면 조금 전과 같은 행동을 하려고 하지도 않았을 거야."

"……그렇습니까. 그건 감사합니다."

"말하고 싶지 않으면 말하지 않아도 돼."

"딱히 숨길 만한 과거도 아닙니다만……. 저기, 수명 말고도 건강과 시간을 팔 수 있다는 건 이미 이야기했지요?"

나는 끄덕였다.

"즉, 저는 시간을 팔았습니다. 약 30년 정도."

——그렇다, 계속 신경 쓰였던 점이었다.

시간을 판다는 것이 무엇을 의미하는가.

"그렇구나. 시간을 판다는 건……."

"네. 감시원의 대부분은 당신과 마찬가지로 그 가게를 방문해서 시간을 판 사람들입니다. 결과적으로는 안전이나 교우관계도 팔아버린 모습이 됩니다만."

"그때까지는 당신도 평범한 인간이었다는 건가?"

"네. 쿠스노키 씨와 마찬가지로 평범한 인간이었습니다."

나는 막연하게 미야기가 태생적으로 냉담하고, 태생적으로 빈정거리며, 태생적으로 굳센 마음을 갖추고 있는 거라고 생각하고 있었다. 그러나 지금 이야기를 듣기로는, 미야기에게서 보이는 그런 특징은 그녀가 살아남기 위해서 필사적으로 익힌 것이었는지도 모른다.

"당신도 나이는 먹겠지? 30년이나 팔아버리면, 당신이 이 일에서 해방되는 건 마흔 살 정도 되어서인가?"

"그렇게 되겠네요. 뭐, 그때까지 살아남을 수 있을 경우의 이야기입니다만."

그녀는 자조하는 듯한 웃음을 지었다.

그것은 그녀가 이후 수십 년 간, 계속 투명인간으로 있게 됨을 의미한다.

"……어째서 그렇게까지 해서 돈을 얻으려고 생각했지?"

"오늘은 질문이 많군요."

"물론 싫다면 대답 안 해도 돼."

"그다지 재미있는 이야기는 아닐 텐데요?"

"그래도 내가 수명을 판 이유보다는 재미있을 거야."

미야기는 시간표를 올려다보았다.

"뭐, 아직 첫차까지 시간이 있으니……."

그렇게 말하더니 그녀는 조금씩 천천히 이야기하기 시작했다.

"아직도 저는 어머니가 몇십 년이라는 시간을 팔면서까지 수명을 산 이유를 모릅니다. 제가 기억하는 어머니는 늘 자신이 살아가는 현실에 불만을 흘리고 있었습니다. 아버지는 제가 태어나기 직전에 집을 나갔다고 합니다. 무슨 일이 있을 때마다 어머니는 떠나버린 아버지에 대한 저주를 쏟아내고 있었습니다만, 마음속으로는 분명 아버지가 돌아와주기를 바랐다고 생각합니다. 어쩌면 오로지 그 사람을 계속 기다리기 위한 일념으로 수명을 늘리려고 했는지도 모릅니다. 물론 그렇게 한들 아버지의 수명이 늘어나지는 않고, 어머니의 모습은 투명해져서 누구에게도 보이지 않게 되어버리죠. 그리고 무엇보다 자신의 몸에 지워지지 않는 상처를 몇 개씩이나 남기고 간 남자의 귀가를 바라는 심리를 저는 이해할 수 없습니다. 그래도 만약 어머니가 아버지를 기다리기 위해 오래 살려고 생각했던 거라면……. 사실 기다리는 상대가 누구였어도 상관없었던 거라고 생각합니다. 그저 그밖에 의지해야 할 상대가 없었던 것뿐이고. 아버지 말고는 자신을 사랑해줄 만한 사람을 몰랐던 거겠죠. ……저는 그런 비참한 어머니를 싫어했습니다. 어머니도 저를 싫어해서, 입버릇처럼 '이런 건 태어나지 말았어야 했는데' 하고 투덜거리고 있었습니다. 어머니가 시간을 팔고 감시원이 되어서 제 앞에서 모습을 감추었을 때, 저는 불과 여섯 살이었다고 기억합니다. 이후로 몇 년 동안 친척 집에 신세를 졌는데, 거기서도 저는 천덕꾸러기 취급을 받았습니다."

거기까지 이야기하더니, 미야기는 생각에 잠기듯이 입을 다물었다. 감정이 북받친 것은 아닌 듯하다. 아마도 그녀는 자신이 하는 이야기가 의도치 않게 동정을 부르는 듯한 어조가 된 것이 마음에 걸렸던 것이리라.

　다음 말은 보다 담담하게, 마치 남의 이야기를 하듯이 이어졌다.

　"제가 열 살이 되던 해에 어머니는 죽었습니다. 사인은 잘 모릅니다. 다만 감시 대상자에게 살해당했다는 것은 확실합니다. 아무리 수명을 늘리더라도 외상이나 병으로 죽는 것은 또 다른 문제라고 하더군요. 처음 그 이야기를 들었을 때는, 그건 사기가 아니냐고 생각했었죠. ……어머니의 죽음을 알리러 온 남자는 저에게 또 한 가지 중요한 말을 했습니다. '너에게는 빚이 있다.' 라고 그 사람은 말했습니다. 네 어머니가 남긴 막대한 빚이 말이야. 네가 지금 당장 그것을 갚으려면 세 가지 방법밖에 없어. 수명을 팔든가, 시간을 팔든가, 건강을 팔든가. 그 세 가지다.' 라고. 어머니는 거의 평생 분량의 시간을 파는 것으로 수명을 늘리고 있었습니다만, 팔아버린 시간만큼의 일을 끝마치기 전에 죽어버렸습니다. 그런 어머니와 가장 가까운 관계였던 딸인 제가 그 책임을 떠맡게 되었던 것입니다. 그리고 그 자리에서 빚을 변제하지 못했을 경우, 저쪽이 멋대로 세 가지 중 어느 하나를 선택해서 강제적으로 징수하게 되는 것이었죠."

　"그래서 시간을 선택했다는 건가." 나는 말했다.

　"그런 거죠. 빚의 액수는 저의 시간을 30년 정도 파는 것으로 갚을 수 있는 수준이었습니다. ……그런 이유로 저는 이렇게 감시원으로서 살고 있습니다. 위험도 많고 고독한 업무입니다만, 그만큼 목숨의 가치나 인생을 사는 법에 대해서는 깊은 식견을 얻을 수 있습니다. 빚을 다 갚았을 때, 저는 분명 누구보다도 '제대로' 살 수 있을 거라고 생각합니다. 그렇게 생각하면 그렇게 나쁜 업무도 아니랍니다."

그녀는 그것을 위안이란 듯 말했다.

그렇지만 어떻게 생각해도 나에게는 미야기의 인생이 비극 그 자체로밖에 생각되지 않았다.

"이해가 안 되네." 나는 말했다. "나라면 그런 인생은 싹 다 팔아버릴 텐데. 빚을 다 갚을 때까지 살아 있을 수 있다는 보증은 어디에도 없잖아? 실제로 당신의 어머니는 돌아가셨어. 혹시나 끝까지 살아남았다고 해도, 당신의 인생에서 가장 좋은 시절은 다 끝나버렸다고. 이건 딱히 빈정거리는 말도 뭣도 아닌데, 당신의 말을 빌자면 거기서 '간신히 스타트 지점에 선 것뿐'이야. 신나게 고생하고 마흔부터 간신히 시작하는 인생이란 건, 나로서는 비극이라고밖에 생각되지 않아. 그렇다면 수명을 파는 쪽이 그나마 나아."

"저의 수명에 다른 사람들 정도의 가치가 있었다면 그렇게 했겠죠."

"얼마 정도였어?"

"당신과 같아요."

미야기는 우습다는 듯이 그렇게 말했다.

"1년 당. 1만 엔. ……제가 당신을 필요 이상으로 매몰차게 대하게 되는 것은, 아마도 그 정도의 가치밖에 없는 자신을 용서할 수 없었기 때문이라 생각합니다. 어딘가, 당신에게 나 자신을 겹쳐보고 있던 거겠죠. 화풀이만 해서 죄송합니다."

"……이런 말을 하는 것도 뭐한데, 그렇다면 더더욱 빨리 죽는 편이 나은 거 아니야?" 나는 말했다. "앞으로 희망은 더더욱 없다는 소리잖아."

"네, 그 말대로입니다. 정말이지 딱 그 말대로예요. 그런데도 그렇게 하지 못하고 있는 것은, 요컨대 저도 어머니와 같은 피가 흐르고 있다는 얘기겠죠. 구제할 수 없을 정도의 바보예요. 살아 있어 봤자 아무 소용없는데, 오래 살려고 하지 않을 수가 없어요. 어쩌면 죽는 방법까지 똑같을지도 모르죠. 하지만…… 그 왜, 역시 간단히는 결론지을 수 없는 거예요. '언젠가 좋은 일이 있을지도 모른다' 는 생각이 들잖아요?"

"그런 말을 계속하면서 50년간 무엇 하나 얻지 못한 채로 죽어갈 예정이었던 남자 한 명을, 나는 잘 알고 있어." 나는 농담을 했다.

"……그 사람, 저도 아는 사람이에요." 미야기는 미소를 지었다.

따라 웃으면서, 나는 담배에 불을 붙였다. 그러자 미야기가 일어서더니 내 손에서 담배 한 개비를 뽑아서는 입에 물었다. 불을 붙여주려고 미야기의 입가에 라이터를 내밀었지만, 기름이 떨어졌는지 몇 번이나 시도해도 불이 붙지 않았다.

미야기는 내가 문 담배를 가리키더니, 얼굴을 가까이 가져왔다. 나는 저쪽의 의도를 파악하고 마찬가지로 얼굴을 가까이 했다.

떨리는 두 개비의 담배 끝이 닿고, 서서히 미야기의 담배에 불이 옮겨 붙기 시작했다.

처음으로 내 앞에서 긴장을 푼 미야기를 보고, 나는 생각했다.

하다못해 그녀의 기억 속에서, 곁에 있는 동안 가장 마음이 편했던 감시 대상자가 되자고.

철로 너머를 바라본다. 날이 밝으려 하고 있었다.

9. 너무 잘 풀리는 이야기

　그 뒤로 며칠간, 나는 얌전히 지냈다. 식사를 하는 것 외의 용무로는 밖에 나가지 않고, 좁은 방안에 틀어박혀서 문구점에서 잔뜩 사온 종이접기용 종이를 테이블에 쌓아두고 하루 종일 학만 접었다.

　책상 위에 늘어선 종이학을 보고, 미야기가 말했다.

　"혹시 *센바즈루인가요?"

　"응. 보는 대로야."

　미야기는 몇십 마리의 종이학 중에서 파란 학 한 마리를 집어 들고 양 날개를 손끝으로 잡고는 흥미로운 듯이 그것을 바라보았다.

　"혼자서 천 마리를 접을 생각인가요? 무엇을 위해서?"

_____

*센바즈루 : 千羽鶴 많은 수의 종이학을 이어달아 만든 장식품.

"죽어가는 나의 행복한 여생을 위해서." 나는 말했다.

의미 없는 작업은 즐거웠다. 방은 갖가지 색의 학으로 메워져갔다. 복숭아색 학, 빨간색 학, 주황색 학, 노란색 학, 연녹색 학, 초록색 학, 하늘색 학, 파란색 학, 자주색 학.

학은 테이블 위에서 넘쳐흐르고, 이리저리 고개를 돌리는 선풍기 바람에 휘날려 바닥에 흩어지며 무미건조한 다다미방의 바닥을 채색했다.

나는 그 모습을 보고 작은 만족감을 느낀다.

무의미하고 아름다운 행위만큼이나 순수한 바람이 또 있을까?

한창 학을 접는 동안에 몇 번이나 미야기에게 말을 걸고 싶어졌지만, 나는 되도록 내 쪽에서는 미야기에게 말을 걸지 않으려고 노력했다. 그녀를 마음의 안식처로 삼아 버릇해서는 안 된다고 생각했기 때문이다. 그런 식으로 마음의 평안을 얻는 것은 어쩐지 부당한 방법이라는 기분이 들었다.

그러나 한편으로 미야기 쪽은 서서히 나에 대한 태도를 부드럽게 바꿔가고 있었다. 눈이 맞으면 시선을 돌려주게 되었던 것이다. 물건을 보는 듯한 눈매로 빤히 쳐다보는 것보다 그편이 훨씬 따스한 반응이라 할 수 있을 것이다.

얼마 전 역에서 나눈 대화로 마음을 열어준 것인지도 모르지만, 어쩌면 단순히 감시원이라는 것은 감시 대상자의 수명이 다해감에 따라 서서히 다정하게 대해 주도록 지시받고 있는 것뿐인지도 모른다.

어쨌든 그녀는 어디까지나 직업상의 이유로 내 곁에 있는 것뿐이다. 그 사실을 잊고 들떠 있다가는 언젠가 뼈아픈 배신을 당하게 될 것이다.

닷새 걸려서 간신히 작업이 끝났다. 학의 숫자를 다시 세어 보고 있으려니, 내가 만든 것치고는 너무 잘 만들어진 학이 몇 마리나 보였다.

내가 자는 동안에 어딘가의 참견쟁이가 만든 것이리라.

실을 꿰어서 한데 엮은 센바즈루가 완성되자, 나는 그것을 천장에 매달았다.

그건 그렇고, 편지에 대한 얘기다.

학을 다 접은 날 밤, 청바지를 세탁하려고 주머니의 내용물을 확인하고 있는데 접힌 종이가 나왔다.

'10년 후의 나에게'라고 적힌 편지였다.

타임캡슐을 파낸 날에 주머니에 집어넣은 채로 잊었던 것이다.

청바지를 뒤집어서 세탁기에 던져넣고, 한 번은 읽어보았던 편지를 다시 한번 읽었다.

그곳에는 이렇게 적혀 있었다.

10년 후의 나에게.

당신 말고는 부탁할 수 없는 일이 있습니다.

만약 아직 10년 후의 내가 동반자를 찾지 못하고 남아 있다면, 히메노를 만나러 가주셨으면 합니다.

히메노는 제가 없으면 구제불능인 것 같고,

저는 히메노가 없으면 구제불능인 것 같으니까요.

나는 일부러 그 편지를 미야기에게도 보여주었다.

"10년 전의 당신은 의외로 순수하고 자상한 아이였군요."

편지를 읽은 미야기는 감탄한 듯이 말했다.

"그래서 어떡할 생각인가요?"

"히메노를 만나러 갈 거야." 나는 말했다. "그게 얼마나 어리석은 짓이고 얼마나 소용없는 짓인지, 슬슬 나도 이해하기 시작하고 있어. 10년이나 만나지 않은 소꿉친구에게 이렇게까지 집착하는 것이 어리석다는 것도 아주 잘 알고 있어. 하지만 이건 10년 전의 내 부탁이야. 10년 뒤의 나는 그것을 존중해주고 싶어. 확실히, 지금보다 더욱더 상처 입게 될지도 몰라. 지금보다 더욱더 실망하게 될지도 몰라. 그렇지만 이 두 눈으로 똑똑히 확인할 때까지는 포기할 수 없어. ……마지막으로 단 한 번만이라도 그 애하고 만나서 이야기를 하고 싶어. 그리고 나에게 인생을 살아가게 해준 은혜에 보답하기 위해, 내 수명을 팔아서 얻은 30만 엔을 그애에게 주고 싶어. 몇 만 엔 정도는 이미 써버렸지만 말이야. 아마도 미야기는 이 일에 반대하겠지만, 내 수명을 팔아서 번 돈이니까 쓰는 것은 내 맘이겠지?"

"저는 말리지 않습니다." 미야기는 말했다. "그 심정은 저도 모르는 건 아니니까요."

이렇게나 간단히 긍정하리라고는 생각하지 않았기 때문에 김이 샜다는 느낌을 받았다.

이때 나는 미야기가 한 말의 의미를 깊이 따져보지는 않았다.

그러나 나는 나중에 그 말을 돌이켜보고, 그때서야 간신히 진정한 의미를 이해했다.

미야기는 나의 심정을 '모르는 건 아닌' 정도가 아니었다.

그녀는 그 마음을 알고 있었던 것이다.

나보다도 훨씬 전에.

"내일 아침에라도 히메노의 집에 찾아가보려고 해. 그 녀석, 지금은 본가에 있겠지?"

"그렇겠죠. 남편과 갈라선 뒤로는 계속 본가에 신세를 지고 있는 모양입니다."

그렇게 말한 뒤, 미야기는 안색을 살피는 것처럼 고개를 살짝 숙이고 시선만 올리며 내 눈을 보았다. 내 앞에서 히메노에 대해 이야기하는 것에 부담이 있는 것이리라. 또다시 불합리하게 화를 내는 것은 아닐까 하고 걱정하는 것이다.

거기서 나는, 어울리지 않게 "고마워."라고 말했다.

"별말씀을요."

미야기는 안도한 듯 말했다.

이사 간 뒤의 히메노가 사는 주소를 내가 알고 있던 이유를
설명하려면, 우선 열일곱 살이 되던 해의 여름에 히메노가 내
앞으로 보내온 한 통의 편지에 대해 이야기해야만 한다.

그것을 읽은 나는, 말로 표현하기 힘든 위화감을 느꼈다.

아무리 봐도 그 애답지 않은 편지라고 생각했다.

그곳에 적혀 있던 것은, 하잘것없는 이야기들이었다. 입
시 공부에 치여서 책을 읽을 짬이 없다는 것, 이 편지도 공
부하는 사이사이에 짬을 내서 몇 번에 걸쳐 쓰고 있다는 것,
목표로 하는 대학에 대한 것, 겨울방학 중에 이쪽에 한 번
놀러 올지도 모른다는 것.

너무나도 열일곱 살 여자아이가 쓸 만한 내용이, 열일곱
살 여자아이가 쓸 만한 예쁜 글자로 적혀 있었다.

그러나 그렇기에 이상한 것이다. 그 편지를 쓴 사람이 평
범한 열일곱 살 소녀였다면 아무것도 이상할 것이 없다. 그
러나 이 편지를 보내온 사람은 다른 사람도 아닌 그 히메노
다. 나에게 밀리지 않을 정도로 비뚤어졌을, 평범함과는 거
리가 먼 여자아이다.

그런데도 빈정거림을 한 마디도 찾아볼 수 없는데다 매도
의 말도 없다니, 대체 어찌된 일일까? 심사 뒤틀린 히메노

는 어디로 가버린 걸까? 열일곱 살쯤 나이를 먹으면 사람이 변하는 법일까? 아니면 단지 말로 표현하는 것과 글로 표현하는 것의 차이가 커서, 문면으로는 평범한 아이와 마찬가지로 행동하는 아이였던 것일까?

의문에 대한 적절한 답을 찾지 못한 채, 2주일 뒤에 나는 보내온 편지와 같은 내용의 편지를 보냈다. 이쪽도 입시공부가 바빠서 답신이 늦고 말았다는 것, 목표로 하는 대학에 대한 것, 히메노가 놀러오면 기쁘겠다는 것.

나는 답장을 계속 기다렸지만, 다음 주가 되어도 다음 달이 되어도 히메노로부터 답장은 오지 않았다.

겨울방학에 히메노가 놀러오는 일도 없었다.

내가 뭔가 실수를 저질렀던 것일까? 그러나 당시의 나로서는 상당한 무리를 해서 솔직하게 "히메노와 만나고 싶다."라는 마음을 편지에 적은 것이었다.

그때는 표현이 좋지 않았던 걸까, 라고 생각했다. 그렇지만 아마도 그 무렵의 히메노는 이미 내가 모르는 누군가의 아이를 배 속에 배고 있던 것이리라. 열여덟 살에 결혼하고, 다음 해에 이혼하게 될 상대의 아이를.

이렇게 돌아보더라도 그리 좋은 추억이라고는 할 수 없다. 그러나 히메노가 보내준 편지는 나에게 그녀가 사는 곳을 알려주었다. 지금은 그것을 기뻐하자.

다니던 대학에는 두 번 다시 가지 않을 생각이었지만, 히메노가 사는 곳의 위치를 정확하게 알기 위해서 대학 도서관의 컴퓨터를 쓸 필요가 있었다. 오토바이에 열쇠를 꽂고 킥 페달에 발을 올려놓았을 때, 나는 전에 미야기에게 들었던 것을 떠올렸다.

"그러고 보니, 나는 당신에게 100미터 이상 떨어지면 안 된다고 했었지?"

"그렇습니다." 미야기는 말했다. "죄송합니다만, 혼자서 멀리까지 가는 것은 조금……. 하지만 이 오토바이는 둘이 탈 수 있죠?"

"뭐, 일단은."

통학을 위해 중고로 산 혼다 커브110은 리어 캐리어를 떼어내고 대신 탠덤시트를 달아두었다. 예비 헬멧은 없었지만, 미야기의 모습 자체는 아무에게도 보이지 않으니까 누군가에게 나무라는 소리를 들을 일도 없을 것이다.

"그렇다면 그걸 타고 이동할 수 있겠네요. 저를 태우는 것이 너무너무 싫어서 안 되는 게 아닌 한."

"그럴 리가. 신경 안 써."

엔진에 시동을 걸고서 사이드 스탠드를 내리고 뒷자리를 가리키자, 미야기는 "실례하겠습니다."라고 말하며 탠덤시트에 걸터앉고 내 복부에 두 손을 둘렀다.

평소에 다니던 길을 평소보다 느긋하게 달렸다. 기분 좋은, 그리운 아침이었다.

긴 직선주로를 달리고 있던 중, 푸른 하늘에 떠 있는 거대한 뭉게구름을 깨달았다.

물체의 윤곽은 평소 이상으로 또렷하게 보이는데, 어딘지 모르게 공허하게 느껴지기도 했다.

며칠 만에 찾아온 학교에서는 이상하게 서먹서먹한 공기가 느껴졌다. 걷고 있는 대학생들은 모두 자신과는 전혀 다른 세계에 속한, 행복한 생물로 보였다. 가끔씩 지나치는, 고개를 숙이고 걷는 불행해 보이는 사람조차도 그 불행을 만끽하고 있는 것처럼 보였다.

지도를 프린트해서 가방에 넣고 도서관을 나섰다. 매점이 아직 열지 않아, 자판기에서 단팥빵과 드립 커피를 사서 라운지에 앉아 아침을 때웠다. 미야기도 도넛을 사서 오물오물 씹고 있었다.

"저기, 이건 특별한 의미는 없는 질문인데, 당신이 나와 같은 상황에 처했다면 남은 몇 달간을 어떻게 보내겠어?" 나는 미야기에게 물었다.

"으음……. 그때가 되어보지 않으면 모르겠네요."

그렇게 대답한 뒤 미야기는 주변을 두리번거렸다.

"저기, 전에도 말했지만 이런 장소에서 저에게 말을 걸지 않는 편이 좋아요. 혼자 수다를 떠는 이상한 사람으로 여겨질 테니까요."

"괜찮아. 실제로도 이상한 녀석이니까."

실제로 라운지에 있는 사람들은 혼자 허공을 향해 말을 거는 나를 수상쩍은 듯 바라보고 있었다. 그러나 나는 신경 쓰지 않았다. 그러기는커녕, 더욱 수상히 여겨지고 싶다고 생각하고 있었다. 살날이 얼마 남지 않은 나는, 사람들에게 전혀 기억되지 않기보다는 수상한 사람으로라도 기억되는 편이 차라리 낫다고 생각하고 있었는지도 모른다.

식사를 마치고 자리에서 일어서자, 미야기가 "저기요." 하고 내 옆을 걸으면서 말했다.

"계속 생각하고 있었어요. 조금 전에 들은 질문의 답을. 그래서…… 꽤 진지한 대답이 되겠는데요, 만일 제가 목숨이 몇 달밖에 남지 않는 상황에 놓인다면, 반드시 해두고 싶은 일이 세 가지 정도 있어요."

"흐음, 꼭 듣고 싶은데?"

"별 참고는 되지 않을 거라 생각하지만요." 미야기는 말했다. "……첫 번째는 어떤 호수에 가는 것. 두 번째는 저 자신의 묘를 만드는 것. 그리고 세 번째는 당신과 마찬가지로 예전에 소중했던 사람을 만나러 가는 것. 그런 정도입니다."

"그것만으로는 잘 모르겠는걸. 조금 더 자세히 알려주지 않겠어?"

"호수는 그냥 호수예요. 다만 어릴 적에 그곳에서 봤던 밤하늘의 별이 너무나도 아름다웠던 기억이 나요. 저의 부족한 인생 경험 속에서는 가장 아름다운 경치였어요. 세상에는 더 아름다운 풍경이 헤아릴 수 없이 많겠지만, 제가 정말로 '알고 있는' 아름다운 경치는 별이 빛나는 그 호수 정도예요."

"그렇구나. ……묘에 대한 건, 자기가 묻힐 묘지를 구입하고 싶다는 얘긴가?"

"아뇨. 극단적으로 표현하자면, 적당한 크기의 커다란 돌 같은 것을 발견하고 '이것을 내 묘로 삼자.'라고 정하는 것뿐이라고 해도 좋아요. 중요한 건 제가 스스로의 묘라고 정한 것이 제가 죽은 뒤로 적어도 수십 년은 남아 있어야 한다는 점이죠. ……그리고 '소중했던 사람' 말인데." 거기까지 말하더니 미야기는 시선을 내렸다. "이건 쿠스노키 씨에게 말하기는 조금……."

"그렇구나. 그건 역시 남자인가?"

"뭐, 그런 얘기예요."

깊이 추궁하지 않기를 바라는 듯했다.

나는 생각한다. 미야기에게 소중한 사람. 그녀가 감시원이 된 것은 열 살 때였다고 했다. '예전에' 소중했던 사람이라고 할 정도이니, 아마도 미야기가 말하는 것은 감시원이 되기 전에 친하게 지내던 인물일 것이다.

"상처 입을 수도 있고 실망할 수도 있겠지만, 결국 저도 그 사람을 만나러 갈 거라고 생각해요. 그러니까 쿠스노키 씨가 지금부터 하려고 하는 일을 부정할 권리는, 저에게 없는 거죠."

"당신답지 않네. 자기 일이 되면 묘하게 태도가 소극적이 되잖아." 그렇게 말하며 난 웃었다.

"자기 미래에 대해서는 아무것도 모르니까요." 미야기가 말했다.

히메노의 집은 김샐 정도로 간단히 발견했다.

처음에는 그곳이 히메노의 집이라고는 도저히 믿을 수 없었다. 성이 같은 다른 사람의 집이 아닐까 하고 의심했지만, 아무리 주위를 둘러봐도 그 밖에 '히메노'라는 성씨는 보이지 않았다. 아무래도 그곳에 히메노가 살고 있다고 봐도 틀림없을 것 같았다.

이사하기 전에 히메노가 살고 있던 곳은 훌륭한 일본식 주택이었고, 나는 어린 마음에 '히메노(姬野)'라는 이름에 딱 맞는 집이라고 생각했다. 그러나 지도와 문패에 의지해서 찾아낸 그곳은, 눈을 떼면 5초 만에 그 모습을 잊어버릴 정도로 개성 없고 초라한 주택이었다.

내가 초인종 누르기를 망설이지 않았던 것은, 그곳에 그녀가 없을 거라고 어렴풋이 깨닫고 있었기 때문일 것이다. 3분의 간격을 두고 초인종을 세 번 눌렀지만 아무도 나올 눈치가 없었다.

밤이 되면 누군가 돌아올 거라고 생각한 나는, 그때까지 그 부근에서 시간을 때우기로 했다. 학교에서 프린트해 온 지도를 꺼내서, 어딘가 밤까지 보낼 수 있을 만한 곳을 찾았다. 시립 도서관이라는 글자가 눈에 들어왔다. 마침 오늘 아침에 대학 도서관을 이용했을 때부터 내 안에서 독서욕이 부글부글 끓어오르던 참이었다.

겉모습은 깔끔한 도서관이었지만, 안에 발을 들이자 아주 오래된 건물이란 것을 알았다. 곰팡이 냄새가 떠돌았고, 쓰지 않는 학교 건물처럼 여기저기가 지저분했다. 그러나 갖추어진 장서들은 썩 나쁘지 않았다.

내가 죽기 전에는 어떤 책을 읽고 싶어질까, 하는 생각은 옛날부터 하고 있었다. 그것은 바꿔 말하면 '죽기 직전까지 도움이 되는 책은 어떤 것일까' 라는 이야기다.

나는 그런 책만을 골라서 읽고 싶다고 생각하고 있었다. 죽음을 앞두게 되면 금세 가치를 잃을 만한 책을 읽고, "대체 뭐가 재미있다고 이런 책을 읽어왔던 걸까?"라며 후회하고 싶지는 않았다.

앞으로 한 달이 지나면 또 이야기가 달라질지도 모르지만, 그때 내가 고른 것은 폴 오스터와 미야자와 겐지, 오 헨리, 헤밍웨이였다. 너무나도 특색 없는 선택이다. 선택한 것이 전부 단편이었던 점으로 보아 나는 그 작가들이 마음에 들었다기보다는 단순히 긴 이야기를 읽고 싶지 않았던 것일지도 모른다. 일정 이상의 길이를 가진 이야기를 상대할 만한 기력이 나에게 남아 있을지 불안했던 것이리라.

오 헨리의 '크리스마스 선물'을 읽고 있는데, 그때까지 정면에 앉아서 나를 감시하고 있던 미야기가 내 옆자리로 와서는 펼쳐져 있는 페이지를 들여다보았다.

"감시와 독서를 한 번에 하려는 거야?" 나는 작은 소리로 물었다.

"그러려는 참이에요." 그렇게 말하며 미야기는 몸을 더욱 바짝 붙여왔다.

차분해지는 냄새가 나는 여자구나, 하고 나는 생각했다.

폐관 시간인 18시까지 차분하게 책을 읽었다. 이따금씩 눈을 쉴 겸, 밖으로 나와 흡연실에서 담배를 피웠다.

누군가와 함께 책을 읽는 것은 처음 하는 경험이었다. 그러는 것으로 '내가 어떻게 느끼는가.'만이 아니라 '같은 부분을 읽고 있을 미야기는 어떻게 느꼈는가.'에까지 생각이 미쳐서 독서는 보다 농밀해졌다.

다시 히메노의 집으로 향했지만, 역시 초인종을 눌러도 아무도 나오지 않았다. 이웃집 주민에게 의심받을 것을 각오하고 한 시간 정도 히메노의 집 앞에서 돌아오기를 기다렸다. 날이 저물고 전신주의 방범등이 켜졌다. 발밑에 담배 꽁초가 쌓여갔다. 미야기가 나무라는 듯한 눈길로 그것을 보고 있어서, 나는 가방에서 휴대용 재떨이를 꺼내 꽁초를 주워 담았다.

아무래도 오늘은 포기하는 편이 좋겠다고 생각했다.

히메노가 나타나지 않은 것에 안심하는 나 자신이 있었음은 부정할 수 없다.

돌아가는 길에, 어딘가에서 골목을 잘못 돌았는지 어느샌가 제등이 늘어서 있는 상점가를 달리고 있었다. 그곳이 내 본가 바로 근처라는 것을 깨달을 때까지는 꽤 시간이 걸렸다. 그런 경로로 이곳에 오는 것은 처음이었기 때문이다.

아무래도 이 길 앞에 있는 신사에서 여름 축제가 열리고 있는 모양이었다. 마침 배가 고프기도 했던 나는, 자전거 주차장에 오토바이를 세워 놓고 좋아하는 음식을 파는 노점을 찾아서 졸아붙은 소스 냄새가 나는 신사 주변을 걸어 다녔다.

그 축제를 보는 것은 10년 만이었다. 히메노가 내 곁을 떠난 뒤로는 인근에서 열리는 축제에 가본 적이 없었기 때문이다. 여전히 소규모 축제여서 노점의 숫자는 열에서 열다섯 개 정도였다. 그렇지만 나름대로의 활기가 있었다. 오락이 적은 지역의 행사일수록 흥겨운 법이다.

오코노미야키와 프랑크푸르트 소시지를 산 것까지는 예정대로였지만, 그 뒤에 나는 정신이 나갔는지 모든 노점에서 하나씩 사기로 결심하고는 문어 구이, 빙수, 구운 옥수수, 전병, 튀김, 사과 사탕, 초코 바나나, 닭꼬치, 오징어 구이, 트로피컬 주스를 사서 돌계단으로 들고 갔다.

"이렇게 잔뜩 사서 어쩌려는 건가요?" 미야기가 기가 막힌다는 얼굴을 했다.

"소년의 꿈을 이룬 거야. 나 혼자서는 다 못 먹을 것 같으니 당신도 거들어줘."

그렇게 말하고서 나는 그것들의 처리를 시작했다. 미야기는 조심스럽게 내가 든 봉투에 손을 뻗더니, "잘 먹겠습니다."라고 말하며 전병을 먹기 시작했다.

열두 번째 품목에 손을 댈 무렵에는, 나도 미야기도 음식 냄새에 진저리를 내고 있었다. 원래부터 두 사람 다 위장은 상당히 작은 편이다. 배 속에 배구공이 들어가 있는 듯한 느낌이었다. 너무나 강렬한 만복감에 한동안은 일어설 생각조차 들지 않았다. 미야기는 열두 번째의 사과 사탕을 풍한 얼굴로 핥고 있었다.

돌계단 위에서 여름 축제가 열리는 장소가 내려다보였다. 좁은 참배길에 노점들이 빽빽이 늘어서고, 두 줄의 제등이 활주로 등처럼 똑바로 이어지며 어두컴컴한 경내를 붉게 비추고 있다. 오가는 사람들은 모두 흥겨워하는 눈치다. ……요컨대 10년 전의 그날과 무엇 하나 달라지지 않았다.

그날도 나는——나와 히메노는——이렇게 돌계단에 앉아서 축제 현장을 돌아다니는 사람들을 바라보고 있었다. 자신들에게는 그곳에 섞일 권리가 없다며 체념하고 있었다. 자신들의 존재를 긍정해주는, 모든 것을 납득해주는 그런

'어떤 것'을 기다리고 있었다.

그리고 히메노는 예언했다. '아주 좋은 일'이 일어나서 '살아 있기를 잘했다.'라고 진심으로 생각할 날이 10년 뒤의 여름에 올 거라고. 그리고 그녀는 말했다. 10년 뒤에도 서로 결혼할 상대를 찾지 못했다면 그때는 선택받지 못한, 팔리지 않고 남은 사람끼리 함께하자고.

지금 나는 그 10년 뒤의 여름날에 있다. 약속을 말한 당사자는 팔리지 않기는 고사하고 이미 중고품이 되었고, 나는 팔리지 않기는커녕 비매품으로서 일생을 마치려 하고 있다.

그러나 결국 서로에게 소유자가 없는 상황이기는 하다.

우리는 다시 외톨이가 되었다.

히메노는 지금 어디서 무엇을 하고 있을까?

쓰르라미 소리가 쏟아지는 신사에서, 지금 나는 다시 신에게 기도하고 있었다.

정신이 들고 보니 상당한 시간이 지나 있었다. 옆에서 미야기가 노트에 연필을 휘갈기는 소리가 들렸다. 축제도 끝이 가까워져서 사람들의 모습이 하나둘씩 줄기 시작했다. 나는 고개를 들고, 쓰레기를 정리하려고 천천히 일어섰다.

돌계단을 올라오는 사람의 모습이 보였다.

어두워서 얼굴은 보이지 않았지만, 그 인물의 윤곽을 본 순간 나의 시간은 정지했다.

너무 절묘해서 작위적인 이야기라고, 사람들은 말할 것이다.

그러나 세상일은 본인도 깨닫지 못하는 가운데, 이런 청개구리 같은 모습으로 이어지는 법이다.

몸속의 세포가 기쁨에 떠는 것을 느꼈다.

그녀가 한 걸음 발을 내디딜 때마다, 처음 만난 네 살 때의 그날부터 그녀가 전학을 가며 내 앞에서 모습을 감춘 열 살의 여름날까지의 추억들이 하나씩 머릿속에 되살아나는 것 같았다.

그 모습은 10년 전과는 많이 바뀌어 있었지만, 설령 아무리 용모가 변하더라도 내가 그녀를 분간하지 못할 리가 없다.

서로의 얼굴이 보이는 거리까지 왔을 때, 나는 쉰 목소리로 말을 걸었다.

"히메노."

여자는 멈춰 서서, 텅 빈 눈으로 나를 보았다.

그 얼굴은 서서히 어이없다는 듯한 표정으로 변해 갔다.

"……쿠스노키?"

그날과 다름없는 맑은 목소리로, 히메노는 내 이름을 불렀다.

10. 나의, 단 한 명의 소꿉친구에게

　재회한 나와 히메노가 어떠한 대화를 나눴는가는 거의 기억하지 못한다. 그러기는커녕 히메노가 어떤 옷차림을 하고 있었는지조차 떠올릴 수 없었다. 나는 그 정도로 흥분해 있었고, 생각 없이 떠벌이고 있었던 것이리라.

　대화의 내용 따위 뭐가 되었든 괜찮았던 것이다. 내가 뭔가 말하고, 그녀가 뭔가 대답해준다면 그것으로 족했다.

　그녀는 축제를 보러 왔던 것은 아닌 모양이었다. 일 관계로 이곳에 와서, 우연히 신사에 차를 세워두었기에 이 계단을 지나가게 되었다고 한다. 무슨 일을 하고 있느냐고 물어보자 어물쩍 넘겨버렸다. 사람을 상대하는 일이야, 라고만 말해주었다.

　"조금 더 이야기하고 싶지만, 내일 일찍 나가야하거든."이라며 그녀가 조심스럽게 돌아가고 싶어하는 기색을 보여서, 나는 조만간 어디서 술이라도 마시지 않겠느냐고 청했다.

알코올은 안 되지만 식사라면, 이라고 히메노는 승낙해주었다.

이틀 뒤 밤에 만나기로 약속하고 우리는 헤어졌다.

이루 말할 수 없는 행복감에, 나는 잠시 미야기의 존재를 잊을 정도였다.

"잘 됐네요." 미야기는 말했다. "이렇게 될 거라고는 저도 예상하지 못했습니다."

"나도 그래. 너무 이야기가 잘 풀린다고 생각해, 정말로."

"네. ……이런 일도 있군요."

다음에 히메노와 만나는 것은 이틀 뒤다. 그쪽이 진짜 재회라고 생각해야 할 것이다.

나는 그때까지 여러 가지 준비를 끝마쳐야겠다고 생각했다.

자취방으로 돌아온 나는, '죽기 전에 해보고 싶은 것 리스트'의 히메노 항목에 취소선을 긋고 잘 준비를 마쳤을 때에 미야기에게 말했다.

"당신에게 조금 특이한 부탁을 해도 될까?"

"술은 마시지 않을 거예요."

"그게 아니야. 내일 할 일에 대해서야. 히메노하고 만날 때, 정성들여 만반의 채비를 하고서 가고 싶어. 다행히 그 애하고 만나는 건 이틀 뒤니까, 내일은 하루 전체를 모레의 만남을 준비하는 데 쓸 수 있어. 그것을 도와줬으면 해."

"준비라니요?"

"이제 와서 당신에게 감추려 해봤자 소용없을 테니 솔직히 말하겠는데, 나는 이 20년 간 한 번도 제대로 여성과 교제해본 적이 없어. 그러니까 이대로 히메노하고 만나더라도 그 애를 지루하게 만들거나 엉뚱한 소리를 하게 될지도 몰라. 그럴 가능성을 조금이라도 줄이기 위해서, 내일은 거리로 나가서 예행연습을 하고 싶어."

미야기는 멀뚱한 표정을 하고 몇 초간 굳었다.

"제가 착각하는 것이 아니라면…… 그건 제가 히메노 씨의 대역을 해주기를 바란다는 말인 거죠?"

"그런 거야. 미야기, 부탁할 수 있을까?"

"그게, 저는 상관없습니다만 실제로 그렇게 하게 되면 몇 가지 치명적인 문제가……."

"응. 당신이 나 말고 다른 사람에게 보이지 않는다는 것 말이지?"

"그런 거죠." 미야기는 끄덕였다.

"상관없어. 주위가 어떻게 생각한들 알 바 아니야. 중요한 건, '히메노에게 좋은 인상을 주는 것', 이거 하나뿐이야. 그 이외의 모두가 나를 경멸하더라도, 히메노 한 사람이 나를 아주 조금이라도 좋아해주면 나는 그걸로 만족해."

미야기는 어이없다는 듯 입을 열었다.

"히메노 씨에 관한 일이 되면 갑자기 사람이 바뀐 것처럼 행동하는군요, 당신은. ……다만 또 한 가지 문제가 있습니다. 아시다시피 저는 제 또래의 여성이 생각하는 바를 잘 모릅니다. 그러니까 대역으로서의 기능은 그다지 기대할 수 없다고 생각합니다. 히메노 씨에게 유쾌한 일이 저에게는 불쾌하거나, 히메노 씨에게 지루한 것이 저에게는 자극적이거나, 히메노 씨에게 무례한 행동이 저에게는 예의이거나 하는 경우도 생각해볼 수 있습니다. 그런 이유로, 저를 스무 살 전후의 여성 샘플로 보는 것은……."

"자신에 대한 문제가 되면, 순식간에 비굴해지는구나, 당신은." 나는 그렇게 가로막듯이 말했다.

"문제 될 것 없어. 내가 보기에 당신 정도면 주변에 있는 여자와 크게 다르지 않아. 보통보다 조금 더 예쁘다는 점을 빼면."

"……뭐, 당신이 상관없다면 그래도 괜찮습니다만."

미야기는 머뭇머뭇 그렇게 말했다.

다음 날 아침, 나는 미용실에 예약을 잡아두고 거리로 나와 옷과 신발을 사러 갔다. 낡아빠진 청바지와 칙칙한 스니커를 신고 만나러 갈 수는 없다. 센스가 좋아 보이는 가게에 들어가서 프레드페리의 폴로셔츠와 치노팬츠, 그것에 맞춘

벨트를 샀다. 신발 가게에서는 초콜릿 색 데저트 부츠를 미야기의 조언에 기초해서 구입했다.

"당신은 딱히 공들여 차려입을 필요는 없습니다. 깔끔한 옷차림이면 그것으로 충분하다고 생각해요."

"그건 '본바탕이 좋다.'는 말을 들은 것으로 생각해도 되는 건가?"라고 나는 물었다.

"어떻게 받아들이는가는 당신의 자유입니다."

"알았어. 자유롭게 받아들이기로 하지. 아무래도 나는 칭찬받고 있는 모양이야."

"일일이 말하지 않아도 괜찮아요."

쇼핑이 끝나고 예약 시간보다 약간 일찍 미용실에 갔다. 미야기의 조언에 따라 솔직하게 "내일 소중한 사람과 만납니다."라고 설명하자 여자 미용사는 빙그레 미소 짓더니 열심히 머리를 자르고, 몇 가지 실용적인 어드바이스를 해주었다.

새 옷을 걸치고 머리를 다듬은 내 모습은, 과장 없이 말 그대로 마치 딴 사람 같았다. 답답해 보이는 머리카락과 구깃구깃한 셔츠는 생각했던 것 이상으로 내 분위기를 음침하게 만들어 놓고 있었던 듯하다. 그것들이 없어진 지금, 나는 팝송 뮤직 비디오 속에서 튀어나온 듯한 상쾌한 인상의 젊은이가 되어 있었다.

"어쩐지 어제까지의 당신과는 다른 사람 같네요." 미야기도 그렇게 말해주었다.

"응. 1년에 1만 엔 정도의 가치밖에 없는 사람으로는 도저히 보이지 않지?"

"그러네요. 마치 행복한 미래가 약속된 사람 같네요."

"고마워. 미야기도 웃고 있으면 도서관의 요정처럼 보여."

"……오늘의 쿠스노키 씨는 아주 기분이 좋아 보이네요."

"그런 것 같아."

"뭔가요, '도서관의 요정'이라니?"

"지적이고 초초한 여성을 말하지."

"히메노 씨에게 같은 말을 할 거죠?"

"그 녀석의 좋은 부분은 또 다르다고. 나는 미야기에 대해 말하고 있는 거야."

미야기는 표정을 딱딱하게 굳히면서, "그건 감사합니다."라며 살짝 고개를 숙였다.

"뭐, 저나 당신이나 인간으로서의 가치는 제로에 가깝지만요."

"신기한 얘기야." 나는 말했다.

그때 우리가 있던 것은 큰길의 골목에 있는 이탈리안 레스토랑으로, 당연히 이 대화도 주위에는 혼잣말로 여겨지고 있었다. 옆 테이블의 중년 부부가 흘끗흘끗 나를 훔쳐보며 뭔가 속삭이고 있었다.

식사를 마치고, 우리는 큰길을 빠져나와 다리 옆에 있는 계단을 내려가서 강변을 산책했다. 알코올이 들어가서 기분이 좋아져 있던 나는, 그동안 줄곧 미야기의 손을 잡고 앞뒤로 힘차게 흔들며 걷고 있었다. 미야기는 곤란한 듯한 얼굴을 한 채로 내 손에 이끌려 걷고 있었다. 옆에서 보기에는 기묘하게 걷고 있는 내 모습밖에 비치지 않았겠지만 그런 것이야 어떻게 되든 상관없었다. 어차피 나는 제대로 된 사람들 틈에 낄 수는 없다. 그렇다면 차라리 눈 딱 감고 스스로 기인이 되는 편이 훨씬 마음이 편하다.

"자, 저를 히메노 씨라고 생각하고 구애해 보세요, 주정뱅이 쿠스노키 씨."

나와 손을 잡는데 익숙해진 듯한 미야기가 새침한 얼굴로 말했다.

나는 멈춰서서 미야기의 눈을 정면으로 응시하면서 말했다.

"내 인생에서 가장 좋은 사건은 네가 내 눈앞에 나타난 일이었어. 그리고 최악의 사건은 네가 내 눈앞에서 사라진 일이었지. ······그리고 지금부터 너의 대답 여하에 따라서 가장 좋은 사건과 나쁜 사건이 바뀌게 될 거라고 생각해."

"잘도 그렇게 에두른 작업 멘트가 물 흐르듯 나오네요. 감탄했어요."

"그래서, 히메노는 뭐라고 대답할 거라고 생각해?"

"그렇죠, 히메노 씨라면······."

미야기는 입가에 손을 대고 생각에 잠겼다

"…… '갑자기 무슨 소릴 하는 거야.'라고 말하며 웃어서 얼버무리려고 할지도 모르겠네요."

"그런가. 그러면 미야기라면?"

"……무슨 의미인지 잘 모르겠어요."

"농담이야. 신경 쓰지 마." 나는 혼자서 웃었다.

"쿠스노키 씨는 사실 그런 사람이었나요? 농담 같은 걸 자주 하는."

"나도 잘 모르겠어. 나는 성격이라든가 기질이라든가 본 성이라든가 하는 말을 별로 믿지 않아. 그런 건 상황에 따라 얼마든지 달라지니까. 오랫동안 지켜보게 되면, 사람에 따라 다른 것은 '어떤 상황에 빠지기 쉬운가'라는 점뿐이라고 생각해. 일관성이라는 것을 모두 지나치게 믿고 있는데, 그건 많은 사람이 생각하는 것보다 훨씬 표면적인 것이 아닐까."

"하고 많은 사람 중에서 당신이 그런 말을 할 거라고는 생각지도 못했네요."

"누구나 자기만은 일반론 앞에서 예외일 거라고 생각하는 법이지."

미야기는 작게 한숨을 내쉰 뒤에, "그것도 그러네요."라고 동의했다.

걷는 것에 지치자, 우리는 적당한 버스에 올라탔다. 차 안에서는 몇 명의 승객이 있었지만 나는 상관하지 않고 히메노에 관한 추억을 미야기에게 들려주었다. 버스를 갈아타고 도착한 전망대는 이 동네에서도 손꼽히는 데이트 장소라 열 쌍에 가까운 남녀가 어깨를 끌어안거나 몰래몰래 키스를 주고받고 있었지만, 그곳에서도 나는 상관하지 않고 미야기와 대화를 이어나갔다. 이상하게 보는 시선은 느껴지지 않았다. 다들 자기들 일에 정신이 없는 것이리라.

"이 장소를 처음 찾아왔을 때도 히메노는 곁에 있었어. 저 나선 계단, 정상 부근에 있는 층계참의 난간이 너무나도 어린아이가 올라가고 싶어지는 높이와 굵기라서 말이야. 당시의 히메노도 그 위에 올라가려고 했지만, 사실 난간 끝에 절묘한 빈틈이 벌어져 있어서 하마터면 히메노는 그곳에서 지상까지 일직선으로 떨어질 뻔했어. 우연히 곁에 있던 내가 붙잡지 않았더라면 정말로 그렇게 되었을지도 모르지. 지적인 척하고 있지만 의외로 얼빠진 구석이 있어, 그 녀석은. 뭐랄까, 혼자 내버려 둘 수 없는 녀석이야. 나는 황급히 히메노를 잡아당기다가 넘어지면서 찰과상을 입었는데, 그날 하루만은 그 녀석, 이상할 정도로 자상해져서……."

불안을 떨쳐내려고 몹시 수다스러워진 나를 보고, 미야기는 복잡해 보이는 표정을 짓고 있었다.

그녀는 이때, 나보다 많은 것을 알고 있었다.

아직 나에게 중요한 것을 말하지 않았다.

전망대는 그것을 설명하기에 절호의 장소였지만, 미야기

가 그것을 입 밖에 내는 일은 없었다.

한계까지 꿈을 꾸게 해 주려고 그랬는지도 모른다.

고대하던 날이 왔다. 비가 내린 오후라서 역에는 우산을 든 사람 천지였다. 2층 창문으로 광장을 내려다보자, 다양한 색깔의 우산이 제각각의 방향으로 움직이고 있었다.

서점 앞에서 오후 5시에 만나기로 했는데, 그 시각에서 10분이 지나도 히메노는 모습을 보이지 않았다.

초조해할 것 없어. 나는 나 자신에게 그렇게 들려주었다. 비로 인해 길거리는 혼잡하고, 그녀는 나와 달리 바쁜 사람이니까.

그렇다고 알고 있으면서도 나는 1분에 세 번 꼴로 손목시계를 들여다보고 있었다.

1시간으로도 2시간으로도 느껴지는 20분이 지났다. 나하고 히메노 중에 어느 한쪽이 약속 장소를 착각하고 있는 것은 아닐까? 그렇지만 그녀는 '서점 앞'이라고 말했고, 이 역에 서점은 하나이니 착각할 리가 없다.

27분이 지나고 내가 서점 앞을 벗어나서 히메노를 찾으러 가려고 하던 그때, 마침 그녀가 이쪽을 향해 살짝살짝 손을 흔들면서 걸어오는 것이 보였다. 어쩌면 저번에 히메노가 했던 약속은 얼버무리려는 속임수, 그 장소를 떠날 구실에 지나지 않았던 것은 아닐까 하고 생각하기 시작했던 나는, 온몸의 힘이 빠질 정도로 안심했다.

내가 10년간 기다리고 기다리던 존재란 사실을 빼놓더라도, 그날의 히메노는 넘치는 아름다움을 발하고 있었다. 몸을 구성하는 곡선 하나하나가, 엄밀한 계산과 치밀한 배려에 기초해서 이루어져 있는 듯했다. 과한 곳은 하나도 없이, 모든 요소가 자신의 역할을 다하고 있었다.

가령 내가 아무런 관계도 없는 입장의 인간이었다고 해도, 한 번 그녀를 보면 가슴이 답답해지는 기묘한 감각을 느꼈을 것이다. 그 존재는 메우기 힘든 구멍을 나에게 남기고 갔을 것이 틀림없다. '나는 저 사람을 내 것으로 삼을 수 없겠지. ……그렇다면 내 인생은 완전히 공허 그 자체가 아닐까?' 그런 생각이 들어도 이상할 것 없다.

그리고 다행히, 나는 적어도 이 역에 있는 사람 중에서는 그녀와 가장 가까운 존재였다.

나는 그 사실에 커다란 기쁨을 느낀다.

"비 때문에 버스가 늦어졌어." 히메노는 변명했다. "기다리게 해서 미안해. 내가 뭔가 살게."

"빚으로 삼아둘게. 이번에 만나자고 한 사람은 나니까, 늦은 건 잊어버려."

나는 용모뿐만이 아니라, 목소리까지도 변해 있음을 깨달았다. 반 옥타브정도 높아진 내 목소리는, 그 음역이 본래의 목소리였던 것처럼 자신도 깜짝 놀랄 정도로 편안하게 울렸다.

"흐음. 그렇다는 얘긴 '다음번'을 예정하고 있다는 거구나?"

그녀는 새침한 얼굴로 말하면서 내 모습을 빤히 보았다.

"응. 그리고 다음번도, 그 다음번도 예정하고 있어."

"솔직하니 넘어가 줄게." 그녀는 쿡쿡 웃었다.

정말 히메노가 할 만한 말이구나, 라고 나는 마음속으로 중얼거렸다. 히메노는 그 무렵과 아무것도 변하지 않았다. 열 살의 그녀도 이런 식으로 빈정거리기는 했어도, 어딘가 따스함이 느껴지는 말투를 쓰고 있었다.

지하도를 지나 큰길로 나온 곳에서 우산을 펼치자, 히메노는 살짝 내 손에서 우산을 빼앗아 쥐고는 두 사람 사이에 받쳐 들었다.

"쿠스노키는 늘 우산 가져오는 것을 잊어버리고 이렇게 투덜거리면서 내 우산 안에 들어오고는 했었지."

"그랬지."

그렇게 말하며 나는 히메노에게서 우산을 도로 낚아채서 히메노 옆에 받쳐 들고 걷기 시작했다.

"그러니까 오늘부터는 반대여도 괜찮겠지?"

"그렇구나."

한 우산 아래에 들어가서, 함께 걷기 시작한다.

그런데 그저께는 그런 곳에서 뭘 하고 있었어? 히메노가 물었다.

히메노를 찾고 있었어. 나는 그렇게 대답했다.

거짓말쟁이, 라며 히메노는 나에게 어깨를 부딪쳤다.

정말이야, 라며 나는 웃으며 말했다.

잘하고 있다고 생각하고 있었다.

나의 호의가 히메노에게 전해지고, 히메노도 나에게 호의를 보이고 있다.

그렇게 믿어 의심치 않았다.

이때 히메노가 가슴속에 무슨 마음을 품고 있었을지, 다시 생각해보고 싶지 않다.

그러면 답 맞추기에 들어가자.

레스토랑에 도착해서 히메노의 맞은편에 앉은 나는, 대화를 이어나가는 도중에 말도 안 되는 잘못을 범한다. 엄밀히 말하면 그것은 잘못이 아니었는지도 모른다. 그 장면을 몇 번이라도 반복할 수 있는 권리가 주어졌다고 해도, 나는 매번 같은 선택을 하고 말 것이다. 그밖에 다른 선택지가 없었다. 이런 상황에서 만약 내 선택을 '잘못'이라고 부르려고 한다면, 그것은 그 자리에서 발생한 것이 아니라 훨씬 이전부터 단계적으로 형성되어 있었다는 이야기가 된다.

나는 시간을 들여서 견실하게 잘못을 범했던 것이다.

그러나 어쨌든 그 '잘못'이야말로 결과적으로 나를 구하게 된다.

그리고 동시에, 나는 알게 되었다.

왜 미야기는 내가 히메노를 만나러 가는 것을 말리려고 했는가를.

음식 주문을 마치고, 나는 히메노를 향해 호의를 드러내는 미소를 지었다. 그녀도 같은 것을 보내주었다. 히메노는 유리잔의 얼음물을 한 모금 마시고는 "이제까지 10년 동안 쿠스노키가 해온 일에 대해서 알고 싶네."라고 말했다. 나는 "히메노의 이야기를 먼저 듣고 싶어."라고 말했지만, "우선은 쿠스노키부터."라며 그녀는 양보하지 않았다.

거기서 나는 "아무런 재미도 없는 얘기지만."이라고 운을 떼고 중고등학교 시절의 이야기를 했다. 정말로 무미건조한 이야기다. 중학교 2학년에 접어들자 서서히 학력 저하가 눈에 띄기 시작했던 것. 열 살 당시에는 완벽했던 기억력이, 나이를 먹어감에 따라 급속히 나빠져갔던 것. 고등학교는 그 지역에서 제일가는 입시 명문에 다니고 있기는 했지만, 도중부터 학교 공부를 제대로 따라갈 수 없게 되어서 지금 다니는 대학은 어이없을 정도로 평범한 곳이라는 것. 유명 대학이 아니면 다니는 의미가 없다고 불평하는 부모를 설득해서 입학금을 받아내고, 수업료와 생활비는 직접 벌고 있다는 것. 열일곱 살의 겨울 이래로 한 번도 그림을 그리지 않았던 것.

이야기는 채 5분도 되지 않아 끝나버렸다. 내 인생에, 이야기할 만한 부분은 거의 없는 것이다.

"그렇구나, 그림을 포기했구나. ……아쉽게 됐네. 난 쿠스노키가 그리는 그림을 좋아했는데."

히메노는 그렇게 말해주었다. 언젠가 만났던 사내놈하고는 딴판이구나, 라고 나는 생각했다.

"늘 그림을 그리고 있었지. 아무것도 아니라는 듯한 얼굴로, 숨을 삼킬 정도로 아름다운 것을 그리니까 당해낼 수가 없었어. 줄곧 부럽다고 생각하고 있었어."

"당시에는 한 번도 그런 말은 해주지 않았잖아."

"그때 나는 쿠스노키를 향한 경쟁의식이 무시무시했거든. 공부 말고는 잘하는 게 없는 나는, 너의 공부 이외의 재능을 인정할 수 없었던 거야. 하지만…… 쿠스노키는 깨닫지 못했는지도 모르지만, 난 자주 멋대로 쿠스노키의 그림을 집에 가져가서 멍하니 보고 있었어."

먼 곳을 바라보는 듯한 눈을 하며 히메노는 말했다.

"경쟁의식이 강했던 건 나도 마찬가지야. 학력은 비슷비슷했어도 어른들이 칭찬하는 건 당시부터 예뻤던 히메노 쪽이었어. 공부를 잘하면서도 미인이라는 건 아무리 그래도 너무 불공평하다고 생각했어."

"그런 애가 설마 고등학교를 중퇴하리라고는 아무도 예상하지 않았겠지." 히메노는 아무렇지도 않은 듯 선뜻 말했다.

"중퇴?" 나는 일부러 깜짝 놀라는 시늉을 했다.

"그렇구나, 역시 몰랐구나." 히메노는 눈썹을 내리며 웃었다. "동창회 같은 데서 소문이 돌았을 거라고 생각했는데."

"초등학교 동창회에는 한 번도 얼굴을 내밀지 않았거든. 어차피 히메노는 나가지 않을 거라고 생각해서."

"그렇구나. ……저기 말이야, 내 이야기도 그리 재미있는 이야기라고는 할 수 없지만……."

그렇게 말하고서 히메노는 고교 중퇴까지의 흐름을 설명해주었다. 그러나 미리 미야기에게 들었던 출산에 대한 이야기는 설명에서 생략되어 있었다. 그녀가 이야기한 것은 '졸업한 선배와 결혼하고 분위기에 휩쓸려 퇴학까지 했는데, 문제가 발생해서 이혼하게 되었다.' 정도의 내용이었다.

"결국 나는 어린애였다고 생각해."

그렇게 말하며 히메노는 어색한 미소를 지었다.

"여러 가지 일들을 있는 그대로 받아들이고 앞으로 나아가는 것이, 나에게는 도저히 불가능했어. 조금의 불완전함에도 견디지 못하고, 모든 일을 근본부터 망쳐버린다고나 할까. 아무래도 내 머릿속은 전학 가서 쿠스노키와 떨어진 무렵부터 아무것도 변하지 않았던 것 같아. ……10년 전의 나는 확실히 머리 좋은 아이였다고 생각해. 하지만 그 탓에 마음속 어딘가에 '이제 이 이상 성장할 필요는 없어.' 라는 교만함이 생겨나버린 거겠지. 덕분에 아직도 나는 열 살의 꿈 많은 소녀에서 그리 변하지 않은 상태야. 다들 점점 변해

가는데."

테이블에 얹은 손을 상처 입은 소녀 같은 눈으로 바라보면서, 히메노는 그렇게 말했다.

"그래서 쿠스노키는 어때? 역시 너도 이 10년간 변해버렸어?"

그 부근부터 나는 냉정함을 잃기 시작하고 있었다.

"변하지 않았던 것은 너뿐만이 아니야." 나는 말했다. "나도 히메노와 헤어진 그날 이후로 변하지 못하고 있었어. 몇 년이나 사는 보람 없이, 고독하고 무위한 나날을 보내왔어. 세상은 나를 실망시키기 위해 존재하는 것 같았어. 반쯤은 죽어 있는 것이나 다를 바 없었어. 그래서 나는 바로 얼마 전에……."

나는 자신이 무슨 말을 하려고 하는지 알고 있었다. 그것이 히메노의 귀에 어떻게 들릴지도 예상하고 있었다. 자신이 하려는 짓이 얼마나 어리석은 일인지 이해하고 있었다.

그러나 멈출 수 없었다.

"수명을 팔아버렸어. 1년 당, 고작 1만 엔에."

그렇게 나는 말했다.

히메노의 얼굴에 곤혹의 빛이 떠올랐지만, 이미 밀려나오는 말의 격류를 막는 것은 불가능했다. 내 안에 쌓여 응어리진 것들이 단숨에 분출되었다.

나는 쉬지 않고 계속해서 이야기했다. 수명을 매입해주는 가게. 1년 당 수백만 정도라고 생각했었는데, 최저 매수액인 1만 엔이었다는 것. 미래에 절망하고 석 달만을 남긴 채 수명을 팔아버린 것. 그 이후로 늘 투명한 감시원이 붙어 다닌다는 것.

동정을 부르는 듯한 투로 주절주절 말했다.

"히메노에게는 보이지 않겠지만, 지금도 바로 저기에 감시원이 있어."

그렇게 말하며 나는 미야기를 가리켰다.

"여기에 있어. 미야기라는 여자애인데, 매몰찬 말투를 쓰지만 이야기를 나눠보면 의외로 괜찮은 애라서 말이야……."

"저기, 쿠스노키. 내 말에 기분이 상하지 않았으면 좋겠는데 말이야, 지금 네가 하는 말이 얼마나 비현실적으로 들리는지 알고 있어?"

히메노는 미안하다는 듯 말했다.

"응. 얼마나 어처구니없는 이야기로 들리는지 잘 알고 있어."

"그래, 어처구니없는 이야기야. ……하지만 쿠스노키. 그렇지만 나는 네 이야기가 도저히 거짓말이라고는 생각되지 않아. 너의 수명이 조금밖에 남지 않았다는 것도, 저곳에 감시원 여자애가 있다는 것도. 오랫동안 알고 지냈으니까, 네가 거짓말로 나를 속이려고 하면 금방 알 수 있어. 확실히 믿기 힘든 이야기이긴 하지만, 네가 수명을 팔았다는 말이 거짓말은 아니라고, 나는 믿을 수 있어."

그때 내가 얼마나 기뻤는지 다른 사람이 알아듣도록 설명하기는 몹시 어려울 것이다.

"……뒤늦게 밝히게 되어서 미안한데, 사실은 나도 감추고 있던 것이 있어."

히메노는 그렇게 말하더니, 작게 기침을 하고는 손수건을 입가에 대고 스윽 일어섰다.

"잠깐 실례할게. 이 이야기는 식사가 끝난 뒤에 하도록 할까?"라며 히메노는 말하고 걸어갔다.

걸어간 방향이 화장실이어서 나는 방심하고 있었다. 주문했던 요리가 도착했고, 나는 어서 히메노가 돌아오기를 기다렸다. 이야기를 마저 하고 싶어서 견딜 수 없었다.

히메노는 다시 돌아오지 않았다.

돌아오는 것이 너무 늦어져서, 나는 히메노가 빈혈을 일으켜서 쓰러진 것은 아닐까 하고 걱정되어 미야기에게 부탁했다.

"미안하지만 여자 화장실의 상황을 보고 와주지 않겠어? 히메노에게 무슨 일이 생긴 것인지도 몰라."

미야기는 말없이 끄덕였다.

몇 분 뒤에 돌아온 미야기는 히메노가 사라졌음을 나에게 고했다.

나는 일어나서 가게 안을 이리저리 돌아다녔지만, 히메노의 모습은 어디에도 없었다.

포기하고 자리에 돌아와서 식어버린 요리 앞에 앉았다. 온몸에서 힘이 빠져나가는 듯한 느낌이 들었다. 동시에 아랫배에서 묵직하고 불쾌한 뭔가를 느꼈다. 목이 바짝바짝 마르고, 희미한 통증이 느껴졌다. 유리잔을 쥐려고 했지만 눈의 초점이 잘 맞지 않아서 테이블에 물을 엎지르고 말았다.

식어버린 파스타를, 천천히 먹었다.

잠시 후에 미야기가 정면에 앉았다.

그리고 히메노 몫의 파스타를 우물우물 먹기 시작했다.

"식어도 맛있네요." 그렇게 미야기가 말했다.

나는 아무 말도 하지 않았다.

마지막까지 맛도 느끼지 못하는 채로 요리를 다 먹고 나서, 나는 미야기에게 물었다.

"저기 말이야, 미야기. 솔직하게 대답해줘. 히메노는 왜 사라졌다고 생각해?"

미야기는 이렇게 말했다.

"아마도 머리가 이상해졌다고 생각했던 거겠죠."

확실히 어떤 의미에서는 그랬다.

그렇지만 진실은 조금 더 복잡했고, 미야기도 그 사실을 잘 알고 있었다.

숨기고 있었던 것이다. 나를 위해서.

계산대에서 계산을 마치고 가게를 나오는데, 등 뒤에서

나를 부르는 목소리가 들렸다. 돌아보니 웨이터가 나를 향해 뭔가를 내밀고 있었다.

"일행분께서 손님에게 전해달라는 부탁을 하셔서요."

수첩을 찢어서 쓴 듯한 편지였다.

시간을 들여서 그것을 읽었다.

그리고 나는 미야기가 줄곧 거짓말을 하고 있었음을 깨달았다.

"당신은 이것을 알고 있으면서, 계속 나에게 숨기고 있었던 거야?"

내 질문에 미야기는 고개를 숙이고 대답했다.

"그렇습니다. 죄송합니다."

"사과할 건 없어. 덕분에 좋은 꿈을 꿨어."

용서를 빌어야 할 것은 오히려 내 쪽이었다. 하지만 자신의 잘못을 인정할 정도의 기운이 남아 있지 않았다.

"그리고 원래 내 인생에서는 히메노의 목적이 달성되게 되어 있었다. 그런 얘기지?"

"그렇습니다."라고 미야기는 말했다.

"쿠스노키 씨의 눈앞에서, 히메노 씨는 그것을 실행하게 되어 있었습니다."

나에게 그것을 보이기 위해서.

오랫동안 쌓인 원한을 풀기 위해서.

다시 한번, 편지를 훑어본다.

그곳에는 이렇게 적혀 있었다.

나의, 단 한 명뿐인 소꿉친구에게.

사실은 당신 앞에서 죽어버릴 생각이었습니다.

그 전망대에서, 당신을 아래에서 기다리게 하고 바로 옆에 떨어져버릴 생각이었습니다.

당신은 그럴 만한 기억이 없다고 말할지도 모르겠습니다만, 나는 계속 당신을 원망하고 있었습니다.

내가 도움을 청했을 때에는 반응하지 않았으면서, 이제 와서 어슬렁어슬렁 나타난 당신이 미워서 견딜 수 없었습니다.

그래서 내가 당신에게 빼놓을 수 없는 존재가 되었을 때, 죽어버리려고 생각하고 있었습니다.

하지만 이 10년 사이에 당신은 나보다도 훨씬 이상해져버린 모양이더군요.

지금의 당신에게 복수를 해봤자 의미가 없을 것 같습니다.

그래서 나는 당신 앞에서 사라집니다.

안녕.

조금 전에 했던 말, 당신의 목숨이 얼마 남지 않았다는 이야기만은 사실이기를 빕니다.

바보구나, 나는.

이런 기분을 맛보지 않기 위해서 이제까지 혼자서 살아왔는데.

마지막까지 자신의 방식을 믿었으면 좋았을 텐데.

역 앞의 다리까지 오자, 나는 히메노의 편지를 고이 접어 종이비행기를 만들어서 빌딩들의 빛을 반사하며 반짝이는 강을 향해 날려 보냈다. 비행기는 오랫동안 공중을 떠돌았지만, 끝내 수면에 떨어지고, 떠내려갔다.

히메노에게 넘기려고 했었던 돈 봉투를 꺼내서, 길을 가는 행인에게 한 장씩 건넸다.

반응은 저마다 제각각이었다. 수상쩍다는 듯 이쪽의 얼굴을 보는 녀석도 있었고, 비굴한 웃음을 지으며 인사를 하고 종종걸음으로 떠나가는 녀석도 있었다. 딱 잘라 거부하고 내치는 사람도 있었고, 더 달라는 녀석도 있었다.

"그만 두자고요, 이런 일은." 보다 못한 미야기가 내 소매를 잡고서 말했다.

"다른 사람에게 폐가 되지는 않잖아."라며 나는 미야기의 손을 뿌리쳤다.

봉투에 든 돈은 눈 깜짝할 사이에 사라졌다. 나는 지갑의 돈까지 꺼냈다. 천 엔짜리 지폐까지 남김없이 나눠주었다.

나눠줄 돈이 한 장도 없게 될 때까지, 나는 오가는 사람들 한복판에 서 있었다.

주위를 걷는 사람들이, 방해된다는 듯이 나를 바라보고 있었다.

택시비는 고사하고 전철비 정도도 남아 있지 않아서, 집까지 걸어서 돌아갈 수밖에 없었다.

비가 내리기 시작했다. 미야기가 가방에서 파란색 접이우산을 꺼내서 펼쳤다. 나는 우산을 레스토랑에 놓고 온 것을 깨달았지만, 몸이 젖든 감기에 걸리든, 이제 어떻게 되더라도 상관없었다.

"다 젖어요." 그렇게 말하며 미야기가 우산을 조금 높이 들었다. 안에 들어오라는 의미일 것이다.

"보다시피, 비에 젖고 싶은 기분이야." 나는 말했다.

"그러신가요."

그녀는 그렇게 말하더니 우산을 접어서 가방에 넣었다.

푹 젖은 내 뒤를, 푹 젖은 미야기가 걷고 있었다.

"당신까지 비에 젖을 필요는 없어."

"보다시피, 비에 젖고 싶은 기분이에요." 미야기는 말했다.

맘대로 하라며 나는 등을 돌렸다.

비를 피할 만한 버스 정류장이 눈에 들어와서, 그곳에서 빗줄기가 잦아들기를 기다리기로 했다. 정류장 위로 기울어진 가로등이, 이따금씩 기억났다는 듯 껌뻑껌뻑 점멸하고 있었다.

앉자마자 곧바로 졸음이 몰려왔다. 몸보다 정신 쪽이 강하게 잠을 원하고 있었다.

잠들었던 것은 몇 분뿐이었다고 생각한다. 비에 젖은 몸이 식어서, 금방 눈을 떴다.

옆자리에서 미야기가 자고 있었다. 무릎을 끌어안아 한껏 움츠린 자세로 몸을 덥히고 있었다.

나 같은 멍청이의 방종에 휘둘리는 그녀가 불쌍하다고 생각되었다.

미야기를 깨우지 않도록 살며시 일어나서 주위를 둘러보니 허름한 *공민관이 보였다. 그리 깨끗하다고는 할 수 없었지만, 불이 들어와 있고 현관도 방도 잠겨 있지 않았다.

나는 벤치로 돌아가서, 아직 자고 있는 미야기를 안아들고 공민관으로 옮겼다.

나 이상으로 잠이 얕은 그녀가 깨지 않았을 리가 없다.

그렇지만 미야기는 끝까지 자는 체를 해주었다.

다다미 냄새가 나는 방이었다. 다다미 방의 한구석에는 방석이 잔뜩 쌓여 있었다. 벌레가 있지는 않은지 확인하고, 그것을 겹쳐서 바닥에 깔고 미야기를 눕혔다. 조금 떨어진 곳에 같은 것을 만들고 내 잠자리로 삼았다. 창가에 몇십 년 전부터 놓여 있었을 것 같은 모기향 그릇이 있어서 라이터로 모기향에 불을 붙였다.

빗소리가 자장가가 되었다.

나는 평소처럼 잠들기 전의 습관을 시작했다.

---

*공민관 : 公民館. 마을회관.

눈꺼풀 안쪽에, 가장 즐거운 풍경을 그린다.

내가 원래 살고 싶었던 세계에 대해, 처음부터 하나하나 생각한다.

있지도 않은 추억을, 있었던 적도 없는 '어딘가'를, 과거 인지 미래인지도 모를 '언젠가'를 자유롭게 그린다.

다섯 살 정도부터 빼먹지 않고 계속하고 있는 습관이었다.

어쩌면 이 소녀 같은 습관이 원인이 되어, 나는 이 세계에 친숙해지지 못한 것인지도 모른다.

그러나 이렇게 하는 것 외에는 내가 세상에 맞춰나갈 방법이 없었던 것도 분명한 사실이었다.

한밤중에 눈을 뜬 내가 느낀 그것은, 낙담하고 있을 때에 있을 법한 소망에 근거한 꿈이었는지도 모른다.

만일 꿈이었다고 하면, 너무나도 부끄러운 꿈을 꾸었다.

현실이었다고 한다면……. 확실히 말하자면, 나에게 그 보다 기쁜 일은 없을 것이다.

다다미 위를 누군가가 걸어오는 소리가 들렸다. 머리맡에 쪼그려 앉은 그 녀석이 미야기라고 알아차린 것은 냄새 덕분이다. 이런 계절에도 미야기에게서는 겨울 아침 같은 투명한 냄새가 난다.

나는 일부러 눈을 뜨지 않고 있었다. 잘은 모르겠지만, 그러는 편이 좋을 거라고 생각했던 것이다.

그녀는 내 머리에 살며시 손을 대고, 부드럽게 쓰다듬었다.

그렇게 하고 있던 시간은 1분도 되지 않았을 거라고 생각한다.

미야기는 뭔가 중얼거린 듯했지만, 빗소리 때문에 제대로 들리지 않았다.

졸음 속에서 나는 생각한다.

미야기의 존재에, 나는 대체 얼마나 위안을 얻고 있을까?

미야기가 없었다면 지금쯤 나는 얼마나 정신적으로 구석에 몰려 있었을까?

하지만 그렇기에 나는 이 이상 그녀를 곤란하게 만들어서는 안 된다. 그렇게 나 자신에게 들려준다. 그녀가 나를 자상하게 대하는 것은 내가 곧 죽을 인간이기 때문이다. 결코 나라는 한 인간에게 호의를 보내는 것은 아니다.

이 이상 엉뚱한 기대를 품어서는 안 된다. 그런 기대는 나뿐만 아니라 그녀까지 불행하게 만들 것이다. 그녀에게 쓸데없는 죄책감을 느끼게 하고, 내 죽음을 뒷맛 나쁜 것으로 만들게 될 것이다.

이대로 얌전히 죽자. 원래 하던 대로 타인에게 아무런 기대도 하지 않는, 자기 완결적인, 조촐한 생활로 돌아가자. 고양이처럼 남몰래, 조용히 숨을 거두자.

그렇게 속으로 결의했다.

다음 날 아침, 찌는 듯한 더위에 잠에서 깨어났다. 창밖에서는 초등학생들이 라디오 체조를 하고 있었다. 미야기는 이미 일어나서 휘파람으로 니나 시몬의 'I wish, I need you'를 부르며 이부자리를 정리하고 있었다.

아직 잠기운이 완전히 가신 것은 아니지만, 너무 오랫동안 여기에 머무를 수도 없다.

돌아가죠, 라고 미야기가 말했다.

응, 하고 나는 대답했다.

11. 자판기 순회

공민관에서 꼬박 네 시간 정도를 걸어서 간신히 자취방에 도착했다. 내 방 냄새가 너무나 반갑게 느껴졌다.

온몸이 땀으로 범벅이었고 발에는 물집이 잔뜩 잡혀 있었다. 샤워를 하려고 탈의실 문을 열려던 참에 문득 미야기가 먼저 쓰도록 하는 편이 좋지 않을까 하고 생각했다. 그러나 너무 배려하면 미야기가 의도적으로 만들어 온 거리감을 이쪽에서 무너뜨리는 결과가 될지도 모른다.

뜨거운 물을 계속 뒤집어쓰고 있고 싶은 마음을 참고, 재빨리 몸을 씻고서 옷을 갈아입은 뒤에 거실로 돌아왔다. 이제까지의 경험으로 미루어보아, 미야기가 자유롭게 입욕과 식사를 할 수 있는 것은 내가 자고 있는 동안뿐인 듯했다. 그래서 나는 이부자리에 드러누워 얼른 자기로 했다.

눈을 감고 자는 체를 하고 있으려니, 미야기가 살금살금 욕실로 가는 소리가 들렸다. 몸을 일으키려고 하는데, 다시 그녀가 돌아오는 발소리가 들려서 황급히 눈을 감았다.

　"쿠스노키 씨." 미야기는 가만히 입을 열었다.

　나는 계속 자는 척을 했다.

　"쿠스노키 씨, 주무시나요?" 미야기는 내 머리맡까지 와서 작은 목소리로 말했다.

　"이런 걸 묻는 것은 물론 당신이 자는 체하고 있는 것처럼 보이기 때문이에요. 그리고 만약 당신이 그러는 것이 저를 배려한 행동이었으면 좋을 텐데, 라고 생각합니다. …… 안녕히 주무세요. 욕실을 잠시 빌리겠습니다."

　탈의실 문이 닫히는 소리가 나자, 나는 일어나서 미야기가 없는 방구석을 바라보았다. 오늘도 그녀는 저곳에서 자는 걸까. 조금도 쉴 수 없을 듯한 그 자세로, 몇 분간 깨어서 감시를 하다가 몇 분간 자기를 반복하는 걸까.

　시험 삼아 그 위치에 앉아서 미야기의 자세를 흉내 내며 자려고 해보았다. 그러나 아무리 기다려도 졸음은 찾아 오지 않았다. 돌아온 미야기가 내 어깨를 두드리며, "왜 이런 곳에 있나요. 이부자리에서 자는 편이 좋을 거예요."라며 나무라듯이 말했다.

　"그건 이쪽이 할 말이야. 당신이야말로 이부자리에서 자는 편이 좋아. 이런 곳에서 자는 건 역시 이상해."

"이상해도 상관없어요. 저는 익숙하니까 괜찮아요."

나는 이부자리에 드러누운 뒤에 왼쪽 가장자리로 몸을 옮겼다.

"이제부터 나는 이부자리 왼쪽 가장자리에서 잘 거야. 무슨 일이 있어도 오른쪽으로는 다가가지 않을 거고 쳐다보지도 않을 거야. 그 자리야말로 나를 가까이에서 감시하는 데 딱 좋은 장소가 아닐까? 그러든 말든 당신 마음이지만, 어쨌든 나는 왼쪽 가장자리에서 잘 거야."

그것이 타협점이었다. 아마도 미야기는 내가 맨바닥에서 자고 그녀가 이부자리에서 잔다는 조건은 절대 받아들이지 않을 것이다. 옆에서 자도 좋다고 내가 말해봤자 순순히 받아들일 거라고는 생각되지 않는다.

"잠이 덜 깨셨나요, 쿠스노키 씨?" 미야기가 내 의사를 확인하듯이 물었다.

그 말을 무시하고 눈꺼풀을 감았다. 20분 정도 지났을 무렵, 미야기가 옆자리에 들어오는 것을 알 수 있었다. 얼마 후, 등 뒤에서 아주 작은 숨소리가 일정하게 들려왔다. 그녀도 몹시 지쳐 있던 것이리라.

서로 등을 보이는 형태로, 우리는 한 이부자리를 공유했다. 이 제안이 내 자기만족에 지나지 않는다는 것은 스스로도 알고 있었다. 결과적으로 나는 또다시 미야기를 곤란하게 만들고 있다. 그녀도 원래는 이러고 싶지 않았을 것이다.

누군가에게 친절한 대우를 받는다고 그것에 선뜻 응하는 것은, 오랫동안 키워온 감시원으로서의 강인함을 잃는 원인이 될지도 모른다. 게다가 그 친절은 죽음을 앞둔 자의 변덕 같은, 불안정한 것이다. 그런 종류의 친절은 사람을 구원하기는커녕 상처를 입히기도 한다.

그렇지만 그래도 미야기는 내 반쪽짜리 친절을, 그보다 더한 친절로서 받아들여 주었다. 그녀는 내 후의를 존중해 준 것이리라. 단지 죽을 정도로 지쳐 있던 것뿐인지도 모르지만.

방으로 비쳐드는 붉은 햇살에 잠에서 깨어났다. 미야기는 이미 일어나 있을 것이라고 생각했는데, 그녀도 이제 막 눈을 뜬 참인지 이부자리에서 몸을 일으키고 강한 석양에 눈을 가느다랗게 뜨고 있었다. 시선이 마주친 순간, 우리는 어느 쪽이 먼저랄 것도 없이 눈을 돌렸다. 곤히 잤던 탓인지 머리카락도 옷도 흐트러진 것이, 잠에서 깨어난 그녀는 무서울 정도로 무방비하게 보였다.

"오늘은 조금 지쳤었거든요."라고 미야기는 변명하듯이 말했다. "내일부터는 다시 원래 장소에서 자겠습니다."

그런 뒤에 "하지만 감사했습니다."라고 덧붙였다.

저녁놀 속을 미야기는 터벅터벅 걸었다. 매미가 맴맴 울고 있었다.

이부자리에 관한 반동인지 오늘의 미야기는 평소보다 조

금 더 떨어져 있었다.

편의점에서 얼마 남지 않은 예금을 인출하려고 보니, 이번 달 분의 아르바이트 급료가 들어와 있었다.

이것이 마지막 군자금이 될 거란 생각이 들었다.

소중하게 써야 한다.

붉게 물든 육교 위에서 석양을 바라본 뒤, 덮밥가게에서 정식을 먹었다. 식권제 가게여서 미야기도 자신의 식권을 사서는 "부탁드립니다."라며 나에게 부탁했다.

"드디어 할 일이 없어졌어." 된장국을 마시고 난 뒤에 나는 말했다. "'죽기 전에 하고 싶은 일 리스트'에 썼던 일을 전부 다 해치워버렸어. 나는 이제부터 뭘 하면 좋을까?"

"좋아하는 일을 하면 됩니다. 당신에게도 취미 정도는 있겠죠?"

"응. 음악 감상하고 독서였지. ……하지만 지금 생각하면 이 두 가지는 나에게 '살아가기 위한' 수단이었어. 답이 나오지 않는 인생과 타협하기 위해서 음악과 책을 이용하고 있었던 거야. 무리하게 살아갈 필요가 없어진 지금, 그 두 가지는 나에게 예전만큼 중요하지는 않게 되었어."

"감상 방법을 바꾸면 되잖아요. 이번에는 순수하게 그 아름다움을 즐기면 돼요."

"하지만 아무리 노력해도 신경이 쓰이더라고. 무엇을 보고 들어도, '아아, 이것은 나하고는 관계없는 이야기야.'라

는 생각에 소외감이 들어. ……생각건대, 세상 대부분의 일
들은 '이후로도 살아갈 사람'을 대상으로 만들어져 있는 거
야. 당연하다면 당연한 얘기지만. 이제 곧 죽을 사람을 위해
서 만들어져 있지는 않아."

옆에서 쇠고기덮밥을 먹고 있던 쉰 살 정도의 남자가, 혼
자서 죽음에 대해 이야기하는 나를 보며 이맛살을 찌푸리고
있었다.

"좀 더 소박하게 좋아하는 것은 없나요? 예를 들자면 폐
허를 보는 것을 좋아한다든가, 철로의 침목을 세면서 걷는
것을 좋아한다든가, 10년도 전에 버림받은 오락실 기계로
노는 것을 좋아한다든가."

"아주 구체적이네. 혹시 지금까지 감시대상자 중에 그런
사람이 있었어?"

"네. 그 밖에도 달리는 경트럭 짐칸에 누워서 하늘을 올
려다보는 것으로 마지막 한 달을 소비한 사람도 있었어요.
수명을 팔아서 얻은 돈을, 생전 처음 보는 노인에게 그대로
건네면서, '남에게 잔소리 듣지 않을 만한 곳에서 경트럭을
계속 몰고 달려줬으면 좋겠다.'라고 부탁했죠."

"참 한가로운 양반이네. 하지만 어쩌면 그런 것이 가장
현명한 방법일지도 몰라."

"꽤 재미있어요, 경치가 뒤로 휙휙 날아가는 그 감각이
신선해서."

나는 그 상황을 상상해보았다. 푸른 하늘 아래, 좁고 구불구불한 시골길을 기분 좋은 바람과 진동을 느끼면서 끝없이 달려가는 이미지. 추억도 후회도, 전부 머리에 떠오른 그 자리에서 도로로 떨어져 버려진다. 나아가면 나아갈수록 모든 것들이 멀어져가는 감각은, 죽어가는 인간에게 잘 어울린다.

"그런 이야기를 좀 더 들려주지 않겠어? 직업 윤리라든가 수비 의무 같은 것에 걸리지 않는다면."

"연립 주택으로 돌아간 뒤라면 얼마든지 이야기할게요." 내 말에 미야기는 그렇게 답했다. "여기서 마냥 이야기하고 있으면 주위에서 수상쩍게 여기니까요."

귀갓길은 멀리 크게 돌아서 작은 해바라기 밭, 초등학교의 옛 건물, 비스듬히 기운 땅에 세워진 묘지 앞을 지났다. 중학교에서 무슨 행사가 열리는지, 지한제와 벌레 쫓는 스프레이 냄새가 풍기는 건강하게 그을린 아이들과 지나쳤다.

아주 싱싱한, 여름을 응축한 듯한 공기로 가득 찬 밤이었다. 연립 주택에 도착하자, 나는 미야기를 오토바이에 태우고 다시 외출했다. 이 날은 둘 다 옷을 얇게 입고 있던 탓인지 그녀의 부드러움이 또렷하게 느껴져서, 차분함을 잃은 나는 빨간 신호를 무시할 뻔하기도 했다. 당황하며 브레이크를 잡았더니 더욱 밀착하게 되어서, 나는 내 가슴의 고동이 미야기에게 전해지지 않기를 기도했다.

언덕길을 올라 이 동네에서 가장 전망이 좋은 장소에 오토바이를 세우고, 자판기에서 캔 커피 두 개를 사서 아기자기한 야경을 감상했다. 바로 아래에는 주택가가 펼쳐지며 소박한 오렌지색 불빛을 드문드문 발하고 있고, 어느 정도 떨어진 저 너머에서는 시가지의 불빛이 작게 보였다.

집에 돌아온 후, 양치질을 하고 이부자리에 드러누워서 미야기의 이야기를 들었다. 어린아이에게 그림책을 읽어주는 듯한 리듬으로, 그녀는 과거의 감시 대상자에 관한 에피소드 중에서 문제없는 부분을 이야기해주었다. 이렇다 할 특징 없는 평범한 이야기라도 웬만큼 훌륭한 문학 작품보다 나를 위로해주었다.

다음 날은 남아 있던 종이접기용 종이로 다시 학을 접으면서 내가 해야 할 일에 대해서 생각하고 있었다. 미야기도 테이블 맞은편에 앉아서 같이 학을 접어주었다. 계속 이러고 있는 것도 나름대로 좋을지도 모르겠네요, 라고 미야기는 말했다. 접은 종이학에 파묻혀 죽는 것도 나쁘지 않겠네, 라고 말하며 나는 학을 두 손으로 떠서 흩뿌려보았다. 미야기도 두 손 가득히 종이학을 떠서, 내 머리 위에 흩뿌렸다.

종이접기에 지쳤고 바깥 공기도 마실 겸, 담배 가게에 가서 쇼트 호프를 사고 그 자리에서 불을 붙였다. 그리고 자판기의 캔 커피를 마실 무렵에 나는 어떤 사실을 깨달았다.

너무 가까워서 오히려 보이지 않았던 것을.

무심코 목소리를 흘리고 있었는지, 미야기는 "왜 그러시죠?"라며 내 얼굴을 들여다보았다.

"아니, 정말 시시한 이야기인데 말이야. 기억이 났어. 나에게도 진심으로 '좋아한다' 라고 말할 수 있는 것이 있었다는걸."

"말해보세요."

"자동판매기를 좋아해." 나는 머리를 긁으면서 말했다.

"하아⋯⋯." 미야기는 김이 샌다는 눈치로 말했다. "자판기의 어떤 부분이 좋은가요?"

"뭘까? 나도 잘 모르겠어. 다만 어릴 적에 나는 자동판매기가 되고 싶었어."

입을 쩍 벌린 얼굴로 미야기는 고개를 갸웃거렸다.

"저기, 다시 한번 확인하겠습니다만. 자동판매기는 커피나 콜라 같은 걸 파는, 지금 당신도 이용한 저것 말이죠?"

"그래. 그 이외에도 담배, 우산, 부적, 구운 주먹밥, 우동, 얼음, 아이스크림, 햄버거, 오뎅, 프라이드 포테이토, 콘 비프 샌드위치, 컵라면, 맥주, 소주⋯⋯. 자판기는 여러 가지를 제공해주지. 일본은 자판기 대국이야. 치안이 좋으니까."

"당신은 그런 자판기를 몹시 좋아한다는 거군요."

"그런 얘기지. 사용하는 것도 좋아하고, 그냥 보는 것도 좋아해. 별것 아닌 자판기라도, 눈에 들어오면 저도 모르게 자세히 관찰하게 돼."

"으음……. 개성적인 취미네요."

미야기는 어떻게든 장단을 맞춰주었지만, 사실 정말 시시한 취미다. 생산성이라고는 한 조각도 없다. 스스로도 시시한 인생의 상징이라고 생각한다.

"하지만 왠지 모르게 알 것 같은 기분이 들어요." 미야기는 나를 격려하듯이 말했다.

"자판기가 되고 싶은 기분을 말이야?" 나는 웃으며 되물었다.

"아뇨. 역시나 거기까지는 이해할 수 없지만요. 그 왜, 자판기는 언제나 그곳에 있어 주잖아요. 돈만 내면 언제나 따뜻하게 데워진 것을 주고 말이죠. 딱 떨어지는 관계라든가, 불변성이라든가, 영원성이라든가 하는, 어쩐지 그런 것을 느끼게 해주죠."

나는 조금 감동하기까지 했다. "굉장해. 내가 하고 싶은 말을 단적으로 표현하고 있어."

"감사합니다." 그렇게 말하며 그녀는 그리 기쁘지도 않은 듯 고개를 숙였다.

"저희들 감시원에게도 자판기는 아주 중요한 존재니까요. 점원들과 달리 저희들을 무시하지 않으니까. ……그건 그렇고. 자판기를 좋아한다는 것을 알게 된 것까지는 좋은데, 구체적으로 어떻게 하실 거죠?"

"거기서 또 하나의 '좋아하는 것'에 대한 이야기가 나오지. 이렇게 담배 가게에 올 때마다, 나는 언제나 폴 오스터의 '스모크'의 에피소드를 떠올려. 담배 가게의 남자가 매일 아침 빼먹지 않고 가게 앞 교차로에 서서 항상 똑같은 곳의 사진을 계속 찍는다는 그 이야기가 나는 아주 마음에 들어. 그런 식의, 안이한 '의미'에 정면으로 싸움을 거는 듯한 행위가 아주 통쾌하게 느껴졌어. 거기서 말이야. 나도 *오기 렌을 본받아서 언뜻 보기에 무의미한 사진을 찍으려고 생각해. 어디에나 있는 자판기를, 누구라도 할 수 있는 방법으로 우직하게 계속 촬영하는 거야."

"뭐라 말해야 할지 모르겠습니다만." 그렇게 미야기가 입을 열었다. "그런 거, 저도 좋아해요."

이렇게 내 자판기 순회의 나날이 시작되었다.

재활용 센터에서 녹슨 필름 카메라와 스트랩, 그리고 필름 10통을 구입했다. 그것만으로 준비는 완벽했다. 디지털 카메라 쪽이 값이 싼 데다 사진 관리가 편하다는 것은 알고 있었지만, '사진을 찍고 있다'는 실감을 느끼는 것이 우선시 되었기에 내린 선택이었다. 카메라에 필름을 넣어서 감고 오토바이에 걸터앉은 뒤, 나는 눈에 들어오는 자동판매기를 닥치는 대로 찍고 다녔다.

---

*오기 렌 : 폴 오스터가 쓴 〈오기 렌의 크리스마스 이야기〉에 수록된 단편 중 하나인 〈스모크〉의 등장인물로, 담배 가게 주인.

사진을 찍을 때, 나는 되도록 자판기 주위에 있는 것도 파인더에 담으려고 했다. 나의 관심은 딱히 판매하는 음료수나 레이아웃 같은 사소한 차이가 아니다. 그저 그 자판기가 어떤 장소에 어떤 모습으로 있는가를 확인하고 기록하고 싶었다.

막상 시작하니, 이 동네에는 예상했던 것보다 훨씬 자판기가 많았다. 자취방 주변에서만 수십 장의 사진을 찍을 수 있었다. 몇 번이나 지나다닌 길인데도 모르고 지나쳤던 자판기가 몇 대나 있었고, 그런 사소한 발견이 내 가슴을 뛰게 만들었다. 또한 같은 자판기도 낮과 밤에 전혀 다른 얼굴을 보였다. 반짝반짝 빛나며 존재를 주장하고 있는 탓에 벌레 투성이가 되는 자판기가 있는가 하면, 절전 기능 때문에 어둠 속에 버튼의 불빛만이 떠올라 있는 자판기도 있었다.

이런 시시한 취미 하나를 놓고도, 나보다도 훨씬 본격적이고 끈기 있게 하는 사람이 많이 있으며 아무리 발버둥 쳐도 그 사람들에게 당해낼 수 없다는 것은 잘 알고 있었다. 그러나 나는 전혀 상관하지 않았다. 누가 뭐라 하더라도 이것이 나에게 맞는 방식이다.

하루를 시작하면서 향하는 장소는 사진관으로, 필름 현상이 끝날 때까지의 30분 동안 아침 식사를 하는 것이 일상이 되었다. 하루가 끝나면 아침에 받은 사진을 테이블에 늘어놓고 미야기와 살펴보면서 한 장 한 장 골라 앨범에 고이 집어넣었다. 어느 사진이나 중심 부근에 자판기가 찍혀 있다는 점은 동일하지만, 그 공통점이 오히려 그 외의 차이를 부각시키고 있었다. 동일 인물이 같은 자세, 같은 표정으로 사진 한가운데에 찍혀 있는 것이나 마찬가지다. 자판기는 기준점 같은 역할을 하고 있었다.

사진관 주인은 매일 아침마다 자판기만 찍힌 필름을 현상하러 오는 나에게 흥미를 느낀 듯했다. 흰머리가 많고 깡마른 체구에 아주 겸손한 마흔 살 정도의 주인은, 아무도 없는 공간을 향해서 밝게 말을 거는 나에게 물었다.

"요컨대 거기에 누군가가 있는 거죠?"

나는 미야기와 얼굴을 마주 보았다.

"맞아요. 미야기라는 여자애예요. 저를 감시하는 게 일이죠."라고 나는 말했다. 무의미하다는 것을 알면서도 미야기도 "안녕하세요."라고 고개를 숙였다.

믿어줄 거라고 생각하지는 않았지만, 가게 주인은 "그렇군요."라며 선뜻 미야기의 존재를 받아들였다. 이런 괴짜도 가끔은 있는 모양이다.

"그렇다면 이 기묘한 사진들은 그 애를 찍은 겁니까?" 그는 그렇게 물었다.

"아뇨, 그런 건 아니에요. 이건 그냥 자판기 사진이에요. 저는 미야기와 힘을 합쳐서 자판기를 찾아다니며 사진을 찍고 있어요."

"그렇게 하면 그 여자애에게 뭔가 좋은 일이 생기나요?"

"아뇨, 이건 단순한 저의 취미예요. 미야기는 저를 도와주고 있을 뿐이에요. 업무로서."

사진관 주인은 영문을 모르겠다는 표정으로 "음, 계속 열심히 하세요."라고 말했다.

사진관을 나와서 탠덤 시트에 타려고 오토바이 옆에 서 있는 미야기를, 나는 카메라로 찍었다.

"뭘 하고 계신가요?" 미야기가 고개를 갸웃거렸다.

"아니, 조금 전에 사진관 주인의 말을 듣고 한 장 정도 찍어두려고 생각해서."

"다른 사람에게는 그냥 무의미한 오토바이 사진으로 보이겠지만요."

"애초에 남이 보기에 내가 찍은 사진 따윈 전부 무의미할 거야." 나는 그렇게 말했다.

물론 사진관 주인 같은 사람은——그렇지 않으면 곤란하지만——소수파였다. 어느 날 아침, 쓰레기장에 가려고 자취방을 나와 미야기가 신발 신기를 기다리며 문을 밀고 있었는데, 옆집에 사는 사람이 계단을 내려왔다. 아주 키가 크고, 위압감 있는 남자다. 미야기가 "기다리셨죠."라며 나왔을 때에 문을 닫으며 "자, 그러면 갈까."라고 말을 걸자, 남자는 기분 나쁘다는 듯이 나를 보고 있었다.

바람이 적고, 화창한 날이었다. 본 적도 들은 적도 없는 지역에서 길을 잃은 나는, 두 시간 정도 계속 헤매다가 간신히 아는 장소로 나왔다. 그런데 그곳 역시 다름 아닌 나와 히메노가 유년기를 보냈던 고향이었다. 길을 잃으면 본능적으로 그 방향으로 가버리는지도 모른다. 귀소본능이라고 해야 할까.

그렇다고는 해도, 그곳도 자판기가 있는 장소라는 점은 변하지 않는다. 오토바이로 시골길을 달리며 사진을 찍었다.

고전적인 아이스크림 자판기가 놓여 있던 것은, 내가 소년 시절에 자주 이용했던 과자 가게였다. 특별히 좋아했던 것은 보리초코, 콩가루봉, 주사위 캐러멜, 오렌지 껌, 자몽사탕……. 생각해보면 어릴 적에는 단것만 먹고 있었다.

과자 가게는 상당히 오래전에 문을 닫은 듯했지만, 내가 처음 이곳을 방문했을 때부터 있던, 고장 나서 녹투성이인 자판기는 그대로 놓여 있었다. 그 맞은편에 있는 공중화장실처럼 생긴 전화박스도 자판기만큼이나 옛날부터 있던 물건인데, 이쪽은 아직 간신히 현역인 듯했다.

잡초투성이 공원에 있는 벤치에서 나뭇가지 사이로 비치는 햇살을 받으며, 나와 미야기는 아침에 만들어 온 주먹밥을 먹었다. 공원 안에 인적은 없었지만 검은 고양이와 얼룩 고양이가 있었다. 고양이들은 먼눈으로 이쪽의 눈치를 엿보

앗지만, 해칠 의사가 없다는 것을 깨달았는지 서서히 다가왔다. 먹이라도 있었으면 좋았겠지만, 공교롭게도 고양이가 좋아할 만한 것은 가지고 있지 않았다.

"그러고 보니 고양이는 미야기가 보이는 건가?"

내가 묻자 미야기는 일어서서 고양이를 향해 걸어갔다.

검은 고양이는 도망치기 시작했고, 얼룩 고양이는 일정 거리를 유지하며 몇 걸음 뒤로 물러섰다.

"보시다시피, 개나 고양이는 볼 수 있어요." 미야기는 돌아보며 말했다. "그렇다고 해서 저를 좋아하는 것은 아니지만요."

식후에 담배를 한 대 피우고 있으려니 미야기가 노트에 연필로 쓱쓱 그림을 그리고 있었다. 시선 끝에는 고양이가 있었다. 고양이는 어느샌가 미끄럼틀 위로 이동해 있었는데, 미야기는 그 구도가 마음에 든 듯했다.

그녀에게 그런 취미가 있다는 것은 의외였다. 어쩌면 이제까지도 미야기는 관찰일기를 쓰는 척하면서 자신의 취미에 몰두해 있었는지도 모른다.

"그런 취미가 있었구나." 나는 말했다.

"네. 의외죠?"

"응. 그렇다고 해도 썩 잘 그리지는 않네."

"그러니까 연습하고 있어요. 훌륭하죠?" 미야기는 어쩐지 득의양양하게 말했다.

"이제까지 그린 그림을 보여줄 수 있어?"

"······자. 슬슬 출발하죠."

미야기는 어색하게 화제를 돌리면서 노트를 덮어 가방에 넣었다.

반나절에 걸쳐 고향을 탐색하고 난 뒤, 다음 시가지로 이동하기 위해 다시 그 과자 가게 앞을 지날 때였다.

가게 앞 벤치에 누군가가 앉아 있는 것이 보였다.

나는 그 인물을 잘 알고 있었다.

오토바이를 길가에 세우고, 나는 벤치에 앉아 있는 노파에게 다가가서 말을 걸었다.

"안녕하세요."

반응은 굼떴다. 그렇지만 목소리는 들렸는지, 노파는 눈만 움직여서 이쪽을 보았다. 나이는 이미 아흔이 넘었을 것이다. 얼굴에도 무릎 위에 포갠 손에도 몇 천개는 될 듯한 주름이 새겨져 있었다. 힘없이 흘러내린 새하얀 머리카락이 낙담한 소녀 같은 표정을 한층 비장하게 만들고 있었다.

나는 벤치 앞에 쪼그려 앉아서 다시 한번 "안녕하세요."라고 인사했다.

"아마 저를 기억 못 하시겠죠?"

침묵은 긍정의 사인이라고 받아들여도 될 듯했다.

"무리도 아니에요. 제가 마지막으로 이 가게에 들렀던 것이 벌써 10년 정도 되었으니까요."

역시 대답은 없었다. 노파의 시선은 몇 미터 앞 지면에 고정되었을 뿐이었다.

나는 일방적으로 말을 이었다.

"하지만 저는 할머니를 잘 기억하고 있어요. 젊어서 기억력이 좋다는 얘긴 아니에요. 확실히 저는 아직 스무 살이지만 옛날 일은 상당히 많이 잊어버렸어요. 아무리 행복한 일도 아무리 괴로운 일도, 기억해낼 기회가 없으면 이내 잊어버리게 되는 법이죠. 그것을 사람이 깨닫지 못하는 것은 잊었다는 사실조차 잊어버리기 때문이라고 생각해요. 만약 정말로 모두가 과거의 가장 좋은 추억을 정확하게 기억하고 있다면 사람들은 더욱 슬픈 얼굴을 하고 공허한 오늘을 살게 될 테고, 모두가 과거의 가장 나쁜 추억을 정확하게 기억하고 있어도 역시 사람들은 가장 슬픈 얼굴로 공허한 오늘을 살고 있겠죠. 다들, 기억하고 있는 것으로 해두지 않으면 이래저래 곤란해지니까 기억하고 있다는 것으로 해두고 있을 뿐이에요."

반론도 동의도 없었다. 노파는 허수아비처럼 꼼짝하지 않았다.

"그런 불확실한 기억 속에서 할머니란 존재가 빛바래지 않은 것은, 제가 예전에 할머니에게 신세를 졌기 때문이에요. 그건 아주 보기 드문 일이었어요. 이렇게 말하긴 해도

10년 전의 저는 남에게 감사한 적이 거의 없었죠. 어른이 자상하게 대해주는 것도 '그렇게 해야만 하는 입장이기에 그렇게 하고 있는' 것일 뿐이지, 순수한 선의에서 나온 행동은 아니라고 굳게 믿고 있었거든요. ……네, 정말 귀여운 구석이 없는 아이였다고 생각해요. 그런 아이였으니 가출 같은 것을 할 생각이 들었던 거겠죠. 여덟 살쯤이었던가 아홉 살쯤이었던가, 정확한 시기는 잊었지만 저는 밤중에 어머니와 싸움을 하고 집을 뛰쳐나왔어요. 무엇 때문에 싸웠는지는 잊어버렸어요. 분명히 시시한 이유였겠죠."

나는 노파의 옆에 앉아서 벤치 등받이에 기대고 저 멀리 서 있는 철탑과 푸른 하늘의 뭉게구름을 바라보았다.

"앞뒤 가리지 않고 뛰쳐나온 저는, 과자 가게에서 시간을 때우고 있었어요. 어린아이가 밖에 돌아다닐 시간대가 아닌지라 할머니는 저에게 물었죠. '집에 안 가도 되겠니?' 라고. 부모와 심하게 말싸움을 하고 나온 저는, 울먹이는 목소리로 뭔가를 대답했어요. 그러자 그 말을 들은 당신은 계산대 뒤편 문을 열고 저에게 손짓해서 안으로 불러들인 뒤에 마실 차하고 과자를 꺼내주시더군요. 몇 시간 뒤에 저희 부모님에게 '그쪽에 가지 않았느냐.' 라는 전화를 받은 할머니는, '있지만, 앞으로 한 시간 정도는 없는 것으로 해두겠다.' 라고 말하고 전화를 끊었죠. ……그것은 할머니에게는 아무것도 아닌 일이었을지도 몰라요. 하지만 내가 아직 타인에 대해 마음속 깊은 곳에서 뭔가를 기대할 수 있는 것은, 그 경험이 있었기 때문이다……라고, 적어도 저는 그렇게 믿고 있어요."

조금 더 저의 얘기를 들어주실래요? 라고 나는 물었다.

노파는 눈을 감고, 죽은 듯이 굳어 있었다.

"저를 잊어버렸다면 히메노도 역시 잊어버리셨겠네요. 그 애도 저하고 같이 이 가게에 자주 왔었어요. ……히메노는 자기 이름에 들어간 한자처럼 마치 옛날이야기에서 나오는 공주님 같은 아이였어요. 이렇게 얘기하는 건 뭐하지만, 이 마을에는 어울리지 않을 정도로 특이한 아름다움을 지닌 소녀였죠. 저도 히메노도 초등학교에서는 따돌림당하고 있었어요. 제가 미움받고 있던 이유는 단순히 콧대 높은 녀석이었기 때문이겠지만, 히메노가 미움받던 것은 너무나 이질적인 존재였기 때문이라고 생각해요. ……그 애한테는 미안한 얘기지만, 저는 그 점에 감사를 느끼지 않을 수 없어요. 속해 있어야 할 집단에서 쫓겨난 히메노와 저는, 결과적으로 둘만 남겨지게 되었으니까요. 옆에 히메노가 있다는 것만으로, 저는 주위 아이들로부터 아무리 괴롭힘당해도 상관없었어요. 어쨌든 그 애들이 저와 히메노를 같은 수준으로 취급해주고 있다고 생각되었기 때문이에요."

히메노라는 말이 나올 때마다, 노파는 아주 조금이나마 반응하고 있는 듯 보이기도 했다.

왠지 기쁜 마음에 나는 말을 계속했다.

"초등학교 4학년 여름에 부모님의 전근을 이유로 히메노가 전학을 가게 되었는데, 그것을 계기로 제 안의 그녀는 드디어 신격화되었어요. '스무 살까지 서로 좋은 상대를 찾지 못하면 함께하자.'라는 그녀의 말을 마음의 버팀목으로 삼아서, 저는 10년을 살아왔어요. 그렇지만 바로 얼마 전에 안 건데, 아무래도 히메노는 저를 좋아하고 있기는 고사하고 어느 시기 이후로는 죽이고 싶을 정도로 미워하고 있던 모양이더라고요. 제 앞에서 자살하려는 계획까지 꾸미고 있던 것 같았어요. 뭐가 안 좋았던 걸까, 하고 계속 생각했죠. ……그러다가 문득 기억이 나더라고요. 히메노와 만나기 직전, 저는 초등학교 시절에 모든 반 학생의 편지를 넣고 묻었던 타임캡슐을 혼자 파냈어요. 사실은 그런 짓을 하면 안 되지만, 어떤 사정 때문에 저는 이제 곧 죽게 되어 있으니 그 정도는 허락될 거라고 생각했어요."

자아.

답 맞추기에 들어가자.

"그 타임캡슐 말인데, 이상하게도 히메노의 편지가 들어있지 않았어요. 우연히 그날 히메노가 없었던 거라고 해석했지만, 가만히 생각해보니 그럴 리가 없더라고요. 그 편지는 담임 선생님이 충분한 시간을 들여서 학생들에게 준비시킨 것이었어요. 그 사람은 우연히 그날 누군가가 학교를 쉬었다고 해서 그 학생의 편지를 넣지 않고 타임캡슐을 묻어 버릴 사람은 아니에요. 생각할 수 있는 상황은, 저보다도 먼저 누군가가 타임캡슐을 파내고 히메노의 편지를 빼내갔다는 거죠. 그리고 그런 짓을 할 사람은 히메노 본인 말고는 생각할 수 없어요."

미리 생각하고 이야기하고 있던 것은 아니었다.

그러나 이때, 내 안에서 모든 것이 이어졌다.

"열일곱 살 때, 히메노는 저에게 한 통의 편지를 보내왔어요. 그 편지에 적혀 있던 내용 자체는 그리 중요하지 않았어요. 분명히, 받는 사람에 제 이름이 적혀 있고, 보낸 사람에 히메노의 이름이 적혀 있으면 그걸로 충분했던 거예요. 애초에 그 애는 아무리 친한 상대라도 그 사람에게 편지를 쓰거나 전화를 하는 일이 절대 없는 인간이었어요. 그런 그 애가 정중하게 발신인 주소까지 적은 편지를 보내온 시점에서, 저는 깨달았어야 했던 거예요."

그렇다.

나는 좀 더 빨리 깨달았어야 했던 것이다.

"그 편지는 히메노 나름의 SOS였어요. 그 애는 그때, 저에게 도움을 청하고 있던 거예요. 그 애도 저와 마찬가지로 궁지에 몰리고, 과거에 의지하며 타임캡슐을 파내고서 단 한 명의 소꿉친구를 떠올리고 편지를 보냈던 거예요. 그 애의 의도를 깨닫지 못했던 저에게는 이미 자격이 남아 있지 않았어요. 그 대가로, 저는 히메노를 잃었어요. 그 애의 내면은 텅 비어버렸고, 그것을 안 저도 텅 비고 말았어요. 히메노는 머지않아 자살할 테고, 저도 수명이 다 해요. ……이런 정도에서, 마무리는 나쁘지만 이 어두운 이야기는 끝이에요. 긴 이야기를 들어주셔서 감사해요."

떠나가려는 나에게, 노파는 꺼져 들어가는 듯한 목소리로 "잘 가요."라고 말했다.

그 작별의 말이, 그녀가 나에게 준 유일한 말이었다.

"감사합니다. 안녕히 계세요." 그렇게 말하고 나는 과자 가게를 뒤로했다.

옛 은인이 자신을 망각했다는 것에 나는 그리 상처 입지 않았다.

자신의 추억에 배신당하는 것에 슬슬 익숙해지기 시작했던 것이리라.

그러나 이때 나는 하나의 가능성을 완전히 간과하고 있었다.

다양한 종류의 실망을 경험하는 가운데, 항상 곁에 있으며 남몰래 떠받쳐주고 있던 여자.

나와 같은 절망을 품고, 그래도 수명이 아니라 시간을 팔기를 선택한, 미래가 없는 여자.

그다지 애교는 없지만 아주 갸륵한 배려를 해주는, 너무나도 자상한 여자.

미야기가 나를 배신할 가능성을.

"쿠스노키 씨, 쿠스노키 씨."

탠덤 시트에 앉아 있는 동안만큼은 나를 끌어안는 것에 주저하지 않게 된 미야기가, 주행 중에 옆구리를 두드렸다. 속도를 낮추고 "왜 그래?"라고 묻자, 그녀는 나를 격려하려는 것인지 "좋은 곳을 알려드릴게요."라고 말했다.

"기억이 났어요. 이 길, 제가 아주 옛날에 왔던 적이 있어요. 감시원이 되기 훨씬 전에. ……이 길을 이대로 한동안 나아가다 어떤 곳에서 오른쪽으로 꺾어서 똑바로 계속 가면 별빛 호수에 도착해요."

"별빛 호수?"

"제가 죽기 전에 다시 한번 가보고 싶다고 말한 그 호수요. 정식 이름은 모르지만."

"아, 그러고 보니 그런 얘기도 했었지."

"좋은 걸 들었죠?"

"그러네, 좋은 걸 들었어." 나도 아주 밝게 대답했다. "꼭 한 번 가봐야겠는걸."

"기름은 충분한가요?"

"중간에 한 번 넣고 가야겠어."

가장 가까운 셀프 주유소에서 휘발유를 가득 채우고, 미야기의 지시에 따라 이동했다. 시각은 이미 20시를 지나고 있었다. 길게 이어지는 산길의 중간중간에서 엔진을 쉬게 하면서 한 시간 반 정도 달린 끝에, 그녀가 말한 별빛 호수에 도착했다.

인근 편의점에서 컵라면을 사서 바깥 벤치에서 먹은 뒤, 그 앞에 있는 주차장에 오토바이를 세우고 조명이 거의 없는 길을 걸었다. 미야기는 옛 생각이 나는 듯 주위의 건물을 두리번거리면서도, 몇 번이나 나에게 "아직 위를 봐서는 안 돼요."라고 주의를 주었다. 시야 가장자리에 비치는 하늘에는 확실히 무시무시할 정도로 많은 별이 떠 있는 듯했지만, 미야기가 시키는 대로 나는 아래를 보며 걸었다.

"그러면 이제부터는 제가 하는 말을 잘 들어주세요."라고 미야기가 말했다. "여기서부터는 제가 길을 안내할 테니까, 됐다고 할 때까지는 눈을 감아주셨으면 해요."

"직전까지 보여주지 않겠다는 거야?"

"네. 모처럼 하는 별 구경이니까, 쿠스노키 씨도 이왕이면 최고의 조건에서 보고 싶죠? ⋯⋯자, 눈을 감으세요."

지시를 따르자, 미야기는 내 손을 잡고서 "이쪽이에요."라고 말하며 천천히 인도했다. 눈을 감자, 시야가 가려진 대신에 이제까지 들리지 않았던 소리가 들려왔다. 그때까지는 하나의 소리라고 생각하고 있던 여름 벌레의 소리를 네 종류로 분간할 수 있게 되었다. 지이지이 하고 저음으로 계속 우는 벌레, 찌리찌리 하고 고음으로 계속 우는 벌레, 가장

튀는 소리로 새처럼 우는 벌레, 개구리처럼 귀에 거슬리는 소리로 우는 벌레. 흐릿한 바람 소리나 멀리서 들리는 파도 소리, 우리 두 사람의 발소리의 차이까지 구분할 수 있었다.

"저기, 쿠스노키 씨. 혹시 제가 지금 당신을 속이고 무시무시한 장소로 향하고 있다면 어떡하시겠어요?"

"무시무시한 장소라면?"

"글쎄요……. 절벽이나 다리 위 같은, 떨어질 위험이 있는 장소라든가?"

"생각한 적도 없고, 생각할 마음도 없어."

"왜요?"

"미야기가 그런 짓을 할 이유가 짐작되지 않으니까."

"그런가요." 미야기는 재미없다는 듯이 말했다.

발밑의 감촉이 아스팔트에서 모래로 변하고, 그런 뒤에 금세 나무로 바뀌었다. 호숫가의 선창에 도달한 것이리라. "눈을 감은 상태로 멈추세요." 미야기가 그렇게 말하며 잡았던 손을 놓았다. "발밑에 주의하면서 뒤로 드러누우세요. 그게 끝나면 눈을 떠도 돼요."

자세를 낮추고 신중하게 등을 바닥에 붙인 뒤, 숨을 한 번 쉬고서 나는 눈을 떴다.

시야에 펼쳐져 있던 것은 내가 알고 있던 별이 빛나는 하늘이 아니었다.

어쩌면 이렇게 말할 수 있을지도 모른다. 이 날, 나는 처음으로 '별이 빛나는 하늘' 을 알게 되었다.

그런 하늘을 책이나 텔레비전을 통해서 본 적은 있었다. 여름의 대삼각이 있으며 그 가운데를 하늘의 강이 흐르고 있다, 한 면 전체에 점 뿌리기를 한 듯한 하늘이 있다는 것은 지식으로 알고는 있었다.

그러나 그런 자료를 통해서 색이나 형상을 아무리 정확하게 알고 있다한들, 그 '크기' 만큼은 도저히 상상할 수 없는 법이다.

눈앞에 있는 밤하늘은, 내가 생각하고 있었던 것보다도 훨씬, 훨씬 거대했다.

강한 빛을 발하는 눈이 쏟아지고 있는 듯한 모습이었다.

나는 옆에 서 있는 미야기에게 말했다. "미야기가 죽기 전에 이걸 다시 한번 보고 싶다고 했던 이유를 왠지 알 것 같아."

"그렇죠?" 미야기는 나를 내려다보면서 의기양양하게 말했다.

그런 뒤에 아주 긴 시간 동안, 우리는 선창에 누워서 밤하늘을 올려다보고 있었다. 유성을 세 개 보았다. 다음번에 별이 흘러갈 때에는 무슨 소원을 빌까, 하고 생각했다. 이제 와서 수명을 되찾고 싶다고는 생각하지 않는다. 히메노와 만나고 싶다고도 생각하지 않고, 시간을 되돌리고 싶다고도 생각하지 않는다. 이미 나에게는 모든 것을 다시 시작할 정도의 활력이 남아 있지 않다.

이대로 편안하게, 잠들듯이 죽어가고 싶다. 나는 그런 소원을 빌겠지. 그 이상을 바라는 것은 분수를 모르는 짓이다.

미야기가 무엇을 빌었는가에 대해서는 생각할 것도 없다. 그녀의 소원. 그것은 감시원을 그만두는 것. 즉 투명인간이 아니게 되는 것이리라. 모든 인간에게 존재를 무시당하고, 유일하게 인식해주는 상대인 감시 대상자는 반드시 1년 이내에 죽어버린다. 아무리 미야기가 참을성 강한 인간이더라도 30년 동안이나 그런 생활을 견뎌낼 수 있을 리 없는 것이다.

"미야기는." 나는 그렇게 입을 열었다. "나를 위해서 거짓말을 하고 있던 거지? 히메노가 나를 거의 기억하지 못한다는 거짓말을."

미야기는 드러누운 채로 얼굴을 이쪽으로 향하고, 질문에 대답하는 대신에 이렇게 말했다.

"저에게도 소꿉친구가 있었어요."

나는 기억을 찾으면서 말했다. "그건 이전에는 있었던 '소중한 사람'을 말하는 건가?"

"그래요. 잘 기억하고 계시네요?"

말없이 그다음을 기다리고 있자, 미야기는 천천히 이야기를 시작했다.

"당신에게 있어서의 히메노씨 같은 상대가 예전에 저에게도 있었어요. 우리는 이 세상의 방식에 익숙해질 수 없는 사람끼리 서로 도우며 의존하는 두 사람만의 세상을 살고 있었죠. ……제가 감시원이 되고 첫 휴일에 가장 먼저 했던 일은, 그 사람의 모습을 보러 가는 것이었어요. '분명히 내가 없어져서 몹시 슬퍼하고 있겠지'라고 저는 생각하고 있었죠. 자신의 껍질 안에 꼭 틀어박혀서, 저의 귀환을 기다리고 있을 거라고 믿어 의심치 않았어요. ……그런데 몇 주 만에 보는 그 애는, 제가 없는 세상에 아주 쉽게 순응하고 있더라고요. 아뇨, 그러기는 고사하고 제가 모습을 감춘 지 한 달이 지났을 무렵에는, 우리를 이질적이라고 배척하던 사람들과 같은 방식으로, 그 애는 이 세상에 완전히 녹아들어 있었어요."

미야기는 다시 하늘을 바라보고, 마른 웃음을 지었다.

"그때, 저는 깨달았어요. 그 애에게 있어서 저는 단순한 족쇄에 지나지 않았노라고. ……본심을 말하면, 저는 그 애가 불행해지기를 바라고 있었던 거예요. 그 애가 많이 슬퍼하고, 절망하고, 껍질 속에 틀어박히고, 절대 돌아오지 않을 저의 귀환을 기다리면서도, 그래도 어떻게든 간신히 숨이 붙어 있기를 바랐던 거예요. 그 애가 혼자서 강하게 살아갈 수 있다는 것은 알고 싶지 않았어요. ……그 뒤로 저는 그 애의 모습을 한 번도 보러 가지 않았어요. 설령 그 애가 행복하게 지내고 있든 불행하게 지내고 있든, 어쨌든 슬퍼질 뿐이니까요."

"그래도 죽기 전에는 역시 그 녀석을 만나러 가고 싶은 거지?"

"네. 왜냐하면 저는 그것 말고는 아무것도 모르니까요. 마지막의 마지막 순간에 의지할 수 있는 곳은 역시 그곳밖에 없어요."

미야기는 몸을 일으키고 그 자리에 쪼그려 앉았다.

"그러니까 저는 당신의 마음을 아주 잘 이해할 수 있어요. 당신은 알아주기를 바라지 않을지도 모르지만."

"아니." 나는 곧바로 대답했다. "알아줘서 고마워."

"별말씀을." 미야기는 조심스럽게 미소 지었다.

호수 부근의 자판기를 카메라에 담고서 우리는 자취방으로 돌아갔다.

오늘은 아주 지쳐서요, 라고 말하고 미야기는 내 이부자리로 들어왔다.

딱 한 번 몰래 미야기 쪽을 훔쳐보려고 했는데, 그녀도 똑같은 행동을 하려고 하고 있었던 모양이라 우리는 당황하며 눈길을 피하고, 서로 등을 돌린 채 반대편을 향하고 갔다.

그런 나날이 계속 이어지기를, 나는 유성에 빌었어야 했을 것이다.

그다음에 눈을 떴을 때, 미야기의 모습은 없어져 있었다.

노트만이 머리맡에 남겨져 있었다.

12. 거짓말쟁이와 작은 소원

미야기가 감시원으로서 이 자취방을 찾아온 첫날, 나는 그녀의 시선이 신경 쓰여서 견딜 수 없었다. '만약 감시원이 이 여자애와 대조적인, 추하고 뚱뚱하고 불결한 중년이었다면 나는 좀 더 긴장을 풀고 자신이 하고 싶은 일에 대해 정직하게 생각할 수 있었을 텐데.'라고 생각했었다.

지금 미야기 대신 내 앞에 있는 감시원은, 딱 그런 남자였다. 키는 작고 앞머리가 보기 싫게 벗겨졌으며, 얼굴은 술에 취한 듯 불그스름한데 수염은 푸르스름한 기운이 돌며 피부에는 개기름이 흐르고 있었다. 눈은 부자연스럽게 깜빡임이 많고 숨결은 거칠고, 목 안쪽에 가래가 달라붙어 있는 듯한 말투를 쓰고 있었다.

"평소에 오던 애는?" 내가 처음에 던진 말은 그것이었다.

"휴가 갔어." 남자는 무뚝뚝하게 대답했다. "오늘하고 내일은 내가 대리다."

나는 가슴을 쓸어내렸다. 감시원이 교대제가 아닌 것에 감사했다. 이틀만 기다리면 다시 미야기가 돌아오는 것이다.

"감시원에게도 휴일이 있구나." 나는 말했다.

"그야 필요하지. 너하고 달리, 앞으로 계속 살아가야만 하니까 말이야." 남자는 빈정거리는 듯 대답했다.

"그렇구나. 안심했어. 내일모레에는 휴일이 끝나고 원래대로 돌아오는 거지?"

"일단은 그렇게 될 예정이지." 남자는 대답했다.

잠이 덜 깬 눈을 비비고 다시 한번 방구석에 있는 남자의 모습을 보자, 그는 내 앨범을 손에 들고 보고 있었다. 이제까지 찍어왔던 자판기 사진이 들어간 앨범이다.

"대체 뭐지, 이건?" 남자는 나에게 물었다.

"자동판매기도 몰라?" 나는 너스레를 떨었다.

남자는 혀를 찼다. "뭘 위해서 이런 사진을 찍고 있는 거냐고 물은 건데."

"하늘을 좋아하는 사람이 하늘을 찍고, 꽃을 좋아하는 사람이 꽃을 찍고, 열차를 좋아하는 사람이 열차를 찍는 것하고 마찬가지야. 찍고 싶으니까 찍고 있지. 나는 자판기를 좋아하거든."

남자는 앨범을 지루한 듯 몇 페이지인가 넘겨보더니, "쓰레기구만."이라고 말하며 나에게 던지듯 돌려주었다. 그리고 주위에 흩어져 있는 수많은 종이학을 바라보더니 일부러 크게 한숨을 내쉬었다.

"이런 짓으로 여생을 소비하고 있던 건가. 한심하긴. 좀 더 제대로 보내는 방법은 없나?"

그의 태도는 그다지 나를 불쾌하게 만들지 않았다. 생각한 것을 솔직하게 말해주는 것은, 생각하기에 따라서는 마음이 편하다. 방구석에서 뭔가 말하고 싶은 눈으로 계속 바라보는 것보다는 훨씬 낫다.

"있을지도 모르지만, 이 이상 기분 좋은 일을 했다간 몸이 못 버틸 테니까."

그렇게 말하며 나는 웃었다.

이후로도 그런 눈치로 무슨 일이 있을 때마다 그는 시비를 걸어왔다. 이번 감시원은 아주 공격적이네, 라고 나는 생각했다.

그 원인을 안 것은 점심 식사 후에 선풍기 앞에 누워서 음악을 듣고 있을 때였다.

"어이, 너." 남자는 말했다. 못 들은 척을 하자, 남자는 헛기침을 하고는 말했다. "너, 그 애를 곤란하게 만들 만한 짓은 하지 않았겠지?"

'그 애'에 해당되는 인물은 한 명밖에 떠오르지 않았지만, 이 남자가 미야기를 그런 식으로 부르리라고는 상상하지 않았기 때문에 대답하는 것이 조금 늦어졌다.

"그 애란 미야기를 말하는 건가?"

"또 누가 있는데?"

내가 미야기의 이름을 말한 것이 불쾌하다고 말하는 듯이, 남자는 미간을 좁혔다.

그것을 보고 갑자기 이 남자에 대한 호의가 솟아났다.

뭐야, 당신도 나랑 같은가.

"당신, 혹시 미야기하고 친해?" 나는 물었다.

"……아니. 그런 건 아니야. 어쨌든 우리도 서로의 모습은 보이지 않으니까." 갑자기 남자의 어조가 차분해졌다. "두세 번, 서면으로 대화한 적이 있을 뿐이야. 다만 그 애의 시간을 매입한 담당자가 나였어. 그래서 기록은 충분히 훑어봤지."

"어떻게 생각해?"

"불쌍한 애야." 남자는 단호하게 말했다. "정말로, 정말로 불쌍한 애지."

아무래도 그것은 본심에서 나온 말인 듯했다.

"내 수명도 그 애하고 같은 가격이었어. 나도 불쌍하지 않아?"

"바보 같은 자식. 너는 이제 곧 죽을 거니까 괜찮아."

"그건 맞는 말이야." 나는 찬성했다.

"하지만 그 애는 하필이면 가장 팔아서는 안 되는 것을 팔아버렸어. 당시에 아직 열 살이던 그 애가 정상적인 판단 같은 걸 할 수 있을 리 없었는데. 가엾게도 그 애는 이후로 너처럼 인생을 자포자기한 놈들을 계속 상대해야만 하게 되었어. ……그건 그렇고, 하던 이야기로 돌아가겠는데. 너, 그 애를 곤란하게 만들 만한 짓은 하지 않았겠지? 대답에 따라서는 여생을 편하게 보내지 못하게 될 수도 있다고."

나는 점점 이 남자가 마음에 들기 시작했다.

"상당히 곤란하게 만들었다고 봐." 나는 솔직히 대답했다. "그 여자를 상처 입힐 만한 말도 했고, 자칫 다치게 만들 뻔도 했고……. 게다가 하마터면 덮칠 뻔 하기도 했지."

안색을 바꾸고 당장에라도 멱살을 쥐려고 달려들 것 같은 남자에게, 나는 미야기가 놓고 간 노트를 내밀었다.

"뭐지, 이건?" 남자는 노트를 받아들었다.

"자세한 건 거기에 적혀 있을 거라고 생각해. 미야기가 놓고 간, 나의 관찰기록이야. 감시대상자 본인이 읽으면 안 좋을 거 아냐?"

"관찰기록?" 그는 엄지를 핥고는 노트 표지를 넘겼다.

"당신들의 업무에 대해서는 잘 모르고 그렇게 엄밀한 규칙이 있는 것처럼 보이지도 않지만, 만에 하나라도 이걸 깜빡한 것이 책임 문제 같은 것으로 발전되어서 미야기가 벌을 받게 되는 것은 싫으니까. 그 녀석 편으로 보이는 당신에게 넘기도록 할게."

남자는 받아든 노트를 펼치고, 페이지를 넘기며 가볍게 훑어보았다. 2분 정도만에 마지막 페이지까지 훑어보더니 남자는 "그렇구만."이라고 한 마디 중얼거릴 뿐이었다.

그곳에 무엇이 적혀 있었는지는 나도 모른다. 그러나 이후로 남자는 거의 시비를 걸어오지 않았다. 미야기는 나에 대해서 호의적으로 적고 있던 것이리라. 간접적으로 그 증거를 얻은 것을 기쁘게 생각했다.

이때 내가 나 자신의 노트를 구입하자는 생각을 하지 못했다면 이 기록이 남는 일도 없었을 것이다. 미야기의 노트를 남자에게 맡긴 뒤, 나는 내 자신의 노트를 갖고 싶어졌다. 문구점에 가서 B5사이즈의 노트와 싸구려 만년필을 사온 뒤, 그곳에 적어야 할 것에 대해 생각했다.

대리 감시인이 곁에 있는 이 이틀간은, 미야기가 곁에 있을 때에는 할 수 없는 일을 해야 한다. 처음에는 뭔가 방종한 일이라도 할까 생각했지만 그런 짓을 했다간 다음에 미야기를 만났을 때, 설령 입에는 내지 못하더라도 켕기는 기분이 태도로 나올 것 같은 기분이 들었다. 그래서 나는 건전한 의미로 '미야기에게 보이고 싶지 않은 일'을 하기로 했던 것이다.

낡은 빌딩 계단을 올라서 4층의 점포에서 수명을 판 그날부터 오늘까지 있었던 일을 노트에 적어나갔다. 첫 페이지에는 초등학교 무렵에 받았던 도덕 수업에 대해서 썼다. 아무 생각 하지 않아도 다음에 써야 할 것을 알 수 있었다. 목숨의 가치에 대해 처음으로 생각했던 날의 일. 당시에는 자신이 훌륭한 사람이 될 거라고 생각하고 있었던 것. 히메노와 나눈 약속. 고서점이나 CD숍에서 수명을 매입해주는 가게에 대해서 들은 것. 그 가게에서 미야기와 만난 것.

말은 막힘없이 넘쳐 나왔다. 빈 깡통을 재떨이 삼아 담배를 피우면서, 나는 글자를 계속 써내려갔다. 만년필이 종이와 마찰하는 소리가 기분 좋게 들려왔다. 방 안은 몹시 더워서, 땀이 노트에 떨어져 글자가 번졌다.

"뭘 쓰고 있지?" 남자가 말했다.

"이 한 달간 있었던 일을 기록하고 있어."

"써서 뭐하게? 누군가에게 읽게 할 건가?"

"글쎄. 그런 건 어떻게 되든 상관없어. 나는 쓴다는 행동으로 정리하고 있는 거야. 머릿속에 있는 것을, 보다 안정적인 위치로 이동시키고 있는 거지. 하드디스크의 조각 모음 같은 거야."

밤중까지 내 손이 멈추는 일은 없었다. 아름다운 글과는 조금 거리가 먼 문장이라고는 해도, 그 정도로까지 자신이 술술 이야기를 써나갈 수 있다는 사실에 놀랐다.

22시를 지났을 무렵에 갑자기 뚝하고 손이 멈췄다. 오늘은 더 못쓰겠는 걸, 이라고 생각했다. 만년필을 테이블에 내려놓고 나는 바깥 공기를 마시러 나갔다. 남자도 귀찮다는 듯이 일어나서 뒤를 따라왔다.

밤길을 정처 없이 걷고 있으려니 어딘가에서 북소리가 들려왔다. 축제를 앞두고 연습을 하고 있는 것이리라.

"감시원을 하고 있다는 건, 당신도 자기 시간을 판 거야?" 나는 돌아보며 남자에게 물었다.

"그렇다고 말하면 동정해주기라도 하려고?" 남자는 코웃음 쳤다.

"응. 그럴 거야."

남자는 의외라는 듯한 눈으로 내 얼굴을 보았다.

"······그건 참 고맙구먼, 이라고 말하고 싶은 참이지만 나는 수명도 시간도 건강도 팔지 않았어. 좋아서 이 일을 하고 있어."

"악취미네. 뭐가 재미있어서 이런 일을 해?"

"재미로 하는 게 아니야. 다른 사람의 묘를 참배하는 것과 같은 거라고. 언젠가는 나도 죽지. 그것을 받아들이기 위해, 미리 많은 죽음을 접해두고 싶은 거야."

"늙은이가 할 만한 생각이네."

"그래. 늙은이니까." 남자는 말했다.

자취방으로 돌아와서 목욕을 하고 맥주를 마시고, 양치질을 하고 이부자리를 깔고 자려고 했지만, 이날도 옆집이 시끄러웠다. 서너 명이 창문을 연 채로 수다를 떨고 있는 듯했다. 밤낮을 가리지 않고, 저 집에는 언제나 손님이 와 있는 기분이 든다. 감시원 외에는 들어온 적 없는 내 집하고는 딴판이다.

귀마개 대신 헤드폰을 쓰고 불을 끄고 눈을 감았다.

뇌에서 평소에 사용하지 않던 부분을 열심히 사용한 탓인지, 나는 중간에 한 번도 깨지 않고 11시간을 내리 잤다.

다음 날도 노트를 문자로 채우는 것에 하루를 소비했다. 라디오는 고시엔에서 벌어지는 고교 야구 이야기만 하고 있었다. 저녁 무렵에는 기록이 현재를 따라잡고 있었다.

만년필을 내려놓자 손끝이 떨렸다. 팔과 손의 근육이 비명을 지르고 있었고, 목이 뻣뻣하게 굳은 데다 머리도 희미하게 지끈거렸다. 그래도 뭔가 다 해냈다는 달성감은 나쁜 것이 아니었다. 또, 기억을 재해석하고 문자로 치환하는 것에 의해 좋은 기억은 보다 맛보기 쉬운 형태로, 나쁜 기억은 보다 받아들이기 쉬운 형태로 변화한 듯했다.

그 자리에 드러누워서 천장을 올려다보았다. 천장에는 어떻게 해서 생겼는지 알 수 없는 검고 커다란 얼룩이 있고, 구부러진 못이 몇 군데 튀어나와 있었다. 구석에는 거미집까지 보였다.

근처 야구장에서 중학생들의 야구 시합을 구경한 뒤, 시장에서 열리고 있던 벼룩시장을 둘러보고 식당에 가서 잔반 같은 저녁 식사를 먹었다.

내일은 미야기가 돌아올 거라고 나는 생각했다.

일찍 자기로 했다. 테이블 위에 펼쳐져 있던 노트를 책장에 넣고, 이부자리를 깔고 있는데, 감시원 남자가 말을 걸어왔다.

"이건 내가 감시 대상자 모두에게 물어보던 질문인데, 너는 수명을 팔아서 얻은 돈을 무엇에 썼지?"

"관찰기록에 안 적혀 있었어?"

"……그리 자세히 읽지는 않았어."

"한 장씩 나눠주며 돌아다녔어." 나는 말했다. "아주 조금은 생활비에 썼지만, 원래부터 대부분을 어떤 사람에게 줄 예정이었어. 하지만 그 사람이 도망쳐서 어쩔 수 없이 모르는 사람들에게 전부 줘버렸다는 얘기야."

"한 장씩?"

"응. 1만 엔 지폐를, 한 장씩 나눠 주며 돌아다녔다고."

그 말을 들은 남자는, 긴장이 풀렸다는 듯이 웃음을 터뜨렸다.

"재미있지?" 내가 그렇게 말하자 "아니, 내가 웃는 것은 그 부분이 아니야."라고 남자는 웃으면서 말했다. 기묘한 느낌의 웃음이었다. 그냥 우스워서 웃고 있는 것이 아닌 듯했다.

"……그런가. 그렇다는 얘기는 너, 기껏 수명을 팔아서 얻은 돈의 대부분을 공짜로 낯선 사람들에게 줘버렸다는 건가."

"그런 거야." 나는 끄덕였다.

"구제불능의 멍청이구만."

"나도 그렇다고 생각해. 좀 더 효과적인 사용처가 얼마든지 있었어. 30만 엔이나 되면 여러 가지 일들을 할 수 있었을 텐데."

"아니. 내가 바보 취급하는 건 그 부분이 아니야."

남자의 말투에는 어딘지 모르게 걸리는 구석이 있었다.

그리고 남자는 끝내 이렇게 말했다.

"저기 말이다, 너. 설마 정말로 자기 수명이 30만 엔이란 말을 듣고서, 의심도 하지 않고 덜컥 믿어버린 거냐?"

그것은 나를 근본부터 뒤흔드는 질문이었다.

"무슨 소리지?" 나는 남자에게 물었다.

"무슨 소리고 뭐고, 말 그대로의 의미야. 정말로 자기 수명이 30만 엔이라는 말을 듣고서 '아 그런가보다.' 하며 30만 엔을 받았던 거야?"

"그야…… 처음에는 너무 싸다고 생각했지만."

남자는 방바닥을 두드리며 웃었다.

"그렇구만, 그런 거야! 나로서는 아무 말도 할 수 없지만 말이지." 남자는 배를 잡고 웃으며 말했다.

"……뭐, 내일 그 애하고 만나면 직접 물어보는 게 좋지 않을까? '내 수명, 정말로 30만 엔이었어?' 라고 말이야."

나는 남자에게 따져 물으려 했지만, 그는 그 이상 알려줄 생각은 없는 듯했다.

새까만 방에서, 천장을 바라보며 나는 언제까지나 잠들지 못하고 있었다.

그가 한 말의 의미를, 언제까지나 계속 생각하고 있었다.

"안녕하세요, 쿠스노키 씨."

창문에서 비쳐드는 빛에 눈을 뜬 나에게, 미야기가 말했다.

방구석에서 친밀한 미소를 던져오는 이 여자는, 나에게 거짓말 하나를 하고 있는 것이다.

"오늘은 어떤 식으로 보낼 건가요?"

목구멍까지 밀려나온 말을, 직전에 삼켰다.

이대로 아무것도 모르는 체를 하고 있자고 나는 결심했다.

미야기를 곤란하게 만들면서까지 진실을 알고 싶다고는 생각하지 않는다.

"평소대로 지낼 거야." 나는 말했다. "자동판매기 순회군요." 미야기는 기쁜 듯이 말했다.

푸른 하늘 아래를, 논두렁길을, 구불구불한 시골길을 끝없이 달렸다. 가는 길에 있던 역에서 산천어 소금구이나 소프트크림을 둘이 같이 먹거나, 인기척은 없는데도 자전거만 잔뜩 세워져 있는 기묘한 폐 상점가를 카메라에 담거나 하는 동안에 금세 밤이 되었다.

작은 댐 근처에 오토바이를 세우고, 계단을 아래로 내려가서 산책로에 접어들었다.

"어디로 가고 있는 건가요?"

나는 돌아보지 않고 말했다. "만약 내가 지금 당신을 속이고 무시무시한 장소로 향하고 있다고 한다면 어떡할 거야?"

"즉 아름다운 경치를 볼 수 있는 장소로 향하고 있는 거죠?" 내 말에 미야기는 납득이 갔다는 듯 말했다.

"그건 곡해야."라고 나는 말했지만, 사실은 미야기가 말한 대로였다.

강변의 숲으로 이어지는 작은 다리를 건널 무렵에는, 그녀도 내 목적을 안 듯했다.

미야기는 그 광경에 매료된 눈치로 말했다.

"저기, 이건 엉뚱한 감상일지도 모르겠지만…… 반딧불이는 정말로 빛을 내네요."

"당연하지, 반딧불이니까."

나는 그렇게 말하며 웃었지만, 그녀가 하고자 하는 말은 이해할 수 있었다. 내가 별빛 호수의 하늘을 보고 느낀 것을, 미야기도 지금 느끼고 있는 것이리라. 그런 것이 존재한다는 것을 머리로는 알고 있다. 그렇지만 일정 단계를 넘은 아름다움이란, 그것이 어떠한 것인지 아무리 구체적으로 알고 있더라도 실제 두 눈으로 볼 때까지는 아무것도 모르는 것과 다를 바 없다.

푸른 기운이 도는 무수한 반딧불이의 불빛. 그것들이 명멸하면서 둥실둥실 떠다니는 좁은 길을 천천히 거닐었다. 불빛을 빤히 바라보고 있으려니, 초점이 흐려져서 현기증을 일으킬 것 같았다.

"저, 어쩌면 반딧불이를 보는 것이 처음인지도 몰라요." 라고 미야기가 말했다.

"최근에는 반딧불이도 많이 줄었으니까. 적당한 시간대에 적당한 장소에 찾아가지 않는 한, 좀처럼 볼 수 없어. 이 녀석들을 여기에서 볼 수 있는 것도 앞으로 며칠 정도겠지."

"쿠스노키 씨는 여기에 자주 오시나요?"

"아니. 작년 이맘때에 한 번 와봤을 뿐이야. 그게 어제 기억나더라고."

반딧불이의 불빛이 점차 수그러들기 시작하자, 우리는 원래 왔던 길을 되돌아왔다.

"……이건 호수에 갔던 일의 답례라고 받아들여도 될까요?" 그렇게 미야기가 물어왔다.

"내가 보고 싶다고 생각해서 보러 온 것뿐이야. 하지만 어떻게 받아들이는가는 당신의 자유야."

"알았습니다. 자유롭게 받아들이겠습니다. 자유롭게요."

"일일이 말하지 않아도 돼."

자취방이 있는 연립 주택으로 돌아와서 마지막 일과인 사진 정리를 끝낸 뒤, 잘 준비도 마치고 미야기의 "안녕히 주

무세요."에 같은 말로 답해주고 불을 껐을 무렵. 나는 그녀
의 이름을 불렀다.

"미야기."

"네, 왜 그러시죠?"

"왜 거짓말 같은 걸 했어?"

미야기는 내 얼굴을 올려다보며 눈을 깜빡였다.

"무슨 말을 하는지 잘 모르겠네요."

"그렇다면 조금 더 알기 쉽게 말할까. ……내 수명, 정말
로 30만 엔이었어?"

미야기의 눈빛이 변하는 것을 알 정도로, 달이 밝은 밤이
었다.

"물론이에요." 그녀는 대답했다. "유감스럽습니다만, 당
신의 가치는 그 정도예요. 이미 받아들이고 있을 거라고 생
각했는데요."

"어젯밤까지는 나도 그렇게 생각했었어." 나는 말했다.

미야기는 내가 확신을 품고 있음을 눈치 챈 듯했다.

"대리 감시원에게 뭔가 들으셨군요?" 그녀는 한숨을 섞
어 말했다.

"나는 그저, 다시 한번 확인해보라는 말을 들었을 뿐이
야. 구체적인 얘기는 아무것도 듣지 못했어."

"그렇게 말해도, 30만 엔은 30만 엔이에요."

끝까지 잡아뗄 생각인 듯했다.

"······미야기가 거짓말을 했다는 말을 들었을 때, 처음에는 단순히 내가 원래 받아야 할 돈을 미야기가 가로챈 게 아닐까 하고 생각했어."

미야기는 나를 눈만 들어서 올려다보았다.

"원래 가격은 3천만이나 3억 엔이었는데 당신이 몰래 횡령하고 나에게는 거짓 액수를 고했다. 처음에는 그렇게 생각하고 있었어. ······하지만 도저히 믿을 수 없었어. 믿고 싶지 않았어. 미야기가 나를 만났을 때부터 속여 왔다니. 나를 향해 보여주는 웃음 뒤편에 그런 거짓말이 있었다니. 뭔가 나는 근본적으로 착각하고 있는 것이 아닐까 하고 생각했지. 그래서 밤새도록 생각하다가 문득 깨달았어. ······애초에 나는 전제부터 잘못 생각하고 있었던 거지."

그렇다, 10년 전에 그 여교사가 말했었다.

다만 이 자리에서는 일단 그런 사고방식을 버렸으면 합니다, 라고.

"어째서 수명 1년에 1만 엔이라는 가격이 최소 매입 가격이라고 믿고 있었던 걸까? 어째서 사람의 인생이 본래 수천 만이나 수 억 엔에 팔리는 것이 당연하다고 믿고 있었던 걸까? 쓸데없는 사전지식이 너무 많았던 거지. 목숨은 무엇보다도 귀한 것이라는 헛소리를, 마음속 어딘가에서 아직 믿고 있었는지도 몰라. 어쨌든 나는 내 머릿속의 상식을 너무 확고하게 모든 것에 적용했어. 처음부터 좀 더 유연하게 생각해봤어야 했던 거야."

나는 한 번 숨을 고르고, 그런 뒤에 말했다.

"저기 말이야, 어째서 전혀 상관없는 남인 나에게 당신이 30만 엔이나 내줄 생각을 한 거야?"

미야기는 "무슨 말씀을 하는지 전혀 모르겠네요."라며 눈을 돌렸다.

나는 미야기가 앉아 있는 위치의 대각선상에 있는 방구석으로 이동해서, 그녀와 마찬가지로 무릎을 안고 쪼그려 앉았다.

미야기는 그 모습을 보고 살짝 미소 지었다.

"당신이 모르는 체할 거라면 그래도 상관없어. 하지만 일단은 이 말은 할게. 고마워."

미야기는 고개를 저었다.

"괜찮아요. 이런 일을 계속하다 보면, 어차피 어머니와 마찬가지로 빚을 다 갚기 전에 죽게 될 거예요. 가령 빚을 다 갚고 자유의 몸이 되었다고 해도, 즐거운 인생이 약속된 것도 아니고요. 그렇다면 차라리 그런 일에 돈을 쓰는 편이 나아요."

"사실, 내 가치는 얼마였어?" 나는 물었다.

잠시 동안 침묵이 흘렀다.

"……30엔이에요." 미야기는 작은 목소리로 말했다.

"공중전화 3분 정도의 가치인가." 나는 웃었다. "미안해,

모처럼 미야기가 준 30만 엔을 그런 식으로 써버려서."

"맞아요. 좀 더 자신을 위해서 썼으면 했어요."

화를 내는 듯한 투로 말하고 있었지만, 미야기의 목소리는 부드러웠다.

"하지만 쿠스노키 씨의 마음은 잘 알아요. 제가 당신에게 30만 엔을 넘긴 이유도, 당신이 30만 엔을 나눠 주며 돌아다닌 이유도 아마도 근본적으로는 똑같으니까요. 외로워서, 슬퍼서, 허무해서 자포자기하게 된 거죠. 그래서 독선적인 이타행위로 내달리게 된 거고요. ……하지만 생각해 보면, 제가 30만 엔이라고 거짓말을 하지 않고 사실대로 말했더라면 반대로 당신은 수명을 팔지 않았을지도 모르겠네요. 그러면 적어도 좀 더 오래 살 수 있었을 텐데. 쓸데없는 짓을 해서 죄송해요."

등을 구부리며 무릎에 턱을 묻고, 발끝을 바라보면서 미야기는 말했다.

"어쩌면 저는, 한 번이라도 좋으니까 누군가에게 일방적으로 뭔가를 주는 측에 서보고 싶었는지도 모르겠어요. 자신이 받고 싶었지만 아무도 해주지 않았던 것을, 자신과 비슷한 처지의 불쌍한 누군가에게 해주는 것으로 자신을 위로하려고 한 것일지도 몰라요. 하지만 어쨌든 그 행위는 저의 일그러진 후의의 강요에 지나지 않죠. 죄송해요."

"그렇지 않아." 나는 부정했다. "처음부터 '당신의 가치는 30엔입니다' 라는 말을 들었다면, 나는 확실하게 자포자기해서 석 달은 고사하고 사흘도 남기지 않고 수명을 팔아 치웠을 거야. 당신이 거짓말을 해주지 않았더라면, 나는 이렇게 자판기 순회를 하거나 학을 접거나 별을 보거나 반딧불이를 보거나 하지도 못했어."

"애초에 당신이 자포자기할 필요는 없어요. 30엔이란 가격 따위, 어딘가의 잘난 사람들이 멋대로 붙인 가격일 뿐이니까요." 미야기는 호소하듯이 말했다. "적어도 저에게, 지금의 쿠스노키 씨는 3천 만이나 30억의 가치가 있는 사람이에요."

"이상한 말로 위로하지 마." 나는 쓴웃음을 지었다.

"정말이에요."

"너무 상냥하게 대해 주면, 오히려 비참해져. 당신이 자상한 사람이라는 건 충분히 알고 있어. 그러니까 이젠 됐어."

"말이 많으시네요. 입 다물고 가만히 위로받으세요."

"……그런 말을 듣는 것은 처음이네."

"그렇다기보다, 이건 위로도 자상함도 아니에요. 제가 하고 싶은 말을 제 마음대로 하고 있을 뿐이에요. 당신이 어떻게 생각하든, 알 바 아니에요."

미야기는 조금 부끄러운 듯이 고개를 숙였다.

그리고 이렇게 말해주었다.

"확실히, 처음에 저는 당신을 30엔에 걸맞는 인간이라고 생각하고 있었어요. 30만 엔을 건네준 것은 어디까지나 자기만족을 위해서였고, 상대는 딱히 쿠스노키 씨가 아닌 다른 사람이어도 상관없었던 거예요. ……하지만 조금씩 그 인식이 바뀌어갔어요. 역에서 있었던 일 뒤에, 당신은 저의 이야기를 진지하게 들어줬잖아요? 시간을 팔지 않을 수 없었던 저의 처지를 동정해 주었죠. 그날부터 저에게 쿠스노키 씨는 단순한 감시 대상자가 아니게 되고 말았어요. 이것만으로도 큰 문제지만, 그 뒤에 저는 새로운 문제를 안게 되었어요. ……저기, 당신에게는 아무것도 아닌 일이겠지만 한심하게도 저는 당신이 말을 걸어주는 것이 기뻤어요. 다른 사람 앞에서도 개의치 않고 말을 걸어주는 것이, 너무나도 기뻤어요. 저는 계속 투명인간이었으니까요. 무시당하는 것이 일이었으니까. 가게 안에서 이야기를 나누며 식사를 하거나, 같이 쇼핑을 하거나, 그냥 거리를 걷거나, 손을 잡고 강가를 산책하거나, 그런 사소한 일이 저에게는 꿈같은 일이었어요. 장소도 상황도 가리지 않고 언제나 일관되게 저를 '있다.' 라고 취급해준 것은 쿠스노키 씨, 당신이 처음이었어요."

뭐라고 대답해야 좋을지 알 수 없었다.

자신이 누군가에게 감사받고 있다니, 생각도 해보지 않았다.

"……당신만 좋다면, 내가 죽을 때까지는 계속 그렇게 해줄게."

그렇게 장난치듯 말하자, 미야기는 고개를 끄덕였다.

"그렇겠죠. 그러니까 좋아하는 거예요. 당신을."

없어질 사람을 좋아해봤자 소용없지만요.

그렇게 말하며 그녀는 쓸쓸한 듯이 웃었다.

가슴이 먹먹해져서 잠시 동안 입을 열 수 없었다.

로딩이 느려져서 멈춰 선 듯, 눈도 깜짝하지 못하고 아무 말도 하지 못하고 있었다.

"저기, 쿠스노키 씨. 그밖에도 저는 당신에게 많은 거짓 말을 해왔어요." 미야기가 조금 울먹이는 목소리로 말했다. "수명의 가격이나 히메노 씨에 대한 것 말고도. 예를 들면, 당신이 남에게 폐를 끼치려고 하면 수명을 바닥나게 만든다 는 것. 그건 거짓말이에요. 저에게서 100미터 이상 떨어지 면 죽는다는 것. 그것도 거짓말이에요. 전부 제 몸을 지키기 위한 방편일 뿐이었어요. 다 거짓말이에요."

"……그랬던 건가."

"만약 화가 나셨다면 저에게 무슨 짓을 해도 상관없어요."

"무슨 짓을 해도?" 나는 되물었다.

"네, 아무리 심한 짓이라도."

"그러면 사양 않겠어."

그렇게 말하고 나는 미야기의 손을 잡아당겨 일으켜 세우고, 강하게 끌어안았다.

얼마나 오랫동안 그러고 있었는지는 모르겠다.

나는 그것을 기억하려고 한다. 부드러운 머리카락. 예쁘게 생긴 귀. 가느다란 목. 가냘픈 어깨와 등. 살며시 눌리는 가슴. 완만한 곡선을 그리는 허리. 오감을 최대한으로 동원해서 뇌의 가장 깊은 부분에 강하게 새긴다. 근간에 새긴다.

무슨 일이 있더라도, 언제라도 떠올릴 수 있도록. 두 번 다시 잊지 않도록.

심한 짓을 하시네요, 라고 미야기는 말하고 코를 훌쩍였다.

"정말, 이런 짓을 당하면 당신을, 잊을 수 없잖아요."

"응. 내가 죽으면 많이 슬퍼해줘."라고 나는 말했다.

"……그런 것으로도 좋다면, 제가 죽을 때까지는 계속 그렇게 해줄게요."

그렇게 말하고 미야기는 웃었다.

이때, 무의미하고 짧은 내 여생에 간신히 하나의 목표가 생겼다.

미야기의 말은 나에게 굉장한 변화를 가져왔다.

두 달밖에 남지 않은 내 인생으로, 어떻게 해서든 그녀의 빚을 전부 갚아주고 싶다.

그렇게 생각했다.

일생이 캔 음료수 하나 가격조차 되지 않는 내가 말이다.

분수도 모르는 짓이란 이런 상황을 두고 하는 말일 것이다.

13. 확실한 것

이야기는 서서히 끝을 향해 가고 있다. 내가 이 기록에 할애하는 시간도 적어지기 시작했다. 이대로는 마지막까지 다 적을 수 있을지도 확언할 수 없다.

서서히 문장의 밀도를 떨어뜨릴 수밖에 없음을 아쉽게 생각한다.

미야기의 빚을 변제하는 것에 여생을 바치기로 결심한 나였지만, 계속 착각만 하는 어리석음에서 벗어나는 것은 그리 간단하지 않았다. 그러나 이제부터 하는 이야기에 한해서, 내 착각은 그리 책망받을 일은 아닐 것이다. 애초에 전제부터 무리였다. 미야기의 빚은 예전에 히메노가 말했던 샐러리맨의 평생 임금을 아득히 넘어서는 액수였다. 그만한 돈을 평범한 대학생이 두 달 만에 벌 수 있는 정당한 방법

따윈 애초부터 존재하지 않는 것이다.

그래도 우선 검토해보았다. 착실하게 일한다는 기특한 사고방식은, 이 상황에 한해서는 비현실적이었다. 아무리 열심히 일한들 두어 달 정도밖에 일할 수 없으면 언 발에 오줌 누기다. 미야기가 준 30만 엔을 갚을 정도는 되겠지만, 내가 그것만을 위해 여생을 노동에 소비하는 것을 그녀가 바랄 것이라고는 생각할 수 없었다. 마찬가지로 내가 절도나 강도, 사기나 유괴 같은 범죄에 손을 대는 것도 미야기는 바라지 않을 것이다. 그녀를 위해서 버는 것이기에 그녀가 바라지 않는 방법으로 벌 수는 없었다.

도박을 한다는 방법도 생각했지만, 아무리 그래도 그것을 진심으로 실행할 정도로 나는 바보가 아니다. 이렇게 절박한 상황에서 하는 갬블은 절대 이길 수 없음을, 나는 잘 알고 있었다. 언제나 도박은 돈이 남는 사람이 이기는 법이다.

행운의 여신은 이쪽에서 손을 뻗으면 도망쳐버린다. 저쪽에서 다가오는 것을 참을성 있게 기다리다가 이때다 싶은 타이밍에 붙잡아야 하는 법이다. 그러나 나에게는 그것을 기다릴 만한 여유가 없었고, 애초에 그 타이밍을 알아차릴 만한 후각을 갖고 있지 않았다.

뜬구름 잡는 듯한 얘기다. 두 달 만에 평생 벌 돈을 벌어들일 방법. 그런 훌륭한 방법이 있다면 다들 이미 하고 있었을 것이다. 내가 하고 있는 짓은, 모두가 딱 부러지게 '불가능하다.'라고 증명한 것을 일부러 다시 한번 증명하려고 하는 것에 지나지 않는다. 내 유일한 무기라고 하면, 여생이 짧은 만큼 어떠한 위험 부담이라도 감수할 수 있다는 점이다. 하지만 인생을 내던져서라도 돈을 벌고 싶다고 생각한 인간은 내가 처음은 아닐 것이다. 그리고 그들 대부분이 성공하지 못했음은 쉽게 상상할 수 있었다.

그래도 계속 생각했다. 무모하다는 것은 안다. 이제까지 그 누구도 달성하지 못했다고 한다면 내가 그 첫 번째가 되는 수밖에 없다. 자신에게 들려준다. 생각해라, 생각해라, 생각해라. 어떡하면 남은 두 달 만에 미야기의 빚을 변제할 수 있을까? 어떡하면 미야기가 매일 안심하고 잠들 수 있을까? 어떡하면 내가 없어진 뒤에도 미야기를 외톨이로 만들지 않을 수 있을까?

길거리를 걸으면서 나는 그 생각에 골몰했다. 정해진 답이 없는 일에 대해 생각하는 데는 계속 걷는 것이 제일이다. 그것은 이제까지 20년간의 경험을 통해 느낌으로 알고 있었다. 다음 날도, 그다음 날도 계속 걸었다. 어딘가에 나에게 딱 맞는 답이 있을 거라고 기대하고서.

그렇게 계속 생각하는 동안, 음식을 거의 입에 대지 않았다. 이것도 역시 경험으로 말할 수 있는 것인데, 공복이 일정 수준을 넘어서면 직감은 날카로워지는 법이다. 나는 그것에 의지하고 있었다.

그 가게를 다시 한번 이용할까 하는 생각에 이를 때까지, 그리 오랜 시간은 걸리지 않았다. 내 마지막 희망은, 예전에 나를 절망의 심연으로 떨어뜨린 그 낡은 건물이 있는 가게를 두 번 더 이용할 권리가 남아 있다는 것이었다.

어느 날, 나는 미야기에게 물었다. "미야기 덕분에 지금의 나는 이전의 나에 비해서 훨씬 행복한 사람이 되었어. 만약 그런 내 수명을 지금 그 가게에 판다면 얼마나 될 거라고 생각해?"

"……당신의 예상대로, 사람의 가치란 어느 정도는 유동적입니다." 미야기는 그렇게 운을 뗐다. "하지만 유감스럽게도 주관적 행복감이란 것은 수명의 가치에 그다지 영향을 주지 않아요. 그 사람들이 중시하는 것은 객관적으로 계측할 수 있는, 근거가 확실한 '행복' 이니까요. 그런 것은 좀 뭣하다고 생각합니다만."

"그렇다면 반대로, 가치에는 뭐가 가장 크게 기여하는 거지?"

"사회적 공헌도라든가 지명도 같은, 객관적으로 알기 쉬운 것이 몹시 우대받고 있었어요."

"알기 쉬운 것이라……."

"저기, 쿠스노키 씨."

"왜 그래?"

"이상한 생각은 하지 마세요."

미야기는 걱정스러운 듯한 얼굴로 말했다.

"이상한 생각은 안 하고 있어. 내가 하고 있는 것은 이 상황에서 가장 자연스러운 생각이야."

"……당신이 무슨 생각을 하고 있는지는 대강 알고 있어요."라고 미야기는 말했다. "저의 빚을 갚을 방법을 생각하고 있겠죠? 만약 그렇다면 저는 기뻐요. 기쁘지만, 그렇지만 역시 쿠스노키 씨가 남겨진 시간을 그런 것에 소비하는 것은 원하지 않아요. 가령 당신이 저의 행복을 생각해서 그러려고 한다면, 죄송하지만 그건 잘못 생각하는 것이라고 말할 수밖에 없겠네요."

"참고삼아 묻겠는데, 그러면 뭐가 미야기에게 행복이지?"

"……상대 좀 해주세요." 미야기는 토라진 투로 말했다. "요즘에는 별로 말을 안 걸어주고 있잖아요."

미야기가 하는 말은 지당한 것이었다. 내가 하는 행동은 하나부터 열까지 잘못되어 있었다.

하지만 그렇게 간단히 포기할 수도 없다. 나에게도 오기가 있었다.

사회 공헌도나 지명도 같은 알기 쉬운 가치를 갖는다. 그러는 것으로 수명의 매입가격은 확 뛰어 오른다. 그것은 확실한 듯했다. 말하자면 모두가 이름을 알 만한 훌륭한 사람이 되면 되는 것이다.

단순히 돈을 버는 것과, 수명이 고액으로 매입될 만한 가치가 있는 사람이 되는 것. 어느 쪽이 현실적인지는 솔직히 알 수 없었다. 양쪽 다 마찬가지로 비현실적이라는 생각도 들었다. 그러나 그것밖에 마땅한 수단이 없다면 검토할 수밖에 없다.

혼자 생각하는 것이 한계에 다다랐다. 슬슬 타인의 상상력에도 의지할 필요가 있었다.

우선 방문한 곳은 근처의 고서점이었다. 원래부터 고민이 있을 때는 서점에 가는 습관이 있었다. 아무런 생각 없이 책장을 바라보고, 언뜻 보기에 전혀 상관없는 책을 집어 들고 훑어보는 동안에 대부분의 문제는 해결되어버리는 법이다. 이번 일은 그리 간단히 풀리지는 않겠지만, 이 날의 나는 책에만 의지하지는 않았다.

나는 사방에 쌓인 책들에 파묻힌 듯한 모습으로 가게 안쪽에서 라디오 야구 중계를 듣고 있던 주인 노인에게 말을 걸었다. 그는 고개를 들더니 "어이구." 하고 얼빠진 듯한 반응을 보였다.

수명을 매입하는 가게에 대해서는 일절 언급하지 않기로 했다. 그가 그 가게의 사정에 대해 어디까지 알고 있는지 확인하고 싶은 마음도 있었고, 무엇보다 이 한 달간 있었던 일에 대해 듣고 싶기도 했다. 그러나 그 이야기를 하게 되면 자연스럽게 나의 여명이 이미 두 달도 채 남지 않은 것에 대해서 언급하게 되어서, 그에게 책임을 느끼게 만들지도 모른다.

그래서 나는 수명에 관한 이야기는 꺼내지 않고, 이때만큼은 미야기의 존재를 눈치 채이지 않게 행동하면서 시답잖은 것에 대해 이야기했다. 날씨 이야기. 야구 이야기. 책 이야기. 축제 이야기. 대화는 거의 맞물리지 않았지만, 이상하게도 나는 독특한 편안함을 느꼈다. 아마도 나는 이 가게를, 그리고 이 노인을 좋아했던 것이리라.

미야기가 책장을 빤히 바라보고 있는 틈을 타서, 나는 작은 소리로 노인에게 물었다.

"자신의 가치를 높이려면 어떡하는 게 좋다고 생각하시나요?"

노점주는 라디오의 볼륨을 새삼스럽게 내리고서 입을 열었다.

"그렇지. 착실하게 산다, 밖에 없지 않을까? 그건 나는 할 수 없었던 일이지만. 뭐라고 해야 할까, 결국 눈앞에 있는 '할 수 있는 것'을 하나하나 착실하게 처리해나가는 것 이상으로 좋은 방법은 없다고, 이 나이가 되어서야 생각하고 있어."

"그렇군요." 나는 맞장구를 쳤다.

"하지만." 그는 그때까지의 발언을 부정하듯이 말했다. "그것보다 더욱 중요한 것이 있어. 그건 '나 같은 놈의 충고를 믿지 않는다.' 라는 거야. 성공한 적도 없는 주제에 성공에 대해 이야기하는 놈은, 자신의 패배를 인정하지 못하고 있는 쓰레기야. 그래서 배우지를 못하지. 자신이 왜 졌는지, 제대로 이해하려고 하지 않아. 그런 놈의 이야기를 감탄한 듯한 얼굴로 들어줄 필요는 없어. ……많은 실패자가 마치 다음 인생이 있다면 거기서는 대성공할 수 있을 거라고 말하고 싶은 듯이 실패를 이야기하지. 이만큼 쓴맛을 봤으니까 더 이상 실패할 일은 없다, 라고 생각하는 거야. 하지만 그런 놈들은——나를 포함해서 하는 얘긴데——근본적인 부분에서 착각을 하고 있어. 실패자는 확실히 실패에 대해서는 숙지하고 있겠지. 하지만 실패를 아는 것과 성공을 아는 것은, 애초에 전혀 다른 일이야. 실패를 바로 잡은 곳에 있는 것은 성공이 아니야. 그곳에 있는 것은 어디까지나 잿빛 출발점이지. 그런 사실을, 실패자들은 모르고 있다고."

미야기가 비슷한 말을 했던 것을 떠올리고, 나는 조금 우스워졌다. '그 사람들은 간신히 시작 지점에 섰다는 것뿐입니다. 계속 패배해온 도박에서 간신히 냉정함을 되찾은 것뿐입니다. 그것을 일발역전의 찬스라고 착각했다간 변변한 일이 없습니다.'

마지막으로 그는 말했다.

"저기, 자네. 또 수명을 팔려고 생각하고 있지?"

"무슨 말씀이죠?"

나는 시치미를 떼며 웃었다.

고서점을 나온 뒤, 나는 그날과 마찬가지로 CD숍에 찾아갔다. 평소의 금발 점원이 붙임성 있게 인사해왔다. 나는 여기서도 수명 이야기는 언급하지 않고, 그가 최근에 들었던 CD이야기 등으로 잡담을 나누었다.

마지막으로 나는 이번에도 미야기에게 들리지 않을 타이밍을 노려서 물었다.

"한정된 기간으로 뭔가를 성취하려면 어떡하는 게 좋을까요?"

그의 대답은 빨랐다.

"남에게 의지할 수밖에 없겠죠. 그도 그럴 것이, 자기 한 사람의 힘으로는 보통 아무것도 못하잖아요? 그렇게 되면, 다른 사람의 힘을 빌릴 수밖에 없죠. 나는 개인의 힘이란 것을 그다지 믿지 않아요. 8할 정도의 힘을 써도 해결할 수 없는 문제는, 곧바로 남에게 의지하죠."

참고가 되는 건지 안 되는 건지, 아리송한 어드바이스였다.

어느샌가 밖에는 여름 특유의 갑작스런 호우가 쏟아지고 있었다. 젖을 것을 각오하고 밖으로 나가려고 하는데 금발 점원이 비닐우산을 빌려주었다.

"당신이 뭘 하려고 하는지는 잘 모르겠지만, 뭔가를 성취하고 싶다면 우선 건강부터 챙겨야 한다고요."

나는 감사 인사를 하고, 건네준 우산을 펼치고 미야기와 나란히 돌아갔다. 작은 우산이어서 두 사람 다 어깨가 푹 젖었다. 오가는 사람들이 나를 기이한 것을 보는 시선으로 쳐다보고 있었다. 옆에서 보기에는 엉뚱한 위치에 우산을 들고 있는 멍청이로 비쳤을 것이 틀림없다.

"이런 거, 좋네요." 미야기가 웃었다.

"어떤 것이 좋은데?" 나는 물었다.

"으음, 말하자면요. 주위에는 우스꽝스럽게 보일지도 모르겠지만, 당신이 왼쪽 어깨를 적시고 있는 것에는 아주 따스한 의미가 있다는 점이요. 그런 것을 좋아해요."

"그런가." 나는 말했다. 조금이지만 얼굴이 화끈거렸다.

"부끄러움을 모르는, 부끄럼쟁이." 미야기는 내 어깨를 쿡 찔렀다.

이쯤 되자 나는 이미 누가 어떻게 생각하더라도 상관없기는커녕, 주위에게 정신 이상자 취급을 받는 것이 즐거워졌다. 그러는 것으로 미야기가 웃어주니까. 내가 우스꽝스러워지면 우스꽝스러워질수록 미야기가 기뻐해주니까.

상점의 처마 아래서, 나와 미야기는 비를 피하고 있었다. 멀리서는 천둥이 울리고, 배수로에서 빗물이 넘쳐서 신발 안까지 푹 젖어 있었다.

거기서 나는 아는 얼굴과 만났다. 감색 우산을 쓰고 빠른 걸음으로 걷던 그는, 내 얼굴을 보고 멈춰 섰다.

같은 학부에 있던, 인사 정도는 나누던 사이의 남자였다.

"오래간만에 보네." 그는 싸늘한 눈으로 말했다. "요즘, 대체 어디서 뭘 하고 있어? 학교에도 전혀 얼굴을 비추지 않는 것 같던데."

나는 미야기의 어깨에 손을 얹으며 말했다. "얘랑 놀러 다니고 있었어. 미야기라고 해."

그는 노골적으로 불쾌한 얼굴을 했다. "안 웃기다고, 기분 나빠."

"당신이 그렇게 생각하는 것도 무리는 아니야." 나는 말했다. "내가 당신 같은 입장이었으면 똑같은 반응을 보이겠지. 하지만 그걸 알면서 하는 소린데, 미야기는 확실히 여기에 있어. 당신이 그걸 믿지 않는 것을 나는 존중해. 그러니까 당신도 내가 그것을 믿는 것을 존중해줬으면 해."

"……저기 말이야, 쿠스노키. 전부터 생각했는데, 너 머리가 좀 이상해. 어차피 누구하고도 만나지 않고 계속 자신의 껍질 안에 틀어박혀 있지? 조금은 바깥 세상에 눈을 돌려보는 게 어때?"

그는 어이없다는 듯이 그렇게 말하고 떠나갔다.

벤치에 앉아서 빗방울을 바라보고 있었다. 지나가는 비였는지, 이내 맑은 하늘이 보이기 시작했다. 젖은 길바닥에 반사된 햇빛에, 우리는 눈을 게슴츠레하게 떴다.

"저기, 조금 전에…… 감사합니다."

미야기는 그렇게 말하며 나에게 어깨를 기댔다.

나는 미야기의 머리에 손을 얹고, 그녀의 부드러운 머리카락을 손가락으로 쓸었다.

'착실하게' 인가.

고서점 노점주의 충고를 작게 중얼거린다. 본인은 그것을 믿어서는 안 된다고 말했지만, 지금의 나에게는 의미 있는 말처럼 생각되었다.

빚을 갚는다는 발상에 너무 얽매여 있었는지도 모른다. 생각해보면, 나에게는 미야기의 행복을 위해서 해줄 수 있는 것이 확실히 있는 것이다. 본인은 나에게 "상대좀 해주세요"라고 말한다. 이렇게 내가 주위에 이상한 사람 취급을 받는 것만으로도, 그녀는 상당히 기쁜 듯하다.

눈앞에 해야 할 일이 있는데, 어째서 그것을 안 하는 거지?

내 사고의 변화를 읽어낸 듯한 타이밍에, 미야기가 말했다.

"저기 쿠스노키 씨. 당신이 얼마 남지 않은 수명을 저를 구하기 위해 사용하는 것은 정말로, 정말로 기뻐요. ……하지만 이제 그럴 필요는 없어요. 왜냐하면 저는 이미 구원받고 있으니까요. 당신이 없어진 뒤로 몇십 년이 지나더라도, 저는 당신과 지낸 나날을 떠올리면서 혼자서 울거나 웃거나 할 거예요. 그런 추억이 있는 것만으로, 분명히 살아가는 것은 훨씬 즐거워지는 법이에요. 그러니까 이젠 괜찮아요. 저의 빚에 대해서는 이제 잊어버리세요."

그 대신, 이라며 미야기는 나에게 기댔다.

"그 대신, 추억을 주세요. 당신이 없어진 뒤에 제가 외로워서 견딜 수 없어졌을 때, 몇 번이고 마음을 위로해줄 만한 추억을 될 수 있는 한, 많이."

이리하여 나는 이제까지 만났던 어떤 인간보다도 어리석은 인간으로서 일생을 마치자고 결심했지만, 얄궂게도 그것이야말로 내 일생에서 가장 현명한 판단이었음을 이 기록의 끝까지 읽으면 알게 될 것이다.

나와 미야기는 버스를 타고 커다란 호수가 있는 공원으로 향했다.

그곳에서 내가 한 짓을 듣는다면 대부분의 사람은 눈살을 찌푸리든가 박장대소할 것이 틀림없다.

호수에서는 보트를 빌려주고 있었다. 발로 젓는 페달식 보트였는데, 나는 일부러 그 바보 같은 백조 보트를 빌리기로 했다. 보트 승강장의 담당자는 한 명으로밖에 보이지 않는 내가 보트에 타려고 하는 것을 이상하게 생각한 듯했다. 그것은 당연하다. 보통은 연인이나 여자끼리 타는 탈 것이다.

내가 미야기를 향해서 "자, 가자."라고 웃으며 말을 걸자 담당자는 표정이 굳더니 재빨리 멀어져갔다.

미야기는 우스워서 견딜 수가 없는지, 보트를 젓는 내내 계속 웃고 있었다.

"하지만 옆에서는 다 큰 남자가 혼자 이걸 타고 있는 것처럼 보이잖아요?"

"그렇게 바보 취급할 일은 아니라고. 의외로 이거 재미있잖아." 나도 웃었다.

천천히 호수를 일주했다. 물소리에 섞여서 미야기의 휘파람 소리가 울려 퍼졌다. 'Stand by me'. 느긋한 여름의 오후였다.

호수를 둘러싸듯이 왕벚나무가 심어져 있었다. 봄에는 분명 이 호수 일대에 벚꽃 잎이 휘날리는 모습을 볼 수 있을 것이다. 반대로 겨울에는 호수 대부분이 얼어붙어서, 백조 보트는 은퇴하고 그 대신 진짜 백조가 날아올 것이다.

두 번 다시 봄과 겨울을 맞이할 수 없다는 것을 생각하니 조금 아쉬워졌다. 하지만 옆에 미야기가 웃고 있는 것을 보고 있자, 이내 상관없다는 기분이 들었다.

보트는 서막에 불과했다. 이후로도 나는 연일 바보 같은 행위를 반복했다. 간단히 말하자면 '혼자 해서는 안 되는 일 전부'를 했다. 물론 나 자신은 미야기와 같이 하고 있었지만, 다른 사람에게는 그렇게 보이지 않았다.

1인 관람차. 1인 회전목마. 1인 피크닉. 1인 수족관. 1인 동물원. 1인 수영장. 1인 술집. 1인 바비큐. 어쨌든 혼자 하는 것이 부끄럽게 여겨지는 일은 전부 했다. 그때마다 나는 적극적으로 미야기의 이름을 부르고, 미야기와 손을 잡고

걷고, 미야기와 시선을 마주하고, 그녀의 존재를 주위에 주
장하려고 했다. 돈에 여유가 없어지면 며칠 정도 일용직 아
르바이트를 하고, 다시 놀러 다녔다.

그 작은 동네에서 자신이 점점 유명인이 되어가고 있음
을, 나는 그 시점에서 깨닫지 못했다. 나를 비웃는 사람들이
나 노골적으로 눈을 돌리는 사람, 눈살을 찌푸리는 사람이
있던 것은 당연한 일이었지만, 한편 나를 실력 있는 판토마
이머라고 생각하는 사람이나 뭔가 사상적인 운동을 하고 있
다고 억측하는 사람도 있었다. 아니, 그러기는커녕 나를 보
고 마음의 위안을 얻는 사람이나 행복한 기분이 되는 사람
도 있던 듯했다. 반응은 실로 제각각이었던 모양이다.

의외였던 것은 나쁜 인상을 품는 사람과 좋은 인상을 품
는 사람의 비율이 그리 차이나지 않았다는 점이다.

왜 반수에 가까운 인간이 나의 어리석은 행위를 보고 기
분이 좋아졌는가?

그 이유는 의외로 단순한지도 모른다.

내가 진심으로 행복해 보였으니까.

단지 그 이유뿐이었을 것이다.

"쿠스노키 씨, 뭔가 제가 해줬으면 하는 일은 없나요?"

어느 날 아침, 미야기는 그렇게 말했다.

"무슨 소리야? 갑자기."

"어쩐지 저는 받기만 하고 있다는 생각이 들어서요. 가끔씩은 저도 뭔가 해주는 쪽이 되어보고 싶어요."

"그리 대단한 것을 해준 기억은 없는데. 뭐, 생각해볼게." 그렇게 나는 말했다. "그런데 미야기 쪽이야말로 내가 해줬으면 하는 건 없어?"

"없어요. 현시점에서 충분하고도 남을 만큼 받고 있으니까요. 굳이 말하자면 쿠스노키 씨의 소원을 아는 것이 제 소원이에요."

"그러면 내 소원은 미야기의 소원을 아는 거야."

"그러니까 저의 소원이 쿠스노키 씨의 소원을 아는 것이라니까요."

그런 의미 없는 대화를 네 번 정도 반복한 뒤에, 미야기는 단념한 듯이 말했다.

"전에 쿠스노키 씨가, 만약 제가 남은 목숨이 몇 달이라는 상황에 놓이면 어떡하겠냐는 질문을 해서 세 가지 대답을 한 적이 있었잖아요?"

"별빛 호수, 자신의 묘, 소꿉친구."

"네."

"소꿉친구를 만나러 가고 싶은 거지?"

미야기는 미안하다는 듯이 고개를 끄덕였다. "가만히 생각해보면, 저도 언제 죽을지 몰라요. 그렇다면 그 애가 어디 있는지 알고 있는 지금 만나러 가는 편이 좋겠다고 생각했어요. 만나러 간다기보다, 일방적으로 보러가는 것뿐이지만요. ……같이 가주실래요?"

"응, 물론이지."

"쿠스노키 씨의 소원도 조만간 알려주세요."

"생각나면."

우리는 곧바로 목적지까지 가는 교통편을 조사하고, 미야기의 고향으로 갈 채비를 했다.

산길을 달리는 버스 안에서, 창밖의 풍경을 그립다는 듯 바라보며 그녀는 말했다.

"분명히 저는 실망하게 될 거예요. 저의 바람은 너무나도 비현실적이고, 제멋대로고, 어린애 같은 것이니까요. '아무것도 변하지 않은 채로 있었으면 좋겠다.'라는 소원이 이루어진 일은 한 번도 없어요. ……하지만 설령 추억이 망가지게 되더라도, 지금은 견딜 수 있을 것 같은 기분이 들어요. 쿠스노키 씨가 거기 있으니까."

"패자에게 최고의 위로가 되는 것은, 보다 비참한 패자의 존재니까."

"그런 의미로 한 소리가 아니잖아요. 바보예요?"

"알고 있어, 미안해." 그렇게 말하고 나는 미야기의 머리를 쓰다듬었다. "이런 거지?"

"그런 거예요." 미야기는 고개를 끄덕였다.

작은 마을이었다. 상점가에 있는 전파사가 호황이고, 소규모 체인의 슈퍼마켓 계산대에 긴 줄이 늘어서며, 갈 곳 없는 학생들이 공민관에 모이는 그런 마을이다.

어디를 어떻게 놓고 봐도 개성 없는 풍경이었지만, 지금 와서 보면 모든 것이 아름다웠다. 이미 나에게는 이 세상을 효율적으로 분간할 필요가 없고, 자신의 처지를 세상 탓으로 돌릴 필요도 없다. 일일이 발을 멈추고, 모든 것을 있는 그대로 바라볼 여유가 있다.

일절의 속박 없이 보는 세상은, 모든 것을 덮고 있던 투명한 막이 벗겨진 듯이 선명했다.

이날은 웬일로 미야기가 나를 이끄는 모습이 되었다. 이 마을에 그녀의 소꿉친구가 있는 것은 확실하지만, 사는 집까지는 모르는 듯했다. 그 애가 갈 만한 장소를 전체적으로 찾아볼게요, 라고 미야기가 말했다. 에니시라는 이름이 그 남자의 이름인 듯했다.

간신히 에니시를 찾았을 때, 미야기는 곧바로 다가가려고 하지는 않았다. 재빨리 내 등 뒤에 숨고, 조심조심 얼굴을 내밀고, 서서히 다가가고, 그런 뒤에야 간신히 그의 바로 옆에 섰다.

열 명만 있어도 답답하게 느껴질 만한 자그마한 역이었다. 에니시는 한쪽에 놓인 벤치에 앉아서 책을 읽고 있었다. 키도 얼굴도 평균보다 살짝 나은 정도였지만, 특히 두드러진 것이 표정이었다. 어떤 종류의 자신감으로 뒷받침된 여유 있는 표정. 요즘 들어 나는, 그것을 형성하고 있는 요인을 서서히 이해하기 시작하고 있다.

그것은 누군가를 사랑하고 누군가에게 사랑받고 있다는 확신이 있는 자만이 지을 수 있는 표정인 것이다.

에니시가 기다리고 있는 것이 열차가 아니라 그곳에서 내릴 누군가임은 분위기로 알 수 있었다. 나는 그 '누군가'의 모습을 미야기에게 보이고 싶지 않았다.

적당히 시간을 보다가 "슬슬 가지 않겠어?"라고 작은 소리로 말하자, 미야기는 고개를 저었다.

"고마워요. 하지만 봐두고 싶어요. 저 사람이 지금 사랑하는 사람이 어떤 사람인지."

2량 편성의 열차가 도착했다. 내리는 손님의 대부분은 고교생이었지만 한 사람, 인상이 좋은 스무 살 중반의 여성이 있었다. 그녀가 에니시가 기다리는 사람이라는 것은 그들이 친밀한 미소를 주고받기 전부터 예상되던 일이었다.

아주 자연스러운 미소를 짓는 여성이었다. 너무 자연스러워서 오히려 부자연스럽게 느껴질 정도였다. 남의 웃는 얼굴이란 아무리 자연스럽게 웃더라도 어쩐지 일부러 지은 것 같다는 느낌을 받는 법인데, 에니시의 연인인 그 여성의 웃는 얼굴에는 그런 부자연스러움이 전혀 없었다. 그것은 계속 순수하게 웃음을 지어온 성과인지도 모른다.

말을 나누지 않고 자연스럽게 합류하는 모습으로 봐서는 갓 사귄 사이는 아닌 듯 보였지만, 서로의 얼굴을 본 순간의 기뻐서 견딜 수 없다는 표정은 마치 처음으로 약속 장소에서 만나는 커플 같았다. 단 몇 초의 일이었지만, 그들이 행복하다는 것을 알기에는 그것으로 충분했다.

에니시는 미야기가 없어도 행복하게 살고 있었다.

미야기는 울지도 웃지도 않고, 무표정하게 두 사람을 바라보고 있었다. 동요하고 있던 것은 오히려 내 쪽이었는지도 모른다. 나는 에니시와 그 연인의 모습에, 나와 히메노의 모습을 겹쳐보고 있었다. 어쩌면 있었을지도 모르는 평온하고 행복한 미래를, 한순간이지만 머릿속에 그리고 말았다.

내가 죽지 않았을지도 몰랐던 미래를.

두 사람이 떠나고, 역내에는 나와 미야기만이 남았다.

"사실은 저쪽에서 저를 못 보는 것을 구실로 이런저런 짓을 하려고 생각했어요." 그녀는 말했다. "하지만 관두기로 했어요."

"예를 들면 어떤 짓을?" 나는 물었다.

"다짜고짜 끌어안는다든가, 하는 짓을."

"그런 일인가. 내가 같은 입장이었다면 그 이상의 짓을 했겠지."

"예를 들면⋯⋯."이라고 미야기가 말을 끝내기 전에, 나는 그녀의 허리에 팔을 두르고 '그 이상의 짓'을 실천해 보였다.

2분 정도 그러고 있었다.

처음에는 놀라서 몸을 굳히고 있던 미야기도, 서서히 진정을 찾은 듯 응해주었다.

간신히 입술을 떼었을 때, 나는 말했다.

"어차피 누구에게도 책망을 듣지 않는다면, 이 정도의 짓을 해줄 거야."

"……그러네요. 아무도 책망하지 않아요."

고개를 숙인 채, 미야기는 간신히 그렇게 말했다.

14. 청색 시대

변화가 또렷한 형태가 되어서 나타난 것은, 내 수명이 50일도 남지 않게 되었을 무렵이었다.

앞서 이야기한 대로, 나의 방약무인하면서도 방약유인한 행동에 혐오감을 보이는 사람은 많았다. 투명인간을 향해서 행복한 듯이 말을 거는 나를 보고, 옆 사람과 귓속말을 주고받는 사람들이나 이쪽에게 들릴 정도의 큰 소리로 매도하는 사람도 적지 않았다.

물론 나에게 불평을 할 권리는 없다. 먼저 불쾌감을 준 것은 내 쪽이니까.

그날, 나는 선술집에서 세 남자와 얽히게 되었다. 아주 목소리가 크고, 언제나 재빠르게 자신이 강하게 보일 기회를 노리며, 상대의 머릿수와 체격을 보고서 공격적인 태도를 취할지 어떨지를 신중히 결정하는 놈들이다. 지루했던 것이겠지. 혼자서 술을 마시며 빈자리를 향해 말을 거는 나를 보고 일부러 옆자리에 앉아서 도발적인 말을 던져왔다.

예전의 나라면 고집을 부리며 뭐라고 받아쳤을지도 모르지만, 지금의 나는 이미 그런 것에 에너지를 할애할 생각은 없었으므로 저쪽이 질리기를 끈기 있게 기다렸다. 그러나 내가 아무런 반응도 보이지 않는 것을 알자, 녀석들은 기고만장해서 더욱 건방진 태도를 취하기 시작했다. 가게를 나갈까도 생각했지만, 시간이 남아도는 듯한 저 모습들을 보면 그대로 따라올지도 모른다.

곤란하게 됐네요, 라며 미야기가 나를 걱정하는 얼굴로 말했다.

어떡할까 하고 내가 고민하고 있던 그때, 등 뒤에서 "어라, 쿠스노키 씨 아닌가요."라는 목소리가 났다. 남자 목소리였다. 나를 그런 식으로 부를 남자가 떠오르지 않았던 나는 그 사실만으로도 충분히 놀랐지만, 이어서 그가 발한 말에는 나도 미야기도 깜짝 놀라 한동안 입을 열지 못했다.

"오늘도 미야기 씨하고 같이 있군요."

돌아보며 목소리의 주인을 본다.

면식이 없는 남자는 아니었다.

그것은 자취방 옆집에 사는 남자였다. 늘 미야기와 이야기를 하면서 방을 드나드는 나를 보고 기분 나쁜 듯한 얼굴을 하던 남자.

이름은 확실히 '신바시'였을 것이다.

신바시는 나를 향해 똑바로 걸어와서는 그곳에 있는 녀석들 중 한 명을 향해, "죄송합니다만, 그 자리 좀 양보해주실 수 있을까요?"라고 말했다. 말은 정중했지만 어조는 고압적이었다. 자리를 양보해달라는 말을 들은 남자는 180센티를 넘는 신바시의 체격과 사람을 위협하는데 익숙한 듯한 눈매를 보자마자 노골적으로 태도를 바꿨다.

내 옆자리에 앉은 신바시는, 내가 아니라 미야기 쪽을 보고 있었다. "당신 얘기는 늘 쿠스노키 씨에게 듣고 있었습니다만, 실제로 이야기를 한 적은 없었죠. 처음 뵙겠습니다, 신바시라고 합니다."

미야기는 어안이 벙벙하다는 얼굴로 굳어 있었지만, 그는 마치 미야기가 어떠한 대답을 했다는 듯 끄덕였다. "네, 그렇습니다. 기억하고 계셨습니까, 영광입니다. 우리는 연립주택 앞에서 몇 번이나 지나쳤었죠."

대화가 성립하지 않는다. 그렇다는 이야기는, 실제로 신바시에게 미야기의 모습이 보이는 것은 아닌 듯했다.

혹시 이 남자는 미야기가 보이는 '척'을 하고 있는 것일까.

조금 전까지 나에게 시비를 걸었던 녀석들은 신바시의 등장으로 의욕을 잃었는지 돌아갈 채비를 하고 있었다. 세 사람이 가게를 나가자, 신바시는 가볍게 한숨을 내쉬고는 그때까지 얼굴에 붙어 있던 사교적인 미소를 버리고는 평소의 언짢은 듯한 얼굴로 돌아왔다.

"먼저 말해두겠습니다만." 이라며 신바시는 입을 열었다. "저는 딱히 정말로 그 '미야기' 라는 여자가 있다는 것을 믿고 있는 것은 아닙니다."

"알고 있어. 나를 도와준 거지?" 나는 말했다. "감사해. 고마워."

"그런데, 꼭 그런 것도 아닙니다." 그는 고개를 저었다.

"그렇다면 무엇 때문인데?"

"당신은 결코 인정하지 않겠습니다만, 적어도 저는 이렇게 생각하고 있습니다. 당신이 하고 있는 것은 어떤 종류의 퍼포먼스이며, 얼마나 많은 사람에게 그 '미야기' 라는 여자가 실존하는 듯한 착각을 품게 만들 수 있는가에 도전하고 있다. 완벽한 팬터마임으로 타인의 인식을 흔들 수 있는가를 증명하려 하고 있다. ……그리고 그 시도는 저에 대해서는 그럭저럭 성공하고 있습니다."

"그건 미야기의 존재를 어느 정도 느끼고 있다는 건가?"

"인정하고 싶지는 않지만, 그런 얘기가 되겠죠." 그렇게 말하며 신바시는 어깨를 축 늘어뜨렸다. "얘기가 나와서 말인데, 저는 지금 제 안에서 일어나고 있는 변화에 적지 않은 관심이 있습니다. 이대로 당신이 저에게 느끼게 만드는 '미야기 씨' 의 존재를 적극적으로 받아들인다면, 끝내는 그 여자의 모습이 실제로 보이게 되지 않을까 하고 말이죠."

"미야기는." 나는 말했다. "키는 별로 크지 않아. 피부는 하얗고, 굳이 어느 쪽이라고 말하자면 가냘픈 타입의 여자애지. 평소에는 싸늘한 눈을 하고 있지만 가끔씩 소극적인 미소를 보여주곤 해. 눈이 조금 나쁜지 작은 글자를 볼 때에는 가느다란 테의 안경을 끼는데, 그게 참 잘 어울리지. 머리는 세미 롱이고 조금 안쪽으로 말리는 곱슬머리야."

"……어째서일까요?" 그렇게 신바시는 고개를 갸웃거렸다. "지금 당신이 열거한 특징은, 하나부터 열까지 전부 제가 상상하던 미야기 씨의 모습 그대롭니다."

"그리고 지금, 미야기는 당신의 눈앞에 있어. 어째서라고 생각해?"

신바시는 눈을 감고 생각한다. "거기까지는 모르겠는걸요."

"악수를 청하고 있어." 나는 말했다. "오른손을 앞으로 내밀어주지 않겠어?"

그는 반신반의하는 표정으로 오른손을 앞으로 내밀었다.

그 손을, 미야기는 즐거운 듯이 바라보고 두 손으로 쥐었다.

위아래로 흔들리는 자신의 손을 보며, 신바시는 말했다. "이건 아마도, 미야기 씨가 손을 흔들고 있다는 거죠?"

"응. 당신은 스스로 흔들고 있다고 생각하겠지만, 실제로는 미야기가 당신의 손을 쥐고 흔들고 있어. 상당히 기뻐하는 것 같아."

"고맙습니다, 라고 신바시 씨에게 말씀해주시겠어요?" 미야기가 말했다.

"미야기가 '고맙습니다.'라고 전해달래." 내가 대신 말했다.

"왠지 모르게 그럴 거라고 생각했습니다." 그렇게 신바시는 신기하다는 듯이 말했다. "별말씀을요."

그 뒤에 나를 매개로 미야기와 신바시 사이에서 몇 마디 말이 오갔다.

원래의 테이블로 돌아가다가, 신바시는 다시 한번 돌아와서는 나에게 이렇게 말했다.

"당신 곁에 있는 미야기 씨의 존재를 느끼고 있는 사람은 아마도 저뿐만이 아닐 겁니다. 모두들 일단은 비슷한 감각을 품으면서도, 그것을 시시한 착각이라고 되뇌고 있는 거라고 생각합니다. 그렇지만 어떤 계기만 있으면——예를 들어 그 사람들이 그런 착각을 품는 것이 자기만이 아니라는 것을 알게 되면—— 의외로 금세 모두 미야기 씨의 존재를 받아들이게 되지 않을까요? ……물론 아무런 근거도 없는 얘기입니다. 다만 저는 그렇게 되기를 바라고 있습니다."

신바시의 예상은 옳았다.

믿기 힘든 일이지만, 이 일을 계기로 미야기의 존재가 주위 사람들에게 받아들여지기 시작했던 것이다.

물론 모두, 투명인간의 존재를 진심으로 믿은 것은 아니다. 나의 헛소리를, 공통의 약속으로서 취급하고 적당히 맞춰주게 되었다는 것뿐이다. 미야기의 존재가 가설의 영역을 벗어나는 일은 없었지만, 그렇다고 해도 큰 변화임은 틀림없다.

마을의 오락시설이나 고등학교의 문화제, 그 지역의 축제 등에 빈번하게 얼굴을 내미는 동안 나는 꽤 유명인이 된 모양이었다. 줄곧 우스꽝스러운 행복한 사람의 모습을 관철해왔던 나는, '불쌍하고 재미있는 사람' 정도의 취급을 받게 되었던 것이다. 가공의 연인과 손을 맞잡고 끌어안거나 하는 나를, 적지 않은 숫자의 사람이 따스한 눈으로 지켜보게 되었다.

어느 날 저녁, 나와 미야기는 신바시의 집에 초대받았다.

"방에 술이 남았거든요. 본가에 돌아가기 전에 다 마셔버려야 돼서. ……괜찮으시다면 쿠스노키 씨하고 미야기 씨도 같이 마시지 않겠습니까?"

옆집에 들어가니, 벌써 그의 친구 세 명이 마시고 있었다. 남자가 한 명에 여자가 두 명. 취해 있던 그들은 이미 신바시에게 내 이야기를 들었는지, 차례차례 미야기에 관한 질문을 던져왔다. 나는 그것에 하나하나 대답해갔다.

"즉, 여기에 미야기가 있는 거지?"

스즈미라고 하는 키 크고 화장기 짙은 여자는, 취한 눈치로 미야기의 팔을 건드리며 말했다. "듣고 보니, 어쩐지 그런 기분도 드네."

아무리 만져봤자 감촉은 없을 테지만, 존재감이라는 것은 완전히 사라지지 않는지도 모른다. 미야기는 스즈미의 손을 살짝 쥐고 있었다.

머리 회전이 빠른 듯한 아사쿠라라는 남자는 나에게 미야기에 대한 몇 가지 질문을 던지며 어떻게든 모순점을 잡아내려고 했다. 하지만 이야기가 완벽하게 일관되어 있는 것이 재미있게 생각되었는지, 그 뒤로는 미야기가 있는 장소에 자신이 쓰고 있던 쿠션을 양보하거나 술을 따른 유리잔을 놓거나 해주었다.

"나는 그런 여자를 좋아해요." 아사쿠라가 말했다. "저에게 미야기 씨가 보이지 않아서 다행이네요. 보였으면 아마도 꼬시려고 작업에 들어갔을 거라고요."

"다 소용없어. 미야기는 나를 좋아하니까."

"멋대로 말하지 마세요." 미야기는 쿠션으로 나를 때렸다.

키가 작고 단정한 얼굴의 여자, 가장 많이 취한 눈치의 리코는, 바닥에 드러누운 채로 나를 올려다보면서 "쿠스노키 씨, 쿠스노키 씨. 미야기 씨를 얼마나 좋아하는지, 우리들에게 증명해봐요."라고 졸린 듯한 눈을 하고 말했다. "나도 보고 싶네." 그렇게 스즈미가 찬성했다. 신바시와 아사쿠라도 기대에 찬 시선으로 나를 바라보고 있었다.

"미야기."라고 나는 불렀다.

"네."

얼굴을 살짝 붉히고 이쪽을 보는 미야기에게 나는 키스를 했다. 술에 취한 사람들이 환성을 질렀다. 진짜 말도 안 되는 짓을 하고 있구나, 라며 스스로도 기가 막혔다. 여기에 있는 녀석들은 모두 미야기의 존재를 정말로 믿고 있는 것은 아니다. 나는 정신 나간 유쾌한 바보 정도로 인식되고 있을 것이다.

하지만 그것의 어디가 잘못이지?

올 여름, 나는 이 마을 최고의 광대였다.

좋든 싫든.

그런 뒤에 며칠인가가 지난, 화창한 어느 날 오후였다.

초인종이 울리고, 신바시의 목소리가 들렸다.

문을 열자마자, 그는 나를 향해 뭔가를 휙 던졌다. 손바닥을 펼쳐서 받아든 그것을 보니, 자동차의 키였다.

"본가에 돌아갑니다." 신바시는 말했다. "그러니까 그건 저에게 한동안 필요 없습니다. 괜찮으시다면 빌려드리죠. 미야기 씨하고 같이 바다나 산이라도 구경하고 오는 게 어떨까요?"

나는 몇 번이나 그에게 감사를 표했다.

돌아갈 때, 신바시는 이렇게 말했다.

"역시 저에게는 당신이 그저 거짓말을 하는 것처럼 보이지가 않는군요. 미야기 씨의 존재가 팬터마임에 의해 만들어졌다고는 도저히 생각되지 않아요. ……어쩌면 실제로 당신에게만 보이는 세계가 있는지도 모르죠. 우리들이 보고 있는 세계는, 이 세계가 지닌 진실에서 극히 일부, 자신들에게 그것만 보이면 된다고 하는 부분에 지나지 않을지도 모릅니다."

버스를 타고 돌아가는 그를 배웅한 뒤, 나는 하늘을 올려다보았다.

눈부신 햇살은 변함없을 텐데도, 떠도는 공기 속에 흐릿한 가을의 냄새를 맡을 수 있었다.

애매미가 일제히 울며 여름을 끝내려 하고 있었다.

밤이 되자 나는 미야기와 함께 잠자리에 들었다. 경계선은 어느샌가 없어져 있었다.

미야기는 나와 마주 보며 잤다. 스으스으 하는 작은 숨소리를 내며, 어린아이처럼 편안한 얼굴로. 그 얼굴은 몇 번봐도 익숙해지지 않았고, 질리지 않았고, 사랑스러웠다.

그녀를 깨우지 않도록 살며시 이부자리를 나와 부엌에서 물을 마시고 방에 돌아가려고 하던 그때, 문득 탈의실 문 앞에 스케치북이 떨어져 있는 것이 보였다. 나는 그것을 집어들고, 개수대의 형광등을 켜고 살짝 첫 페이지를 펼쳤다.

그곳에는 상상했던 것 이상으로 다양한 것이 그려져 있었다.

역의 대합실. 나루세와 만난 레스토랑. 타임캡슐을 묻었던 초등학교. 히메노와 나의 비밀기지. 종이학들이 흩어진 방. 오래된 도서관. 여름 축제의 노점. 히메노와 만나기 전날에 나와 미야기가 걸었던 강변. 전망대. 둘이서 하루 묵었던 공민관. 오토바이. 과자 가게. 자판기. 공중전화. 별빛 호수. 고서점. 백조 보트. 관람차.

그리고 나의 자는 얼굴.

나는 새로운 페이지를 펼치고 앙갚음으로 미야기의 자는 얼굴을 그리기 시작했다.

졸음에 머리가 멍했던 탓인지, 자신이 마지막까지 손을 멈추지 않고 그림을 그린 것이 몇 년 만임을 깨달은 것은 모든 공정을 마치고 난 뒤였다.

좌절했었던, 그림.

완성된 그것을 보고, 나는 놀라움과 만족을 느끼는 것과 동시에, 그것들과는 별개의, 작은 위화감을 느꼈다.

그 점을 간과하는 것은 간단했다. 그 위화감은 조금이라도 다른 것으로 생각을 옮기면 당장에라도 존재 자체를 잊어버릴 만한 작은 것이었다. 그것을 무시하고 스케치북을 덮고, 미야기의 머리맡에 펼쳐놓고 내일 그녀가 보일 반응을 기대하면서 행복한 기분으로 잠들 수도 있었다.

그러나 확신이 있었다.

나는 집중력을 총동원해서, 모든 신경을 날카롭게 곤두세워서 위화감의 정체를 찾았다.

어두운 바다 속을 떠도는 종잇조각처럼, 그것은 하늘하늘 내 손을 빠져나갔다.

수십 분이 지나고 내가 포기하고 손을 빼려고 했을 때, 우연히 그것은 스륵 하고 내 손에 들어왔다.

나는 그것을 아주, 아주 조심스럽게 바다 위로 끌어올렸다.

그리고 이해했다.

다음 순간, 나는 뭔가에 홀린 것처럼 일심불란하게 스케치북 위에 연필을 움직이고 있었다.

그것은 밤새도록 이어졌다.

며칠 뒤, 나는 미야기를 데리고 불꽃놀이를 보러 갔다. 해질 녘의 논두렁길을 걷고, 건널목을 건너고, 상점가를 지나고, 불꽃놀이가 열리는 초등학교에 도착했다. 그 지역에서는 평판이 좋은 불꽃놀이 대회로, 노점의 숫자는 상상보다 훨씬 많았다. 이 마을 어디에 이만큼 많은 사람이 있었던 것인지 신기하게 생각될 정도로 수많은 구경꾼이 찾아와 있었다.

내가 미야기와 손을 맞잡고 걷고 있는 것을 보자, 지나치는 아이들이 "쿠스노키 씨다!"라고 손가락질하며 웃었다. 호의적인 웃음이었다. 괴짜는 아이들에게 인기가 있는 법이다. 나는 미야기와 맞잡은 손을 들어 올리며 아이들의 놀림에 응했다.

닭꼬치를 파는 노점의 줄에 서 있는데, 나에 대한 소문을 들은 적 있는 듯한 고교생 집단이 다가와서는 "여자 친구가 참 예쁘네요."라고 놀리듯이 말했다. 내가 "부럽지? 양보 안 할 거라고."라고 말하며 미야기의 어깨를 안자, 그들은 깔깔 웃으며 놀려댔다.

그런 모습이, 기뻤다. 설령 믿지 않는다고 해도 "미야기가 그곳에 있다."라고 말하는 내 헛소리를 모두 즐거워해주고 있는 듯했다.

아무도 상대해주지 않는 진실보다, 모두가 즐거워하는 허구 쪽이 훨씬 낫다.

불꽃놀이 대회의 시작을 알리는 방송이 나오고, 몇 초 뒤에 첫 번째의 불꽃이 쏘아 올려졌다.

오렌지색 빛이 하늘에 퍼지고, 환성이 울리고, 뒤늦게 파열음이 대기를 뒤흔들었다.

가까이에서 쏘아올려지는 꽃불을 보는 것은 정말 오래간만이었다. 그것은 내가 예상했던 것보다도 훨씬 크고, 훨씬 색이 풍부하고, 그리고 금방 사라져버렸다. 거대한 꽃불은 흩어져 완전히 사라질 때까지 몇 초가 걸린다는 것도 나는 잊고 있었고, 그 파열음이 배 속까지 울릴 정도로 커다랗다는 것은, 상상조차 하지 않았다.

몇십 발이나 되는 꽃불이 쏘아 올려졌다. 우리는 단 둘이 될 수 있는 학교 건물 뒤편에 누워서 그것을 보고 있었다. 문득 꽃불에 매료된 미야기의 얼굴을 훔쳐보고 싶어져서, 하늘이 빛나는 순간에 그녀의 얼굴을 보았는데 저쪽도 같은 생각을 하고 있었는지 눈이 마주치고 말았다.

"뭔가 좀 통하는걸." 나는 웃었다. "전에도 이런 일이 있었지. 이부자리 안에서."

"그랬죠." 미야기는 부끄러워하는 미소를 지었다. "하지만 쿠스노키 씨, 저는 언제든지 볼 수 있으니까, 지금은 불꽃놀이 쪽을 보는 편이 좋아요."

"그런데 그럴 수만도 없어." 나는 말했다.

이 타이밍이 가장 어울릴지도 모른다.

꽃불이 쏘아올려지는 하늘 아래서 하는, 고백.

"뭐, 저는 내일은 휴일이지만, 모레는 돌아올 거예요. 저번과는 달리, 자리를 비우는 것은 딱 하루뿐이니까요."

"그런 문제가 아니야."

"그러면 어떤 문제인가요?"

"……저기, 미야기. 지금 나는, 마을의 인기인이야. 나에게 향하는 웃는 얼굴 중에서 절반은 비웃음이지만, 나머지 절반은 순수한 호의에서 오는 것이지. 아무리 비웃음 받더라도, 나는 그것을 자랑스럽게 생각해. 이렇게 좋은 일은 좀처럼 없다고 확신을 가지고 말할 수 있어."

몸을 일으키고, 지면에 손을 짚고서 미야기를 내려다본다.

"초등학교 시절에, 아주 싫어하던 남자애가 있었어. 사실은 머리가 좋으면서, 그것을 계속 감추고 익살을 떨면서 주위로부터 호감을 사려고 하는, 어쩐지 싫은 녀석이지. …… 하지만 요즘 들어서 이해하게 되었어. 나는 그 녀석이 부러워서 견딜 수 없었던 거야. 분명 나는 그 시절부터 이렇게, 모두와 사이가 좋아지고 싶었던 거라고 생각해. 그리고 미야기 덕분에 그것을 실현할 수 있었어. 나는 세상과 화해하는 데 성공했어."

"잘됐네요."

미야기는 몸을 일으키고 나와 같은 자세를 취했다.

"……그래서, 무슨 말을 하고 싶은 건가요?"

"지금까지 고마웠다는 얘기야." 나는 말했다. "정말로 뭐라고 말해야 좋을지 모르겠어."

"그리고 '앞으로도 잘 부탁해.'라고 해야겠죠?" 미야기는 말했다. "아직 한 달 넘게 있어요. '지금까지 고마워.'는 조금 이르지 않을까요?"

"저기, 미야기. 내 소원을 알고 싶다고 말했었지? 떠오르면 알려주겠다고 약속했었어."

몇 초의 공백이 있었다.

"네. 제가 할 수 있는 것이라면 뭐든지 하겠어요."

"오케이. 그러면 솔직하게 말할게. 미야기. 내가 죽으면 나를 깨끗하게 잊어줘. 그것이 내 작은 소원이야."

"싫어요."

곧바로 그렇게 대답한 뒤, 미야기는 간신히 내 의도를 헤아린 듯했다.

내일, 내가 무엇을 하려는지 알아차린 모양이었다.

"……저기, 쿠스노키 씨. 설마라고는 생각합니다만. 바보 같은 짓은 하지 마세요. 부탁이니까."

나는 고개를 저었다.

"생각해봐. 대체 누가 30엔짜리 인생인 내가, 이렇게까지 멋진 여생을 보낼 수 있다고 예상할 수 있었겠어? 아마 아무도 예상 못 했을 거야. 미야기도 읽었다던 감정 결과인지 뭔지를 보고, 지금의 나를 상상할 수 있는 녀석은 없을 거야. 최악의 인생을 보냈어야 했던 인간이, 이렇게나 커다란 행복을 움켜쥔 거라고. 그렇다면 미야기의 미래도 아직 알 수 없어. 나 같은 것보다 훨씬 의지하는 보람이 있는 남자가 나타나서, 미야기를 행복하게 만들어줄지도 몰라."

"안 나타나요."

"하지만 나에게 미야기도 사실은 나타날 리 없었어. 그렇다면 미야기에게……."

"안 나타나요."

내가 다음 말을 할 틈도 없이, 미야기는 나를 밀어 눌렀다.

뒤로 벌렁 넘어진 내 품에, 그녀는 얼굴을 묻었다.

"······쿠스노키 씨, 부탁이에요."

울음 섞인 목소리를 들은 것은 그것이 처음이었다.

"부탁이니까, 하다못해 앞으로 한 달은 제 곁에 있어주세요. 저는 다른 일은 전부 참고 있으니까요. 당신이 이제 곧 죽어버리는 것도, 감시원 일을 쉴 때는 만날 수 없게 되는 것도, 둘이 손을 맞잡은 것을 남에게 보일 수 없는 것도, 당신이 죽으면 그 뒤로는 혼자서 30년 동안을 살아야만 한다는 것도 전부 참고 있어요. 그러니까 하다못해 이 시간만은, 같이 있을 수 있는 시간만은 스스로 버리지 말아주세요. 부탁이니까."

나는 오열을 터뜨리는 미야기의 머리를 계속 쓰다듬고 있었다.

자취방으로 돌아온 뒤, 나와 미야기는 서로 끌어안고 잤다.

미야기의 눈물은 마지막의 마지막까지 멈추지 않았다.

한밤중에 미야기는 자취방을 나갔다.

현관문에서 다시 한번 포옹하고, 팔의 힘을 풀며 아쉬운 듯이 나에게서 떨어지더니 쓸쓸하게 미소 지었다.

"안녕. 행복했어요."

그렇게 말하고 고개를 숙이더니, 나에게 등을 돌렸다.

달빛 속을, 천천히 걸어갔다.

다음 날 아침, 나는 대리 감시원 남자와 함께 그 낡아빠진 빌딩으로 향했다.

나와 미야기가 처음 만났던 장소.

그곳에서 나는 나머지 30일분의 수명을 팔았다.

사실은 하루도 남기지 말고 팔아버리고 싶었지만, 마지막 3일간만은 매입하지 않는다고 한다.

심사결과를 보고 남자는 깜짝 놀라고 있었다.

"너, 이렇게 될 것을 알고 여기에 온 거냐?"

"응." 나는 대답했다.

심사를 담당하는 30대 여자는 난처하다는 눈치로 말했다.

"……솔직히 별로 권하고 싶지 않아. 여기까지 오면 이미 돈 같은 건 큰 문제가 아니잖아? 당신, 남은 한 달간 제대로 된 화구 같은 걸 마련해서 그림을 계속 그리는 것만으로 먼 미래에 미술 교과서 한구석에 실리게 된다니까?"

그렇게 말하더니, 내가 옆구리에 끼고 있는 스케치북을 보았다.

"잘 들어. 여기서 아무것도 하지 말고 돌아갔을 경우, 당신은 남은 33일 동안 필사적으로 계속 그림을 그리게 되어 있어. 그동안 감시원 여자애는 계속 곁에 있으면서 당신에게 용기를 북돋워 주지. 절대 당신의 선택을 나무라지 않아. 그리고 사후에 당신의 이름은 미술사에 영원히 남아. 지금의 당신이라면 그 정도는 듣지 않아도 알고 있을 테지? ……대체 뭐가 불만이야? 나로서는 이해할 수 없어."

"죽으면 돈이 무의미해지는 것과 마찬가지로, 죽으면 명성도 무의미합니다."

"당신, 영원이 되고 싶지 않아?"

"내가 없는 세상에서 내가 영원해진다 한들, 전혀 기쁘지 않아요."라고 나는 말했다.

세상에서 가장 통속적인 그림.

내 그림은 이후에 그렇게 불리며 일대 논쟁을 일으키게 되지만, 최종적으로는 아주 높은 평가를 얻게 될 것이었다고 한다.

다만 30일을 팔아버린 지금, 그것도 역시 '일어났을지도 몰랐지만, 절대 일어나지 않을 일'에 지나지 않는다.

나는 이렇게 생각한다. 그런 그림을 그리는 능력은, 어쩌면 원래 정신이 아득해질 정도로 오랜 시간에 걸쳐서 간신히 개화할 능력이었는지도 모른다. 그리고 그만한 시간이 지나기 전에, 나는 교통사고로 찬스를 잃을 운명이었다.

그러나 수명을 판 것, 그리고 무엇보다 미야기가 곁에 있어준 것에 의해, 본래 내가 지불해야만 했던 막대한 시간은 극한까지 단축되었다. 덕분에 간신히 수명이 바닥나기 전에 그 재능이 개화했던 것이다.

나는 그렇게 생각하기로 했다.

옛날에는 그림을 그리는 것이 특기였다.

눈앞의 풍경을 사진처럼 모사하는 것은 당연하다는 듯이 할 수 있었다. 그리고 그것을 해체해서 다른 이미지로 치환해 전혀 다른 형태로 표현하는 것도, 누구에게 배우지 않아도 자연스럽게 구사할 수 있었다. 미술관 같은 곳에서 그림을 봐도, '그렇게 그려져서는 안 되는 것'이 '그렇게 그려져야만 했던 이유'를, 언어로부터 멀리 떨어진 곳에서 명료하게 이해할 수 있었다.

사물을 보는 나의 견해가, 하나부터 열까지 전부 옳았다고만은 할 수 없다. 그러나 어쨌든 범상치 않은 재능이 나에게 있었다는 것은 당시의 나를 아는 사람이라면 모두가 인정하는 바였다고 생각한다.

열일곱 살의 겨울, 나는 그림 그리기를 그만두었다. 이대로 같은 방식을 계속해봤자, 히메노하고 약속했던 것 같은 훌륭한 사람이 될 수 없다고 생각했기 때문이다. 기껏해야 잔재주만 많고 대성하지 못한 화가가 되는 것이 고작이었다. 그것은 일반적인 관점에서 보면 충분히 성공이라고 부를 수 있는 수준이었겠지만, 나는 히메노와의 약속을 지키기 위해 지나치게 특별해지려고 하고 있었다. 혁명을 필요로 하고 있었다. 그것을 위해서는 아주 조금이라도 타성으로 그림을 그리는 것은 용납되지 않았다.

다음에 붓을 쥐는 것은 내 안에서 모든 것이 맞아떨어졌을 때다. 세상을 그 누구와도 다른 시각으로 포착할 수 있게 될 때까지, 나는 자신에게 그림을 그리는 것을 허락하지 않겠다.

그렇게 결정했다.

그 판단 자체는 아마 틀리지 않았을 것이다.

그러나 열아홉 살의 여름, 나는 사물에 대한 시각이 전혀 달라지지 않았는데도 초조감 때문에 자신에게 붓을 쥐는 것을 허락해버렸다. 그것이 그 어느 때보다도 '그림을 그려서는 안 되는 시기'였다는 것을 안 것은 상당한 시일이 흐른 뒤였다.

결과적으로 나는 그림 그리는 능력을 잃었다. 사과 한 알조차 제대로 그릴 수 없게 되었다. 뭔가를 그림으로 그리려고 한 순간, 내 안에서 엄청난 혼란이 일어난다. 비명을 지르고 싶어질 정도의 강렬한 혼란이다. 공중으로 발을 내딛는 듯한 불안이 나를 덮친다. 어떠한 선에도, 어떠한 색에도 필연성을 느끼지 못하게 되어 있었다.

나는 자신이 천재성을 완전히 상실해버렸음을 깨달았다. 그 이상 발버둥 쳐볼 기분은 들지 않았다. 처음부터 다시 시작하기에는 너무 늦었다. 나는 붓을 버리고, 경쟁에서 도망치고, 자신의 내부로 틀어박혔다.

언제부터인가 나는 자신의 그림을 만인이 인정하게 만들려고 너무 애를 쓰고 있었다. 그것이 혼란의 주된 원인이었

다고 생각한다. 만인에게 맞춰 그리는 것이야말로 보편성으
로 이어지는 것이라는 착각이 제일 치명적이었다. 그런 착
각이 정점에 달한 그때에 붓을 쥐었던 것이 '그릴 수 없는'
상태를 만들어버렸던 것이리라. 보편성이라는 것은 주위에
교태를 부리며 그리는 것에 깃들지 않는다. 자신의 우물 밑
바닥까지 내려가서 고생해서 끌어내온, 언뜻 봐서는 너무나
도 개인적인 성과에 깃드는 법이다.

그것을 깨닫기 위해서는, 다른 것에 일체 신경 쓰지 말고
순수한 즐거움으로 자신을 위해 그림을 그릴 필요가 있었
다. 그 기회를 준 것이 미야기였다는 얘기다. 그녀의 자는
얼굴을, 나는 그때까지 내가 생각하고 있던 '그린다.'라는
행위와는 전혀 다른 차원에서 '그리는' 것이 가능했다.

그 뒤에 내가 밤새도록 그렸던 것은 다섯 살 때부터 빠
지지 않고 계속해왔던 그 습관, 잠들기 전에 늘 머릿속에
그렸던 풍경이었다. 내가 본래 살고 싶었던 세계, 있을 리
없는 추억, 가본 적 없는 어딘가, 과거나 미래인지도 모를
언젠가. 오랫동안 쌓아왔던 그것들을 표현하는 방법을, 나
는 미야기의 자는 얼굴을 그리는 것을 통해서 이해했다.
아마도 나는 그 순간을 고대해왔던 것이리라. 죽기 직전이
라는 모양새가 되어버렸지만, 나의 기법은 거기서 완성되
었다.

가격 감정을 담당한 여자의 말로는, 잃어버린 30일간으

로 내가 그렸을 그림은 *'데 키리코를 극한까지 달콤하게 만든 듯한 그림'이었다고 한다. 어디까지나 그것은 그녀의 해석인 듯하지만, 과연 내가 그릴 만한 그림이다.

그 그림을 그려서 역사에 작은 이름을 남길 권리는, 눈을 의심할 정도로 비싸게 팔렸다. 고작 30일분이라 미야기의 빚을 완전히 변제하기에는 조금 모자랐지만, 그래도 그녀가 앞으로 3년만 일한다면 정식으로 자유의 몸이 될 수 있는 듯하다.

"30년보다 가치 있는 30일인가."

헤어질 때, 대리 감시원 남자가 그렇게 말하며 웃었다.

이리하여 나는, 영원이 되지 못했다.

언젠가 히메노가 예언한 '10년 뒤의 여름'이, 드디어 끝나려 하고 있다.

그녀의 예언은 절반 빗나갔다.

나는 마지막까지 훌륭해지지도, 부자가 되지도 못했다.

그녀의 예언은 절반 맞았다.

'아주 좋은 일'은 확실히 일어났다. 그녀가 말한 대로 나는 "살아 있기를 잘했다."라고 진심으로 생각할 수 있었던 것이다.

---

*데 키리코 : Giorgio de Chirico. 이탈리아의 화가. 신비적인 독특한 화풍을 구사했다.

15. 크리스마스 선물

남은 3일의 첫 아침이었다.

여기서부터는 감시원의 눈은 전혀 없다.

미야기는 이제 없다는 이야기다.

그 3일간을 어떻게 보낼지는 예전에 정해두고 있었다. 오전 중에는 노트를 적는 데 소비했다. 어제까지의 일들을 다 적고 나서, 만년필을 내려놓고 몇 시간을 푹 잤다. 잠에서 깬 뒤에는 밖에 나가 담배를 피우고, 자판기에서 사이다를 사서 마른 목을 축였다.

나는 다시 지갑을 보았다. 187엔. 그것이 전부였다. 게다가 그중 60엔은 전부 1엔짜리 동전이었다. 세 번을 세어봤지만 역시 187엔이었다.

[*]기묘한 우연을 깨닫고 나는 가만히 미소 지었다. 사흘간을 지내기에는 조금 불안하지만, 지금은 그 우연을 즐기자.

노트를 다시 보며 필요한 부분을 세세하게 덧붙이고 나서, 나는 오토바이를 타고 예전에 미야기와 같이 돌았던 장소를, 이번에는 혼자 돌았다.

그곳에 있는 그녀의 잔향 같은 것을 찾아, 푸른 하늘 아래를 계속 달렸다.

미야기는 지금쯤 어딘가에서 나와는 다른 누군가를 감시하고 있겠지. 그 녀석이 자포자기해서 미야기를 덮치거나 하지 않기를 나는 기도했다. 그녀가 계속 순조롭게 일하고, 빚을 다 갚은 뒤에 나 같은 것은 잊어버릴 정도로 행복한 매일을 보낼 수 있기를 나는 기도했다. 미야기가 나보다 소중하게 생각하고, 그러면서 나보다 미야기를 소중하게 생각해주는 사람이 나타나기를 나는 기도했다.

공원을 걷고 있으려니 아이들이 나를 향해 손을 흔들어왔다. 나는 문득 깨닫고, 미야기가 있는 척을 해보기로 했다.

손을 내밀고 "자, 미야기."라고 말하며 상상 속의 미야기와 손을 맞잡는다.

주위에서 보면 그것으로 평소대로의 광경이었을 것이다. "아, 또 바보 쿠스노키가 가공의 연인과 걷고 있네."라고 여

---

[*]오 헨리의 〈크리스마스 선물〉에서, 델라는 수중에 1달러 87센트밖에 없어 남편의 크리스마스 선물을 사기 위해 머리카락을 잘라서 돈을 마련한다.

겨졌을 것이다.

그러나 나에게는 큰 차이였다.

너무나도, 모든 것이 달랐다.

나는 스스로 그 동작을 하면서, 제대로 서 있을 수 없을 정도로 슬픔에 휩싸였다.

미야기의 부재를, 이보다 더 할 수 없을 정도로 강렬하게 실감하고 말았다.

문득 나는 생각한다.

혹시 처음부터 모든 것은 내가 보았던 환상이 아니었을까.

자신의 일생이 앞으로 사흘로 끝난다는 확신은 있다. 생명의 작은 조각까지 대부분 불타버렸다는 것을 알 수 있다. 이 감각만은 거짓이 아닐 것이다.

그러나 미야기라는 여자는 정말로 실존하고 있었을까? 그녀의 존재는, 아니 그러기는커녕 수명을 매입하는 가게의 존재조차도 죽을 때가 다가왔음을 깨달은 내가 정신적으로 몰린 끝에 만들어낸 내 입맛에 맞는 환상이었던 것이 아닐까?

지금 와서는 그것을 확인할 방법이 없었다.

분수의 테두리에 앉아서 고개를 푹 떨구고 있자, 중학생 정도의 남녀가 말을 걸어왔다.

남자 쪽이 천진난만하게 말했다. "쿠스노키 씨, 오늘도 미야기하고 같이 있어요?"

"미야기는 말이지, 이제, 없어." 나는 말했다.

여자 쪽이 두 손으로 입을 대고 깜짝 놀랐다. "네? 어떻게 된 일이에요? 싸우기라도 했어요?"

"뭐, 그런 거지. 너희들은 싸우지 마."

그렇게 내가 말하자, 두 사람은 얼굴을 마주하며 동시에 고개를 저었다.

"아니, 무리가 아닐까. 하지만 쿠스노키 씨하고 미야기 씨도 싸우잖아요?"

"그렇게나 사이가 좋은 두 사람조차 그렇게 된다면, 우리들 사이에도 싸움이 없을 리가 없잖아요."

그것도 그러네, 하고 말할 생각이었다.

그러나 말이 나오지 않았다.

정신이 들고 보니 나는 눈물을 줄줄 흘리고 있었다.

내 옆에 미야기의 존재를 떠올리면서 자신을 위로하려고 하면 할수록, 눈물은 더욱더 흘러넘쳤다.

두 사람은 그런 꼴사나운 내 양옆에 앉아서 위로해주었다.

한바탕 울고 나서 고개를 들자, 어느샌가 내 주위에 많은 사람이 모여들어 있었다.

아무래도 내가 생각하는 것 이상으로 나를 아는 사람은 많은 듯하다.

'쿠스노키 씨가 또 뭔가 새로운 걸 하고 있나 봐.' 라고 생각한 모양이었다.

그중에는 신바시의 친구인 스즈미와 아사쿠라도 있었다.

스즈미는 나에게 무슨 일이 있었느냐고 물었다. 나는 대답을 망설였지만, 미야기와 싸우고 헤어졌다고 말해두었다. 저쪽이 나를 포기하고 찼다는 이야기를 날조했다.

"미야기는 쿠스노키 씨의 뭐가 마음에 안 들었던 걸까?"

곁에 있던 눈매 예리한 여고생이 화난 듯이 말했다.

마치 정말로 미야기라는 여자가 존재했던 것 같은 말투로.

"뭔가 사정이 있었던 게 아닐까요?"

옆에 있던 남자가 말했다. 낯익은 얼굴이었다. 그렇다, 사진관 주인이다. 처음 미야기의 존재를 긍정해준 사람이었다.

"도저히 그런 심한 짓을 할 사람처럼 보이지 않았습니다."

"하지만 결국 없어진 거잖아요?" 스즈미가 말했다.

"이렇게 좋은 사람을 버리고 사라지다니, 미야기란 여자도 참 변변치 못하네."

한창 조깅 중이었던 듯한 짧은 머리의 남자는, 그런 말을 하며 내 어깨를 두드려주었다.

나는 뭐라 말하려고 고개를 들고, 그렇지만 역시 목이 메이고…….

──그때, 등 뒤에서 목소리가 들렸던 것이다.

"맞아요, 이렇게 좋은 사람인데."라고.

나는 그 목소리를 알고 있었다.

하루 이틀로 잊을 수 있는 것이 아니다.

내가 그 목소리를 잊게 만들려면 300년, 아니 3천 년은
필요할 것이다.

목소리가 난 방향을 본다.

나는 확신하고 있었다.

잘못 들을 리가 없었다.

하지만 실제로 볼 때까지는 도저히 믿을 수 없었다.

그녀는 웃고 있었다.

"그 미야기란 사람은, 변변치 못한 여자네요."

미야기는 그렇게 말하면서 내 목에 팔을 두르고 끌어안았
다.

"다녀왔어요, 쿠스노키 씨. ……많이 찾았어요."

반사적으로 나도 그녀를 끌어안고, 그녀의 머리카락 냄새
를 맡는다.

내 몸에 배어 있는 '미야기'라는 감각과, 그것은 일치한다.

확실히 그녀는 그곳에 있었다.

상황을 파악하지 못하는 것은 나뿐이 아니었다.

주위에 있던 사람들도 나와 비슷하게 혼란에 빠져 있었다.

아마도 그들은 이렇게 생각했던 것이리라.

'미야기라는 여자는, 실존하지 않았던 것이 아니었나?'
라고.

반응을 보면 일목요연했다.

미야기의 모습은 다른 사람의 눈에도 또렷하게 비치고 있었다.

운동복 차림의 남자가 조심조심 미야기에게 물었다.

"당신, 혹시 미야기 씨인가?"

"맞아요, 변변치 못한 미야기예요." 그녀가 그렇게 대답하자, 남자는 내 어깨를 몇 번이고 두드리며 "잘 됐잖아."라며 웃었다. "뭐야, 뭐냐고. 정말로 있었던 거야? 상당히 미인이잖아, 미야기 씨. 부럽네, 진짜."

그러나 당사자인 나는 여전히 상황을 파악하지 못하고 있었다.

어째서 미야기가 여기에 있는 거지?

어째서 미야기의 모습이 사람들 눈에 보이는 거지?

"미야기 씨는, 정말로 미야기 씨였구나." 옆에서 보고 있던 여고생이 눈을 동그랗게 뜨고 있었다. "……응, 내가 상상했던 대로야. 정말 딱 그대로야."

사람들의 벽 안쪽에 있던 아사쿠라가, 주위에 있던 사람들에게 우리 둘만 있게 해줄 것을 제안했다.

그들은 놀리는 말이나 축복의 말을 남기고 뿔뿔이 떠나갔다.

나는 아사쿠라에게 감사의 말을 했다.

"역시 미야기 씨는 상상대로 내 취향의 여자였어요." 아사쿠라가 웃으며 말했다.

"부디, 행복하시길."

그리고 둘만 남게 되었다.

혼란에 빠진 내 손을 잡고, 미야기는 설명해주었다.

"이상하겠죠? 어째서 제가 이곳에 있을 수 있는지. 어째서 제 모습이 다른 사람들 눈에 보이고 있는지. ……답은 간단해요. 즉, 저도 당신과 같은 일을 했어요."

"같은 일?"

몇 초 후에 나는 미야기의 말을 이해했다.

"어느 정도나…… 판 거야?"

"당신과 같아요. 전부 팔아버렸어요. 앞으로 3일밖에 남아 있지 않아요."

내 머릿속이 새하얘졌다.

"쿠스노키 씨가 수명을 판 직후에, 그 대리 감시원이 연락을 해주었어요. 당신이 자기 수명을 한계까지 깎아서 저의 빚 대부분을 갚아버렸다는 것을 그 사람이 알려 줬어요. 이야기를 다 들었을 무렵에는, 이미 결심이 섰죠. 수속도 그 사람이 해줬어요."

분명 나는, 그 일을 슬퍼해야 할 것이다.

모든 것을 희생해서 지키려고 했던 상대가, 내 마음을 배신하고 다시 그 생을 내던져버린 것을 한탄해야 할 것이다.

그런데도 나는 행복했다.

그녀의 배신이, 그녀의 어리석음이 지금은 무엇보다도 사랑스러웠다.

옆에 앉은 미야기는 나에게 기대고 눈을 감았다.

"굉장하네요, 쿠스노키 씨는. 고작 한 달 만에 제 인생 대부분을 도로 찾아왔으니까. ……그리고 미안해요. 당신이 모처럼 되찾아준 인생을 스스로 버리는 짓을 해버려서. 바보네요, 저는."

"무슨 소리야, 바보라니." 나는 말했다. "바보는 오히려 내 쪽이야. 고작 3일조차, 나는 미야기가 없이는 살아갈 수 없을 것 같았어. 이제부터 어떡해야 하나 하고 망연자실하고 있었어."

미야기는 기쁜 듯 웃으며 내 어깨에 뺨을 비볐다.

"당신 덕분에 제 인생의 가치도 조금은 올라가 있던 모양이에요. 그래서 빚을 전부 갚고도 돈은 아직 남았어요. 사흘만으로는 도저히 다 쓰지 못할 정도로."

"부자가 됐네." 나는 과장스럽게 말하며 미야기를 끌어안고 흔들었다.

"네. 부자예요." 미야기도 나를 끌어안고서 과장스럽게 재잘거렸다.

다시 눈물이 줄줄 흘러나왔지만, 그것은 미야기도 마찬가지여서 신경 쓰이지 않았다.

나는 아무것도 남기지 않고 죽는다.

혹은 유별난 누군가가 어리석은 나를 기억해줄지도 모르지만, 잊힐 가능성 쪽이 분명 클 것이다.

하지만 나는, 이제 만족한다.

어릴 적에 꿈꾸었던 영원, 지금이라면 그 기대를 접을 수 있다.

이제는 아무도 기억해주지 않아도 괜찮다.

곁에 이 사람이 있어 주니까.

곁에서 이 사람이 웃어 주고 있으니까.

단지 그것만으로, 나는 지금 모든 것을 용서할 수 있었다.

"그러면 쿠스노키 씨."

미야기는 새삼스레 나를 바라보며 사랑스럽게 웃는 얼굴로 말했다.

"앞으로의 3일을, 어떤 식으로 보낼까요?"

아마도 그 3일은.

내가 보냈어야 했던 비참한 30년보다도,

내가 보냈어야 했던 유의미한 30일보다도,

훨씬, 훨씬 가치 있는 나날이 될 것이다.

작가 후기

"바보는 죽을 때까지 낫지 않는다."라는 말이 있습니다만, 저는 이것에 대해 조금 낙관적인 견해를 가지고 있어서 "바보도 죽을 때까지는 낫겠지." 정도로 생각하고 있습니다.

한마디로 바보라고 해도 실제로 다양한 종류의 바보가 존재합니다만, 여기서 제가 말하는 '바보'란 스스로 지옥을 만들어 내는 사람들을 말합니다. 그런 '바보'의 특징으로서, 우선 "나는 행복해질 수 없다."라고 강하게 믿고 있다, 라는 점을 들 수 있습니다. 보다 증세가 심해지면 그 믿음은 "나는 행복해져서는 안 된다."까지 확장되어, 최종적으로는 "나는 행복해지고 싶지 않다."라는 파멸적인 오해에 이릅니다.

이렇게 되면 이제 더 이상 무서울 것이 없습니다. 그들은 불행해질 수단을 숙지하고 있으며, 아무리 축복받은 환경이더라도 반드시 샛길을 찾아내서 능숙하게 행복을 회피해 보입니다. 일련의 과정은 전부 무의식중에 이루어지기 때문에, 그들은 이 세상 전부가 지옥이라고 생각하고 있습니다만…… 실제로는 그들 스스로가 자신이 있는 그곳을 지옥으로 만들고 있는 것뿐입니다.

저 자신이 그런 지옥을 만드는 사람 중 하나이기에 확신을 가지고 말할 수 있습니다만, 이런 바보는 좀처럼 낫지 않습니다. '불행한 나'가 아이덴티티가 된 자에게, 불행하지 않게 되는 것은 나 자신이 아니게 된다는 뜻입니다. 불행에 견디기 위해서 하고 있던 자기 연민은 어느샌가 유일한 즐거움이 되고, 그것을 위한 불행을 적극적으로 찾으러 가게 되기까지 합니다.

그렇습니다만, 첫머리에 말한 대로 저는 이런 바보라도 죽을 때까지는 낫는 법이라고 생각하고 있습니다. 보다 정확히 말하자면 '죽기 직전이 되어서야, 비로소 나을 것이다.'라는 것이 저의 생각입니다. 행복한 사람은 그렇게 되기 전에 나을 계기를 얻을 수 있을지도 모릅니다. 하지만 불운한 사람이라도 자신의 죽음을 피할 수 없다고 깨닫고 '이 세상에서 계속 살아가야 한다.'라는 족쇄에서 해방되었을 때, 그때야 비로소 간신히 바보에서 해방되는 것이 아닐까요.

저는 이 견해를 낙관적이라고 말했습니다만, 가만히 생

각해보면 이것은 상당히 비관적이라고 말할 수도 있습니다. 세상을 처음으로 사랑할 수 있게 되었을 무렵에는 이미 그의 죽음이 결정되어 있있다. 라는 이야기니까요.

다만 제가 생각하기로는, 그러한 '바보는 나았지만 이미 때가 늦은 그'의 눈을 통해 본 세상은 아마 모든 것이 어떻게 되든 상관없을 정도로 아름다울 것입니다. "나는 이렇게나 멋진 세상에 살고 있었는데.", "지금 나는 모든 것을 받아들이고 살 수 있는데."라는 후회와 탄식이 깊으면 깊을수록, 세상은 오히려 잔혹할 정도로 아름다워지는 것이 아닐까요.

그런 아름다움에 대해 쓰고 싶다고, 저는 늘 생각하고 있습니다. 이 '3일간의 행복'도, 작품을 통해 목숨의 가치라든가 사랑의 힘 같은 것에 대해 이야기하려는 마음은 사실은, 전혀 없습니다.

미아키 스가루

3일간의 행복

2014년 09월 15일 제1판 인쇄
2025년 02월 20일 제2판 발행

지음 미아키 스가루
일러스트 E9L

옮김 현정수

발행 데이즈엔터(주)
등록번호 제 2023-000035호
주소 07551 서울특별시 강서구 양천로 570 NH서울타워 19층
대표전화 02-2013-5665

ISBN 979-11-319-0169-4

三日間の幸福
ⓒ SUGARU MIAKI 2013
Edited by ASCII MEDIA WORKS
First published in 2013 by KADOKAWA CORPORATION,Tokyo.
Korean translation rights arranged with KADOKAWA CORPORATION, Tokyo, through KCC.

『하나부터 열까지 온전하지 않고──

미아키 스가루

사랑하는 기생충

하지만 틀림없이,
그것은 사랑이었다.』

"코사카 씨는 이런 생각한 적 없어? 나는 이대로 누구와도 사랑하지 못하고 죽는
게 아닐까. 내가 죽어도 눈물 흘릴 사람은 한 사람도 없는 게 아닐까."

실업 중인, 청년 코사카 켄고와 등교를 거부하고 있는 소녀 사나기 히지리.
두 사람은 함께 사회 복귀를 위한 재활 훈련을 하다가 사랑에 빠진다.
하지만, 행복한 날들은 오래 가지 않았다. 두 사람은 알지 못했다.
그 사랑이 「벌레」가 만들어낸 '꼭두각시 사랑' 에 지나지 않는다는 것을.

nePop

미아키 스가루 지음 / 시온 일러스트

소원이란 것은 짜증나게도
빌기를 그만둔 무렵에 이루어지는 법이다.

Starting Over
스타팅 오버

미아키 스가루

두 번째 인생은 열 살의 크리스마스부터 시작되었다.
나는 모든 것을 다시 시작할 기회를 받았다.
그러나 아무리 생각해도 다시 시작하고 싶은 일은 하나도 없었다.

내 바람은 '첫 번째 인생을 그대로 똑같이 재현하는 것'이었다.
그러나 아무리 정확을 기하려 해도 모든 일들은 서서히 어긋난다.
너무나도 행복했던 첫 번째 인생의 대가를 치르듯,
나는 급속하게 영락해간다.

그리고 열여덟 살의 봄, 나는 '대역'과 만난다.
완전히 변해버린 두 번째 인생의 나 대신,
첫 번째 인생의 나를 충실히 재현하고 있는 '대역'과——

ThePoP
미아키 스가루 지음 / E9L 일러스트